旺宅好媳婦 2

風文創 402

花月薰 著

風 文創
402

目錄

第二十二章

薛宸和薛雲濤一同坐馬車回了燕子巷。

田姨娘在門後翹首以盼，看見薛雲濤想迎上前卻又不敢。薛雲濤看都沒看她，逕自去了主院。

薛宸拉住想跟進去的田姨娘，這時候她進去就真成砲灰了。對她使個眼色，田姨娘收回了腳，後退兩步，對薛宸行禮，依依不捨地回西跨院。

薛宸跟著進了主院，薛雲濤負手立於燈罩前，不知在想些什麼。

薛宸走過去，除下披風擱在一旁的椅子上，然後走到桌前，親自動手給薛雲濤倒了一杯茶。

薛雲濤轉身看她，見女兒乖巧地立在身前，朦朧燈光下，顯得那樣柔弱單薄。接過她遞來的茶杯，讓薛宸在他旁邊的位置坐下，喝了口熱茶，才覺得堵在心口的一口氣稍稍散了散。

薛宸坐著喝茶，良久後，薛雲濤才嘆氣開口。「徐姨娘的事，妳什麼時候知道的？」

薛宸沒打算瞞他，說道：「在徐姨娘親口下令殺了徐天驕之後。徐天驕死時，似乎有話沒說完，徐姨娘卻命人堵了他的口。我覺得十分奇怪，就派人去查徐姨娘的過往，然後……」

薛宸一時沒想好接下來的話該怎麼說，薛雲濤接過話頭，再嘆了口氣。「然後妳就查到了這些骯髒不堪的過往。唉，是爹爹糊塗哇，竟然被這樣的女人愚弄至今，若不是妳查出來，說不定我就要被她騙一輩子，養那兩個野種一輩子。」

薛雲濤說著說著，又覺得氣悶，將杯子重重放下。薛宸見他如此，心中無聲地嘆氣，也將杯子放在一旁的茶几上。

她低聲說道：「其實，我還查到了別的事，只是剛才沒敢在老夫人他們面前說起。」

薛雲濤看向她，見她的側臉在燭火下顯得瑩潤光潔，精緻的五官有些神似盧氏，腦中回想起盧氏的好，對這個女兒又是一陣愧疚。前些日子也不知是著了什麼魔，竟然被徐素娥那個女人迷得暈頭轉向，連帶讓這親閨女受了不少委屈，實在混帳至極啊！

「還有什麼一併說了。那賤人做的事已經夠噁心了，不怕再聽到其他的。」

薛宸將雙手攏入袖中，指尖不住摩挲那張藏在袖口的藥方，低下頭去，猶豫著，目光盯著綢絲織就的素葉紋衣袖，終是沒能鼓起勇氣親口說出來。

她靜靜站起身，走到薛雲濤面前，目光定定地看著他。

薛雲濤正喝著茶，被薛宸這眼神看得愣住了，端著茶杯好半晌沒說話，然後見她慢吞吞地從袖裡抽出一張摺疊好的紙，放在桌面上，低若蚊蚋的聲音說道：「這張藥方是我的人從城北一家老藥鋪子裡抄回來的，徐姨娘之前和父親用的藥香，就是這個方子。」

說完這些，薛宸覺得自己已經盡力了，對薛雲濤屈膝行禮，退了出去。

薛雲濤見薛宸這樣子，心中好奇，放下茶杯，拿起那張藥方來看了看。方子裡頭有幾味叫他尷尬的藥名，頓時明白，徐素娥給他用的藥香是什麼東西了。

即使現在廳中只有他一個人，薛雲濤仍覺得十分尷尬，輕咳兩聲，自言自語道：「這丫頭，拿這個出來做什麼？」

他剛想把方子撕了，但轉念一想，既然女兒把方子給他了，那說明這方子肯定有問題，可又是個什麼問題呢？

東府薛家的青竹苑中，老夫人寧氏回到房裡，薛柯正靠著軟枕，歪在那裡看書。他當然知道出了什麼事，不過這些後宅的事情，他一個男人不便插手，可要睡也睡不著，乾脆起來看書，等寧氏回來。

這些年，他對那種事也淡了，大多數時候，都是睡在寧氏這裡。

寧氏屏退所有人之後，也不上床，披著衣裳坐在床沿，把剛才發生的事一五一十告訴了薛柯。

薛柯聽聞兩個孩子都不是他孫子後，大大嘆了口氣，沈下身子，用書本蓋住臉，悶聲說了句。「妳說，咱們薛家的子嗣怎麼就這樣艱難呢？」

寧氏聽他這麼說，接話道：「艱難什麼，我給你生了一子一女，那些妾侍不也給你生了幾個庶子庶女？唉，是雲濤糊塗，找了個不明不白的女人進門，怪不得她從前不肯入府做妾，沒想到還有這層原因在裡頭。當初要是宸姐兒沒先揭了婉姐兒的底，真給徐素娥進府做了主母，那才是咱們薛家倒楣。你不知道那女人有多壞，咱們雲濤哪裡是她的對手，要不是宸姐兒……唉，不知他這綠帽得戴到什麼時候啊！」

薛柯將蓋在臉上的書拿下來，寧氏看著他，突然又說道：「對了，老爺，我真覺得，咱們這個宸姐兒不簡單！從前咱們都不喜歡她娘，甚少關注她，可如今她娘歿了，她一個小姑娘竟還能自己立起來，這些日子，這麼多大事，全是她做成的。還有她的護衛，我之前聽說她在街上花二千兩救了個人，那人投桃報李，沒多久給她遞了投靠文書，看來就是那個護衛了。不知怎地，我總覺得那護衛有點……」

寧氏說不上來，薛柯聽了一半，沒等到下文，問道：「有點什麼？不就是個護衛嘛。」

寧氏搖搖頭，從床沿站起來，在房裡踱了兩步。「他那身手絕不是普通的護衛，而且我真覺得他有些眼熟，似乎從前見過……」

薛柯見一向沈穩的妻子突然這樣糾結，也不禁有些好奇，笑了笑後，說道：「夫人見過身手好的護衛，除了宮裡禁軍和錦衣衛，還見過什麼人呀！」

這句話一下子讓寧氏回過神來，擊掌道：「沒錯！宸姐兒的護衛，從前就是錦衣衛。六、七年前，老爺參了某個大人一本，後來皇上怕咱們遭遇不測，住在鄉下的宅子時，派了北鎮撫司的人來保護。那護衛長得和當時的嚴百戶一個樣子，身形也像，就是他沒錯！」

寧氏這句話，徹底讓薛柯傻住了，從軟墊上坐起來，還是有些不相信，質疑道：「妳瞎說什麼呢？嚴百戶……那是正經的五品官，怎麼可能給咱們府裡的宸姐兒做護衛？……不對，前陣子北鎮撫司出過事，千戶李大有牽涉一宗戶部的案子被皇上殺了頭，那嚴百戶與李大人是結拜兄弟，李大人死後，嚴百戶的確是辭官了。可、可他……怎麼可能？妳肯定是看錯了，不可能是他的。」

他越說，寧氏的記憶越清晰，不住地踱步擊掌。「錯不了、錯不了。那陣子老爺不常在家，但我卻是天天在的，少說一天也能見到嚴百戶兩、三回，不會認錯他的樣子。更何況，你是沒看見剛才他那個身手……還有，宸姐兒說，徐素娥的事就是靠這個侍衛調查出來的，人也是他抓到的。

「你說，一個普通的侍衛，能有這通天徹地的本事嗎？錦衣衛是幹什麼的？專門刨人老底！只有他們能在這麼短的工夫內，把徐素娥的底查得一清二楚。這麼想來，還真就是他了。」

薛柯再也忍不住，掀被子下了床，連鞋都沒穿，走到寧氏跟前與她對視了一會兒，然後兩人同時轉過了目光。

薛柯深深地呼出一口氣，說道：「要真是他，那咱們宸姐兒還真是個厲害的。」

寧氏不住點頭，表示贊同。

「可不是嘛。原以為她和她娘一樣登不上檯面，如今看來，她這翻手雲、覆手雨的本事，真是不容小覷呀！」

老夫妻倆的情緒都有那麼點不對味兒，這樣一個孩子，從前他們竟然忽視了去，實在太不應該了。

第二天一早，薛雲濤派人出去請了個大夫回來，把那藥方子拿給大夫瞧。

大夫是個六十歲的老頭，頭髮花白，見了這方子，也覺得有點尷尬，看兩眼就合上了，遞還給薛雲濤。

「老爺是要照這方子抓藥嗎？」

薛雲濤搖了搖頭。

「不抓藥，只是想讓你看看這方子。呃……是不是夫妻房裡用的？」

老大夫點頭。「是。」

薛雲濤納悶地低頭看了看，實在不懂宸姐兒拿這方子給他做什麼，難道是為了告訴他，她知道他和徐姨娘房裡的事情？也不應該啊。

卻聽那老大夫又從旁說道：「不過，這方子有點問題。」

薛雲濤抬起眼看他，蹙眉問道：「什麼問題？不就是……幫助那方面的嗎？」

老大夫面帶尷尬，沒敢直接去看薛雲濤的臉，而是低著頭，將他知道的全說了出來。

「這方子的確是夫妻房裡用的，可以製香、可以熬藥。原本用一點無妨，不過這裡頭加了兩味損害元陽的藥，藥性十分凶猛，對男人有傷害，是從前宮夫人養面首時專用的藥，會讓男人絕了生育的能力。老爺若想和夫人用藥，最好別用這方子，或把方子裡的那兩味藥去了，就算催情的藥性少些，也不妨礙的。」

薛雲濤越聽，越覺得腦中一片空白，老大夫的話不住在他腦中迴盪。養面首……絕了生育?!

「大夫，你的意思是，用了這種藥會絕嗣？」

老大夫察覺出薛雲濤語氣的冰冷，不覺往後靠了靠，硬著頭皮道：「是。這藥性本來就很凶猛，一般的催情香根本不會用，如果老爺不想有孩子，還是想其他辦法，用這個可是會絕了門戶的。若老爺沒別的吩咐，那……老朽就告辭了。」

老大夫一抹頭上的汗，心裡腹誹這戶人家，喊大夫來不看病，卻看一張不正經的藥方子，有病！

大夫走了之後，薛雲濤愣愣地坐在椅子上，感覺自己連聲音都發不出來了。

他記得很清楚，當年他和徐素娥在一起沒多久，她不知從哪裡弄來這種香，說是助興的。他用了之後，感覺的確不錯，就一直讓她用下去……

薛雲濤感覺腦子像是被雷劈中般，疼得腦仁都要裂開了。

他和徐素娥是在盧氏生完宸姐兒後好上的，如果那時她便給他用了這種藥，也就是說，從那個時候開始，他不能再有孩子了。徐素娥生的兩個都不是他的種，而盧氏和田氏，這麼多年以來，也未再懷上他的孩子……

徐素娥和他在一起後，就已經生出讓他斷子絕孫的心了。

斷子絕孫……斷子絕孫……這四個字在薛雲濤的腦子裡盤旋不去。

天啊，他到底是做了什麼孽！怪道宸姐兒那樣的反應，怪道她始終要把徐素娥除去，這麼一個害他斷子絕孫的女子，他竟然當寶似的寵了這麼多年！還因為盧氏再沒生出孩子而冷落她。盧氏當年為了懷孩子，每天吃三、四回苦藥，吃到最後，連吐出來的血都透著苦味，正是因為吃藥吃壞了身子，年紀輕輕就去世了。她死的時候，才二十七歲啊！

薛雲濤一把將桌上的茶具全掃在地上，發瘋似的在廳裡亂打亂砸，喉嚨裡發出野獸般的怒吼。

他到底是造了什麼孽呀！

薛宸端了兩樣小菜、一碗米飯，站在薛雲濤的房門前，輕輕敲了三下，說道：「爹，吃飯了。」

薛雲濤已經兩天沒吃飯了，一個人悶在主院中，誰也不准進去。府裡的管家實在無法，只好去找薛宸。薛宸原想等他想通了自己出來，可是等了兩天都沒出門，再這麼下去，肯定不行，這才端了飯菜前來。

房裡沒有聲響，薛宸將飯菜放在一旁迴廊的欄杆上，又到門前連續敲了好幾下，喊道：

「爹，您開門呀！這樣把自己關在房裡，算個什麼事。早晨老太爺派人來喊您過府，您也沒去，再這麼下去可怎麼得了?!」說完這些後，頓了頓，接著道：「爹，您要是再這樣，我叫人撞門了！」

房間裡依舊沒什麼動靜，薛宸有些擔心，正準備轉身去喊人時，房門後傳出了響動，像是門閂的聲音。薛宸心中一喜，伸手推門，果然開了。

門後站著一個蓬頭垢面、鬍子雜亂的男人，薛雲濤像是一夜老了十歲般，呆呆立在門後面。

薛宸看了，有些不忍，卻無過多的反應，轉身端起欄杆上放著飯菜的托盤，經過薛雲濤走進了房間。

「這兩樣菜是田姨娘親手做的，說您最愛吃的就是這個。我知道藥方的事讓您難以釋懷，但事情已經發生了，您現在為了這個傷神，叫個什麼事？知道的說您受不了打擊；可不知道的，還以為您要給一個姨娘殉情呢！薛家是什麼人家，一個嫡子去給姨娘殉情，豈不是要笑掉人家大牙？您讓老太爺怎麼在朝中做人，讓薛家今後該怎麼辦？」

薛雲濤站在門邊的身影突然縮了下去，蹲在地上，捧著臉嚎啕大哭起來。

薛宸自然知道他哭的是什麼，不提薛家還好，一提，那可真是悲從中來。老太爺薛柯只有他這個嫡子，雖然有兩個庶子，可終究不是嫡系。他若不出事，等盧氏的喪期過後，再娶一房續弦，照舊能給薛家嫡系開枝散葉，可如今卻只能仰仗那幾個庶子，讓他這個嫡長子情何以堪。

「這些道理不用我多說，父親自然能夠想明白。如今要做的，不是頹喪和後悔，而是盡您所能，把薛家撐起來。您身為嫡長子，肩上背負的責任不僅僅是傳宗接代，還有很多事要做。將來等到一定時候，從庶房叔叔那裡過繼一個看得上的到咱們嫡房來，也是一樣的。」

薛宸的話，讓情緒激動的薛雲濤漸漸安靜下來。她嘆了口氣，將飯菜擺放好，抬腳經過薛雲濤身旁走了出去。

在這件事上，薛宸這個做女兒的，能夠幫他的地方只有這些了，不能替他作什麼決定。

上一世，她沒有看到薛雲濤和徐素娥的下場，但至少在她去世之前，薛家還是好好的。這一世，因為她的介入，將這些醜陋的事情揭露出來，讓薛雲濤瞬間從雲端跌入了地獄。

原本她可以不用將藥方的事說出來，讓薛雲濤能繼續自欺欺人，娶一房妻子，過著讓外人稱羨的生活。可是薛宸不甘心，她沒有任何理由幫徐素娥隱瞞她做的孽，更不想讓薛雲濤對她還保留一絲絲的感情。這件事會對薛雲濤造成多大的打擊，薛宸已經顧不上了。

薛雲濤對盧氏而言，是個徹頭徹尾的背叛者，盧氏為他背負了太多，儘管薛宸重活一世，卻終究沒能見到盧氏最後一面。盧氏死的時候，她還小，有很多話沒親耳聽她說過，只能靠著小時候的遙遠記憶去尋找對盧氏的感情。可是她發現，她對盧氏的記憶少得可憐，大多是自己東拼西湊出來的，並不完整。

她做這些，有部分是在為盧氏報仇。對薛雲濤這個負了她的丈夫，盧氏為他受盡了苦，最後卻是一個人獨自淒慘地離去。

所以，薛宸最終還是決定告訴薛雲濤這件事。如果他能挺過來，是他的本事；若挺不過來，就此消沈，那也沒什麼，人總要為自己做的事情贖罪。至於薛雲濤今後還能不能坐上二品官員的位置，這個她就管不著了，反正憑她手中的東西，無論如何都不會再像上一世那樣淒慘就是。

回到青雀居，薛宸看見枕鴛從後院草地上走來，懷裡抱著一團毛茸茸的東西。

枕鴛看到薛宸，趕緊小跑過來，對薛宸道：「小姐，後院的草地上，不知怎地跑來一隻小兔子，奴婢擦西窗時看見了，就下去把牠抓過來。您瞧，牠腿上還有一圈紅毛，好可愛啊。」

薛宸定睛一看，果真是一隻全身雪白、只有右腿上長著一圈紅毛的兔子，大概巴掌大，雪茸雪茸的毛，看著可愛極了。

「真的是兔子？後院怎麼會有兔子呢？」

枕鴛搖頭。

「不知道，也許是府裡人偷偷養的，或是廚房的，偷跑出來，不知怎麼鑽到咱們後院來了。小姐，這怎麼辦？丟了太可惜了。」

薛宸對枕鴛伸出手，讓她把兔子送到自己手上。小東西似乎有些急躁，兩隻後腳蹬在薛宸的手心，癢癢的，讓薛宸立刻生出興趣，一把將兔子抱進懷裡，讓牠躺在自己的肘窩，手輕輕撫過牠的背脊。兔子感覺到她並沒有惡意，慢慢就溫順下來了。

「別丟了，養著吧。妳們去庫房拿些棉布和棉花來，咱們給牠安個家。」

枕鴛抓到這小東西的時候，就想這麼做了，現在一聽薛宸吩咐，跑得比兔子還快，立刻拿著薛宸的對牌往庫房走去，心裡已經在想著這小窩該怎麼做了。

薛宸將兔子抱去房內，坐在藤編搖椅上，讓兔子趴在自己身上，前後左右看了個遍，發現這兔子像是被人精心打理過般，乾乾淨淨、白白胖胖，毛色也很鮮亮，長長軟軟，摸在手裡舒服極了。小爪子上的指甲被磨得平滑，就算被牠抓一下，也不會有事。

這可不像是偷偷養的兔子啊！會是從哪裡來的？饒是聰明的薛大小姐一時也想不通，這個突如其來的小可愛是從哪個地方鑽進來的？但既然找不到牠的主人，那姑且養著好了，正好最近發生的事情有些多，心情不大好，有了這個玩意兒，總能解解悶。

屋脊上，飛快閃過一個影子。

躍過兩個屋脊後，趙林瑞才敢由一處牆頭跳下去，擦了擦額頭上的汗珠，只覺人生再次讓他感受到深刻的意義。生活不易、辦差不易……他從武舉考入大理寺後，一心想報效國家、想為百姓做事的他，怎麼會淪為時常闖人家後院的下場？

先是監視人家小姐的起居，再來送風箏，現在倒好，連兔子都送了。趙林瑞真的擔心，下回他那個不怎麼靠譜的頂頭上司，會不會又想出什麼奇葩的東西要送？到時候，他能不能請求換人啊？

生活太艱辛了，唉。

第二十三章

薛雲濤最終還是從傷痛中站了起來。老夫人把徐素娥處置得乾乾淨淨，沒人知道她用了什麼手段。而那幾個住在四喜胡同的徐家人，也沒得到什麼好下場，全被逐出了京城。

薛雲濤回到朝中，除了變得有些冷漠之外，一切仍是照舊。

薛婉在海棠苑裡鬧，跑出來找薛宸，問徐姨娘去哪裡了。薛宸沒有理會她，只是讓人將她拉入海棠苑中看管起來，每日供著吃喝，卻是沒有誰敢再叫她一聲二小姐。

薛婉在院子裡鬧騰，沒人理她，鬧了幾天，便安靜下來了。

盧氏去世的第二年春節，薛家過得委實不大歡喜。如今薛雲濤越來越喜歡守著盧氏的牌位，一站就是大半天。不過，對於老夫人提出續弦之事，他竟破天荒地沒有拒絕。老夫人得到他的首肯後，過了年，就開始替薛雲濤物色續弦的人家了。

對於這件事，薛宸並沒有說什麼，而且也知道無論她說什麼都是沒用的。薛雲濤既然想用續弦來掩蓋徐素娥的事，一旦他下定決心，就沒辦法更改了。只有田姨娘知道薛雲濤同意續弦後，在院子裡哭得死去活來。

過完正月，老夫人派人將薛婉接出府，說是要送走。薛宸看著那個被堵著嘴、硬生生拖出去的姑娘，心中一軟，去給她求了個恩典，反正是要送出京城的，那乾脆把她送回徐家人身邊，不用說什麼其他的話，人送去就成了。

送走薛婉，又過了幾日，差不多就是清明。清明前，燕子巷薛家替盧氏做三年齋，如盧氏去世時般，薛雲濤做得十分用心，排場極大，替他賺足了癡情的名聲。

盧氏的三年齋做完後，薛宸身上的孝就算正式除下。也就是說，今後她再不用佩麻布、避筵席，可以隨著長輩去各府串門走親戚了。

清明過後，薛繡和韓鈺在燕子巷住了兩日，姊妹三人聚在一起說說笑笑，倒也開心。

薛宸終於不用再穿著素服，薛繡給她挑了身粉藍色蜀錦繡蝴蝶花紋的交領襦裙，韓鈺親手給她梳墜馬髻，整個人看起來亮眼多了。

如果說從前穿著素服的薛宸是一朵小茉莉，那麼穿上帶顏色衣裳的她，就是含苞待放的百合，粉頰桃腮，清純中帶著些許豔麗。她又長了一歲，個子比去年要高出一截，修長了許多。

薛繡站在她身後，看著鏡子中薛宸的側臉，說道：「宸姐兒長大了呢，都快和我差不多高了。」

三人中，薛繡最大，長得也是最高的，然後是薛宸，最後是韓鈺。韓鈺好像被神仙施了什麼法術般，就是不長個兒，去年和今年幾乎不用重新做衣裳。為此，她自己也很苦惱。

薛宸轉過身，對她們笑了笑，誇讚韓鈺。「從前都不知道咱們鈺姐兒有這手藝，梳的髮髻真好看。」

韓鈺展顏一笑。「嘿嘿，主要是妳長得標致，就算我手藝差些，也襯托得出來。」

薛宸笑著去到養兔子的籠子旁，拿些洗乾淨的菜葉送到兔子嘴前，就見兔子在籠子裡立起腳，用前爪捧著菜葉啃咬起來。

韓鈺看得稀奇，怎麼樣都要抱出來玩一玩。兔子比去年時要長大許多，如今一隻手掌已經托不下牠了。薛宸很擔心，要是再養下去，會不會變成大貓那麼大，那可就太大了些。

今日薛繡和韓鈺是來喊薛宸出門遊玩的，三人相約去定慧寺，據說定慧寺中的芍藥和茶花都開了。薛繡如今十四歲，算是大姑娘了，由她領著薛宸和韓鈺出門，大人是准許的，多派些護衛就成。

薛宸確實很久沒出門遊玩了。盧氏去世後，薛婉突然出現，從那時開始，她就便疲於應付徐素娥。直到盧氏的孝期滿了，才稍稍感覺到放鬆。

清明時節雨紛紛，路上行人欲斷魂。

這兩句說得真是不錯，當薛宸她們坐上套好的馬車出了門，才走到南郊附近，天就開始下小雨，幸好薛宸習慣在車上備蓑衣和雨傘，將之分發給隨行護衛後，三個姑娘也乖乖地將車簾子放了下來。車裡亮起一盞明珠燈，雖然不比日月明亮，但在車廂中還是很方便的，用不著點火燭，就能照亮周圍。

她們有點興奮，馬車外小雨淅淅瀝瀝地下，夾雜著風聲，但車裡卻很暖和，而且一點都不潮濕。三個姑娘窩在車廂的軟榻上，吃著蜜餞、說著話，別提多舒心了。

薛宸靠在最裡面的書架上，手肘下墊一只大迎枕，偶爾和她們搭上一句，但更多的時候，都靜靜在一旁聽著她們說話。

也許是這個環境讓薛宸覺得特別安心，沙沙的雨聲、呼呼的風、暖暖的香氣、溫和的話語，這種寧靜是她兩世以來從沒有經歷過的。與她們有一搭、沒一搭地說著說著，就覺得眼皮子打架，竟然歪在一旁睡了過去。

夢裡，她的魂魄似乎游離在外，飄飄蕩蕩的，穿梭在無盡的風雨之中。全身有些發冷，微微動了動，感覺冷風似乎又大了些，這才睜開了眼睛，看見薛繡和韓鈺正趴在窗戶前觀望著。窗戶大開，所以她才會覺得冷。

「妳們看什麼呢？」

薛繡和韓鈺回過頭，薛繡放下車簾，道：「是不是有些冷？我們在看外頭的雨。雖不是暴雨，但下個不停，還有越來越大的趨勢。之前車輪滑了好幾回，再這麼下去，咱們今晚不知能不能趕回家了。」

定慧寺位處南郊山上，車道自半山腰蜿蜒而上，若是天好路就好，天若不好，那路可就泥濘難走了。

薛宸倒是沒有太擔心。「到時候看吧，真不能下山，也不用勉強，我讓人回去報個信。

定慧寺中不是也有女眷居住的禪房嗎，咱們來了總要添香油的，住一晚，寺裡應該不會拒絕。只是咱們都沒帶丫鬟，晚上若要留宿，少不得得自己動手了。」

薛繡和韓鈺聽了薛宸這番話，覺得不那麼擔心了。自從盧氏去世，薛宸受到重視後，薛家東府是越來越把這位大小姐放在檯面上了。如今薛宸管理燕子巷的府邸中饋，這些事情是她們想像不出的複雜，但薛宸就能做得井井有條，讓人挑不出任何毛病來，所以，大家便從心底信任這個明明不大、做事卻十分穩妥的姑娘。三人之中，雖說薛繡的年齡最大，但真正遇到事情，多半還是聽薛宸的話。

出遊遇上雨路難行，叫人回去報訊，在外頭留宿一宿不是什麼要緊的事，反正有護衛守著，三人住一起，不會有事的。

好不容易，馬車走上了山，山裡的住持派小沙彌前來迎接。雖然是雨天，但定慧寺中的信徒依舊不少，三人拜過真佛，添了三百兩的香油，就讓小沙彌帶她們去了後院的禪房。

定慧寺的禪房與其他寺廟不同，是在百花園中的一處庭院，分男賓客與女賓客之所，如一座大的四合院般，兩邊有通廊，以南為男賓所，往北為女賓所。雖然下雨，但禪院周圍的景色還是相當不錯的，亭臺樓閣，十步一景。

薛宸三人難得出門，而且都沒帶丫鬟，遂只要了一間禪房，決定就算晚上回不去，也要睡在一起。護衛們則住在對面院子，兩邊離得不算近，但只要大聲呼叫便能聽到。

三個姑娘從沒有過這樣在外的經驗，原本相約來賞花卻遇上大雨，雨中賞花雖然也是一份雅趣，但終究不美好，且女孩兒的裙襬容易沾染泥漿，遂都不敢出門走動，就著雨聲，在禪房中寫字畫畫，玩樂了大半日。

薛宸和韓鈺倒是安之若素，唯有薛繡似乎有些不專心，時常去窗邊觀望。

韓鈺畫完一隻水鴨，舉起來欣賞，正好看見薛繡趴在窗子前翹首以盼的背影，說道：「哎呀，繡姐兒，妳就別擔心了。反正咱們是出來玩耍，賞不賞花，其實沒什麼要緊的。」以為薛繡是因約定了來賞花卻遇上大雨而心情鬱悶，遂出言寬慰。

薛繡沒有回頭，依舊看著窗外，朗聲回道：「嗯，我知道。妳們先畫著，我瞧瞧外頭的景致就來。」

韓鈺納悶極了，湊過去，從薛繡站的那面窗前往外看，只能看見蜿蜒的山路，並沒有多少美景，一時不知她在打什麼主意，便不勉強她，拿了畫去找薛宸玩。

此刻薛宸正畫好了一片竹林，每根竹子都像一把鋒利的刀般，筆挺地插入地面，林間似乎有風，竹葉擺動著。

韓鈺驚訝於薛宸的畫技，低頭看了看自己手中那隻可笑的水鴨子，頓時感到人比人氣人、貨比貨得扔的挫敗感。

偏偏薛宸沒察覺，轉頭問韓鈺畫什麼，韓鈺支支吾吾、藏藏掖掖，就是不肯給她看。

兩人正鬧著，窗邊的薛繡突然開心地跳了起來，然後轉過身，臉上掛著一抹可疑的紅潮，滿臉春光燦爛。

韓鈺和薛宸對視一眼，不大明白薛繡這個反應是什麼意思。而這個困惑，一直維持到夜幕降臨。

天色暗下後，雨才稍稍停歇，禪院中又來了另外一撥客人。

如今已是探花郎的元公子，竟然從禪院的垂花拱門走入，身後還跟著兩個人。這兩個人，薛宸和韓鈺也認識。

這下，兩個姑娘才明白今天薛繡邀她們來定慧寺賞花的真正意圖。

元卿穿著一身墨蓮緙絲長袍，五官端正，帶著濃濃的書卷氣，神采飛揚，正眉飛色舞地與身旁的人說話。

婁慶雲噙著一抹笑，和元卿並肩走著，偶爾與之交談。他穿著一身半新不舊的石青色繡竹紋常服，舉手投足自帶世家子弟的從容，眉目如畫、身姿挺拔，如寒風中肅立的雪松般傲然出眾，叫人見了便挪不開眼。

韓鈺幾乎要趴到窗戶上，指著從男賓所那頭走入的三人，捣著嘴，壓抑地喊了聲。

「啊，是、是元公子和婁家的兩位表哥！」

不用她提醒，薛宸也看到他們了。元卿、婁慶雲、婁兆雲，這三人怎也會在今日來定慧寺？與韓鈺交換個眼神，隨即有默契地瞥向了作西子捧心狀、嬌羞看著元家公子的薛繡。

薛繡被她們盯得有些不好意思，用低若蚊蠅的聲音說：「哎呀，別看我了，我也不知道他們怎麼會來。」

「……」

韓鈺忍不住大大搖頭，用實際動作來表示完全不相信的態度。薛宸倒是還好，無奈地嘆口氣，正要轉身，卻被薛繡抓住。

只見薛繡一手抓著一個，拖著她們就往外走。薛宸怎麼也沒想到薛繡竟會這樣大膽，從禪房裡直接衝出去，對著正要走入男賓所的元卿等人喊道：「元公子。」

聽見身後的喊聲，元卿回過頭，看見三個嬌俏的小姑娘正往院中跑來。他認出了為首那個姑娘，似乎正是翰林薛家的小姐，上回在景翠園中見過，小姑娘的落落大方、爽朗可愛，給他留下了挺好的印象。

元卿停下腳步，等她們跑到跟前，便綻開如陽光般和煦的笑容，對薛繡點頭招呼。「原來是薛姑娘。」

薛繡為元卿還記得自己感到十分高興，可高興之後卻又害羞起來，看著他，竟然不知說些什麼好，紅著小臉低下了頭。

幸好婁兆雲打破僵局，對她們問道：「薛家表妹怎麼會在這裡？韓鈺，又是妳鬧騰的吧？」

婁兆雲和韓鈺是嫡親的表兄妹，從小一起玩耍，兩個人算是很熟悉了。韓鈺也感覺到氣氛有那麼點尷尬，薛繡拚著一腔孤勇，拉著她們出門打招呼，可真到了人家面前，卻什麼話都說不出來。而薛宸又是一貫的冷淡，更不可能指望她，左看右看，只有她和婁兆雲能自然地開口，緩和氣氛了。

「哪能啊！我們是來賞花的，誰知到了這裡卻偏偏下起雨，只好留在禪房裡。你們呢？也是來賞花的嗎？」

韓鈺今年十二歲，卻依舊一副小毛丫頭的模樣，半點沒有長開，這些話從她一個小丫頭嘴裡問出來，是最自然不過的了。

婁兆雲嘿嘿一笑，說道：「不是，下雨天誰來賞花呀！兩位哥哥和住持方丈約好了談經，我是跟過來玩的，沒想到會在這裡遇見妳們。」

韓鈺的性格比較開朗，聽婁兆雲這麼說，就搭上話頭，問道：「談經？談什麼經呀？」

婁兆雲搖頭，指了指元卿和婁慶雲。「我可不知道，是跟兩位哥哥來的。」

韓鈺瞧了婁慶雲一眼，雖然他嘴角勾著笑，但她沒那個膽子纏著他問問題。他和婁兆雲不同，並不是她的嫡親表哥，隔著房如隔著山，而且他的地位就算擺在皇室子弟中，也是排在前面的，何況跟他們這些人比呢。

薛宸無奈地站在一邊等他們說完話。只有她知道，現在的感覺有多尷尬，不為別的，只為婁慶雲的目光總似有若無地落在她身上，從頭上的髮飾，到裙襬下露出的繡花鞋尖，無一處不被他掃視。偏偏那些目光虛無縹緲，像是在看她，卻又不大像。每當她抬眼去看時，他便正好收回目光，等她不再看了，他的目光又回來了。這讓薛宸覺得有些不對勁，卻又說不出口。

直到元卿要告辭，婁慶雲才接過他的話頭，不容拒絕地說了一句。「待會兒一起用膳吧。現在太陽已經落山了，妳們也不能下山，既然都是自家表妹，那便沒什麼好忌諱了。兆雲去準備一下，我看就在那邊的亭子裡吧，吃完了飯，還能下棋，燕齋你說是不是？」

燕齋是元卿的字。本來他不大同意婁慶雲說的話，雖說婁家和薛家有那麼一點關係，可他畢竟是外男，這樣與幾個小姑娘一起吃飯，實在有違聖人訓。但婁慶雲一開口就點中了他的穴道，說起下棋，元卿眼前即為之一亮，他沒什麼愛好，唯獨下棋。婁慶雲現在說這個，就是存心要他不能說不的意思了。

雖然有點搞不清楚狀況，但元卿覺得自己可以為了棋放下一些東西，比如說——刻板？他樂得笑出來。「既明肯跟我下棋？」話語中帶著濃濃的不敢置信。

婁慶雲看了他一眼，並沒有答話，卻也沒有拒絕，光是這樣也讓之前一直被婁慶雲拒絕的元卿有受寵若驚的感覺，終於沒有說出不字來。

婁慶雲又看向三個姑娘，薛繡自然是求之不得的，連連點頭。「如此，便恭敬不如從命了，多謝表哥照顧。」然後扯了扯韓鈺。

這種節骨眼上，韓鈺怎麼敢壞她的好事？也跟著點點頭，說了聲。「多謝表哥。」

三個姑娘裡，兩個答應了，最後一個的意見，就顯得沒那麼重要了，於是薛宸很自然地被薛繡和韓鈺徹底無視了。

婁慶雲對薛宸露出一個似笑非笑的表情，弄得薛宸實在莫名其妙，然後看著他們走入男賓所，準備待會兒去和方丈講經。定慧寺的方丈是有名的禪理大師，資質普通的人想見他一面，就算求個三、五年也未必能見到，可元卿與婁慶雲這樣身分與悟性的人前來，倒是來者不拒。

大家的行程定好了，就開始分頭進行。

婁慶雲與元卿去找方丈後，婁兆雲便去廚房準備晚上用的齋菜。三個姑娘則回房準備。

一回到禪房，薛繡幾乎開心得跳起來，抱著韓鈺好一會兒才鬆手，興奮之意溢於言表。韓鈺雖然無奈，但薛繡感到高興，她也覺得高興，配合她跳了一會兒，然後讓薛繡坐下，兩人決定好好地梳妝一番。

薛宸看著薛繡從隨身行李中拿出胭脂、水粉等物，完全傻住了，更加確定這姑娘今兒有多刻意了。

不過，如果正是這樣能成就一段金玉良緣，那也很好。上一世自己沒有參與薛繡的這場追夫大戰，這一世就算幫不上忙，也不能拖她的後腿。

當即便不說什麼，由著這兩個丫頭鬧去了。

夜幕降臨時，果真瞧見婁兆雲在男賓所與女賓所中間西南角的涼亭中準備了一桌齋菜，還拿來一些定慧寺自釀的果飲。

六個人圍著圓桌坐下，可男女各三人，怎麼坐都會挨著兩個人。韓鈺和婁兆雲是親表兄妹，自然占據一邊；元卿到底是外男，不可能與姑娘靠在一起，便坐在婁兆雲與婁慶雲之間。

薛宸和薛繡對看一眼，薛宸想坐中間，卻被薛繡拉住，暗自搖了搖頭。薛繡用眼神示意般看了看正端著茶杯喝茶的婁慶雲，許是武官做久了，他的周身總有一種貴公子身上罕見的殺氣，更何況大家都敬畏他的身分，不敢與之太過親近。

所以薛繡說什麼也不敢和他坐一起，比薛宸快一步坐在了她跟韓鈺的中間，然後體貼地替薛宸拉開凳子，扯著她的袖口坐下來。

六人坐好，幸好這張石桌夠大，不會靠在一起。婁兆雲和韓鈺一直在旁嘰嘰喳喳地說話，虧得有他們兩個在，桌上的氣氛才不至於尷尬。

薛宸刻意不去感受坐在旁邊的人，她倒是不怕婁慶雲的，說到底，還是身分太懸殊。她上輩子拚盡全力，才勉強嫁進長安侯府，而且還是因為宋安堂迷戀她的外貌，如果不是因為這個，估計她連那種三流侯府都嫁不進去。女人只有對心有期待的男人才會感到緊張害怕，她對婁慶雲沒有任何期待，正所謂不知者無懼，除了感覺有些不自在，其他倒是還算自如。

她剛端起一只白瓷小碗，打算喝上一口定慧寺特製的果飲，面前卻突然伸來一只空杯子。

薛宸轉頭看了看婁慶雲，見他正目不斜視地和元卿說話，那把空杯子伸過來的意思是……

她站起身，拿過盛果飲的琉璃盞，小心翼翼地替他倒了大半杯。

婁慶雲這才收回手，喝了一口後，將杯子放在一旁。薛宸正要坐下，沒想到他又指了指那盤青蔥嫩綠的筍尖，讓薛宸布菜的意思很明顯了。

他這是把她當丫鬟使了嗎？薛宸在心中納悶地想，卻不好拒絕，認命地用公筷挾了一塊放進他碗裡後，乾脆拿著筷子候在一旁。婁慶雲也不客氣，又讓她挾了幾樣菜。

終於，他這樣使喚薛宸，連婁兆雲都看不下去了，放下筷子，對婁慶雲說道——

「哥，你別把宸姐兒當丫鬟使喚呀。她們都是小孩兒，別欺負她！」

婁慶雲聽了這話，似乎才恍然大悟，正大光明地將目光落在薛宸身上，看著她的粉面桃腮，竟然沒有半點委屈和不耐，依舊很平靜的樣子。

他勾唇一笑，彷彿斂盡月色光華般，對薛宸道：「瞧我疏忽的，表妹快坐下，我給妳布菜。瞧妳們一個個瘦的，要多吃點才長得高、長得大呀。」

說著，他也不含糊，撩起衣袖，真站起來幫薛宸把桌上每樣菜都挾了個遍，剛才還空空如也的碗盤中，頓時滿了起來。

薛宸只覺兩頰有些發紅，不為別的，因為婁慶雲每給她挾一回菜，那深不見底的黑眸總要瞥她兩眼，眼神在她看來是曖昧的、玩味的，但似乎只有她一個人感覺到，其他人似乎並沒有覺得哪裡不對，都以為這只是婁慶雲在給小表妹賠不是呢，根本不會往其他方面去想。

在他們看來，婁慶雲和薛宸無論是從年齡還是身分上來說，都不可能有任何交集。

一頓飯，薛宸就在這種奇怪的感覺中吃完了。

原以為終於可以回房，沒想到元卿提出下棋，這麼一來，薛繡是打死也不會回去了，說什麼都要膩在那裡看他們下棋；韓鈺喜歡熱鬧，而且真心覺得這是和表哥一起玩，沒什麼要緊的。只有薛宸實在找不到留下的理由，也不想跟在她們後面玩鬧，遂先回房去了。

薛繡和韓鈺正看得起勁，沒說什麼便讓她回去了。

薛宸回到房間後，一直糾纏著她的目光被隔斷了，她由衷地呼出一口氣，才感覺輕鬆一點。

亭子裡，四面點起了罩絲明燈，將亭中照得明亮。元卿和婁慶雲在下棋，元卿凝神聚氣地盯著白山黑水的棋盤，猶豫著下了一子，卻被婁慶雲很快落下的另一子殺了個片甲不留。

婁慶雲將手中棋子拋入棋盒，然後拍拍手，說道：「行了，今兒到這裡吧，時候也不早了。」說著便要離開。

元卿嗜棋如命，哪肯只下一盤就收手？站起來攔道：「既明，說好了陪我下棋，這一盤哪夠啊。再來再來，今兒我非贏你不可！」

婁慶雲失笑。「等你贏我，那今晚還睡不睡了？」

元卿在下棋這方面有著常人沒有的癡性，哪裡肯服氣了，說道：「瞧不起我是不是？你坐下，今天要讓你俯首稱臣。」

婁慶雲卻是堅持，搖頭道：「不下了，早點睡吧。」說完，不顧元卿阻攔，執意離開了亭子，走入男賓所的大門。

元卿的棋興被勾了起來，哪能這麼輕易放下，將目光掃向了正吃葡萄的婁兆雲，只見對方趕緊站起來，把頭搖得跟撥浪鼓似的。

元卿氣結，正要收拾棋盤敗興而歸，卻聽見一個輕柔的聲音——

「元公子，要不，我陪你下吧。」

他回頭一看，就見那個嬌俏可人的薛家姑娘一臉笑意地看著自己，手裡捧著一盒白子，笑靨如花、美目燦然，心中一動。「薛姑娘會下棋？」

薛繡嬌羞地點點頭。「嗯，略懂一些，還請元公子賜教。」

元卿的棋藝……認識他的人都知道，所以身邊朋友甚少肯與他下棋。偏偏他就是這樣，不擅長什麼便非要鑽研什麼；棋下得越不好，他就越想把它下好。

難得遇見像薛繡這樣的人，肯在棋藝方面捧著他，頓時對這小姑娘增加了不少好感，對她比了個「請」的手勢。薛繡便坐在剛才婁慶雲坐的位置上，沈著又安靜地等待元卿起手。

韓鈺和婁兆雲見還有棋看，也是高興，乾脆搬了吃食坐到旁邊，一邊看棋一邊吃，玩得好不開心。

第二十四章

薛宸回到房間後，原本是想看書的，可總覺得一個人太靜了些，乾脆又回到竹製的書案後頭提筆作畫。剛勾勒好形狀，就聽到外間似乎有聲音，以為是薛繡和韓鈺回來了，拿著筆走出來，卻讓她看見一個怎麼想都不應該出現在這裡的人。

因為驚訝，薛宸手裡的筆眼看要掉在地上，誰知人影一閃，先前還在桌椅旁邊的人突然就來到她面前，彎腰一撈，把那支筆救下了，送到她眼前，說道：「嚇壞了？」

低啞的聲音在耳畔響起，讓薛宸猛地又是一驚，不自覺往後退了一步。「你怎麼進來的？」用膝蓋想也知道，這傢伙絕對不可能堂而皇之地從房門進來。

婁慶雲挑了挑好看的眉毛，雙手抱胸，好整以暇地看著薛宸，然後用下巴給她指了一條明路。

薛宸的目光掃向南邊那扇還沒來得及關上的窗戶，一時竟不知道說什麼好了。

比起薛宸的驚訝，婁慶雲倒是自在得很，越過薛宸往書案走去，拿起才勾勒出形狀的畫作看了看，眼前一亮，由衷感嘆道：「看不出來妳這小丫頭還挺有天賦，這筆觸，一般人沒有個三、四十年可畫不出來。」倒是個眼毒的，薛宸可不就是學了三、四十年的畫嘛，前世她少數的娛樂之一，便是畫畫。

薛宸聽他說話，這才徹底反應過來，走過去欲言又止地看著他，想伸手搶他手裡的畫，又不怎麼好意思，糾結半天，才囁嚅著說道：「你、你還給我。」

婁慶雲抬頭看了她一眼，覺得多日不見，這丫頭似乎又漂亮許多，那雙眸子似乎透著能吸入他的光芒，美得近乎妖異，五官說不出的靈動，像是被神仙點了神采般，怎麼看都像是一幅精緻絕美的畫，叫人挪不開眼。

他將畫紙遞給她，薛宸伸手去拿，他卻收了回去，小心翼翼地摺好，竟堂而皇之收入了懷中。

這下薛宸不依了，湊過去要。「大公子，那是我的，你拿著不合適，還給我吧。」

婁慶雲恍若未聞，狡辯道：「有什麼不合適的？旁人又不知道這是妳畫的。另外，妳還是叫我表哥吧，大公子什麼的，聽著多見外。」

「……」

薛宸長這麼大，從沒遇見過這樣無賴的人。上一世，她覺得宋安堂夠無賴了，不過，宋安堂最起碼還知道遮掩；這位倒好，完全不知收斂和遮掩是什麼意思，大模大樣地登堂入室不說，還當著她的面拿走她的畫，簡直無賴至極！

只可惜這位的身分太高，薛宸自問還沒有那個資格與他計較，便站在一旁不說話，任他到處察看，心裡祈禱著薛繡和韓鈺不要在這個時候突然回來。

「丫頭，想什麼呢？」

就在薛宸一個恍神時，一張俊美的臉湊到了她面前，嚇得她又往後退了退，決定不管他是來做什麼，都要下逐客令了，便板下小臉說道：「大公子，你這樣貿然闖入我的房間實在有違禮數。你還是快走吧，若被人瞧見了，對誰都不好，別讓我拖累你的名聲。」

誰知，這話一說，婁慶雲便笑了起來，一口整齊潔白的牙齒讓他看起來多了些和善，彎起的黑眸瞬間亮了，好看得令人髮指。

他用食指抵住了薛宸的眉心，點了兩下，說道：「妳這丫頭也太古板了。我怕妳一個人在房間悶得慌，特地來陪妳，妳卻這樣不留情面，叫人好傷心啊！」

這番似是而非的話讓薛宸無言以對，遠山般的眉峰微微蹙起，顯示此刻不樂的心情。

婁慶雲看她啞口無言的樣子，只覺可愛得緊，好不容易才忍住捏她臉頰的衝動。這丫頭就算是生氣也別有風情。看了看剛才他鑽的南窗，突然又彎下腰，用完完全全對待小丫頭的誘拐聲音道：「對了，妳想不想看星星？我帶妳去看星星好不好？」

薛宸實在不想和他糾纏，冷冷地道：「不好。」說完後，直接往房門走去，既然他不走，那她走好了。雖然她才十三歲，兩人年齡相差不少，但也不想這樣和他牽扯不清。

可剛走了兩步，薛宸即覺得腰上一緊，整個人被掠出了窗外，還來不及驚叫，婁慶雲又把她放了下來。

屋頂的涼風讓薛宸一下清醒過來，剛要大叫，卻被他抵住唇，指了指不遠處被燈火照得通明的亭臺，裡頭兩男兩女對面而坐，有說有笑地下著棋，氣氛十分融洽，絲毫沒有感覺到，就在他們不遠處的漆黑屋脊上，正有兩個人看著他們。

婁慶雲按著薛宸的肩膀，讓她坐下來。薛宸低頭一看，發現屋脊上鋪好了一層絨毯，看來他早做好了帶她來屋頂的準備。

他倒是沒躺在絨毯上，而是直接和衣躺下，雙手枕在腦後對薛宸道：「躺下來吧。瞧妳這丫頭的古板樣，小時候妳爹肯定沒教過妳怎麼看星星。」

薛宸氣結，想要轉身離開，可此刻她正在屋脊上，想走也走不了，甚至微微一動都有要掉下去的感覺，心中生氣，說話的語氣也就不那麼好了，直言道：「沒教過又怎麼樣？你又不是我爹。」

婁慶雲見她終於不再拘謹，像個普通的小女孩一樣對他發脾氣，心情大好。轉個身，烏黑的髮髻有些鬆動，夜風吹來，幾縷髮絲散在光潔的側臉上，平添不少丰采。他原本就生得出色，再加上這夜風的吹拂，更加俊美，真像月下郎君似的。

可偏某人頂著這樣一張臉，人前正經、人後無賴，說出的話也那麼叫人無力反駁。「我說妳這丫頭腦子裡成天都在想什麼？我今年二十，妳才十三，我大妳半輪了，我都沒介意妳拖累我名聲，妳在介意什麼呀？」

「我……」

薛宸有心與他辯一辯，奈何他這句話說得有理有據，根本無從辯起。腦中想想，他說得也對，她總是忘記自己還只是一個十二、三歲的小姑娘，婁慶雲都二十了，兩人相差七歲，年齡懸殊，他再怎麼想不開，也不會對一個沒長全的小姑娘動心思吧？大概就是把她當作一個小妹妹，逗她玩玩罷了。自己這般較真，似乎是有點矯情。

這麼想著，薛宸向自己妥協，身子小心翼翼地往後躺去，相比於婁慶雲的毫無遮擋，她躺在絨毯上，還真覺得挺舒服的。

下了大半天的雨，一直到傍晚才停，如今天上正是繁星點點，一顆顆星辰像是玻璃珠子般鑲嵌在天幕上，別提多好看了。

這輩子加上輩子，薛宸都沒有這麼浪漫地看過星星，頓時就把先前的彆扭拋諸腦後。

婁慶雲轉頭看了她一眼，見她翹鼻挺立，臉頰白如月光，毫無瑕疵，一張櫻桃般的小嘴正輕柔地抿在一起，嘴角微微上揚。如此美景，絲毫不遜於天上之星。

他抬手指了指天際，用低啞的聲音說道：「妳看那邊，那就是北斗七星，像個勺子的形狀。這是夜裡的太陽，如果在曠野中迷路，只要找到這個便丟不了……」

空曠的屋脊上，婁慶雲的聲音緩緩流淌而出，對薛宸講解這些時，倒是難得的正經，一如他自己說的那樣，果然是認認真真在教薛宸看星星。薛宸也是第一次聽到這些，原來天上的星星，竟有這麼多的名目和說頭。

婁慶雲就像是部活字典般，無論薛宸問他什麼都能答上來，還可以舉其他例子給她講解。薛宸的感覺由剛開始的尷尬漸漸放鬆下來，看著天空，興致勃勃地繼續向婁慶雲提問，一時氣氛十分融洽。

而另一邊的亭臺裡，棋盤上的廝殺似乎也到了高潮。

婁兆雲和韓鈺累得趴在一旁，但元卿和薛繡卻是越戰越勇，絲毫不嫌疲累。元卿將全副心神撲在了棋盤上，每走一步都要深思熟慮好久，薛繡也不嫌棄他慢，安安靜靜地等他，目光時不時落在他身上。等到元卿好不容易決定走哪一步之後，薛繡再看看棋盤，隨手走一步妙棋，然後元卿又想好久才走下一步。這樣你來我往好一會兒，旁邊的看客累極了，薛繡仍毫不厭煩，無論元卿的棋藝有多差，她都不嫌棄。

兩人從戌時一刻下到了亥時三刻，終於在韓鈺的堅持下停了手。

元卿興致高昂，對薛繡不吝誇獎，說她是他見過棋品最好的人，下回若有機會，一定再和她討教云云。

薛繡激動得心臟都快跳出來了，表面上卻要維持大家閨秀的形象，規規矩矩地和元卿、婁兆雲行過禮，四人才辭別，各自回到房中。

薛繡和韓鈺回房時，房內的燈火已經熄滅，薛宸等不及睡下了。兩人輕手輕腳地進去，卻還是驚動了薛宸，見她翻了個身，雙肘撐在枕頭上。

薛繡看她沒睡，走過去說道：「嘿嘿，宸姐兒是沒睡還是剛醒啊？既然醒著，那我們點燈了。」

薛宸嗯了一聲，然後被室內突然點起的燈火亮得眯起眼，問道：「怎麼到現在呀？」

韓鈺剛才在亭裡小睡了一會兒，這時倒不那麼睏了，告狀道：「要不是我堅持，她和元公子就能那麼對坐一宿，大概現在還回不來呢。」

薛繡心情大好，就算韓鈺這麼說也不生氣，竟然絲毫沒有睡意，去到書案前，提筆做起詩來。

韓鈺和薛宸對看一眼，無奈地搖了搖頭。

韓鈺可不想再陪著薛繡繼續瘋下去，兀自到木製屏風後換了衣裳走出來，睡到薛宸身旁。「這一晚上，妳無聊死了吧。妳這性子也太不合群，幹麼不和我們一起玩呢？哪怕是說說笑笑也好呀。」

薛宸沒有說話，而是默默轉身，留了個背影給韓鈺。韓鈺見她這樣，不禁又道：「妳和慶雲表哥一樣，他也很早就回去睡了。」

薛宸剛剛閉上的眼睛又睜開了，就為了韓鈺說的那幾個字。

慶雲表哥……那個表面上正經，可私底下卻隨興得讓人抓狂的男人。她腦中不住回想他撐著頭、在她旁邊講解天上星星時的樣子，認真中帶著不羈，真是可惜了那張風流俊逸的臉。

薛繡依然心情很好，站在書案後寫寫畫畫。韓鈺看了她一眼，無奈地搖了搖頭，轉身將床邊的燈火吹熄。

不遠處的小書櫥後，一盞燭火搖曳著，注定了薛姑娘的今夜無眠。

第二天早晨，薛宸第一個起來，推開了西窗，便見陽光正好，兩輛馬車自蜿蜒的山道上疾速離去。

她親自去膳房取齋飯回來，看見薛繡和韓鈺也起床了。雖然昨天睡得晚，但薛繡看起來精神還不錯，坐著讓還沒梳妝的韓鈺替她梳頭。韓鈺打著哈欠完成了任務才去打理自己，從淨房出來後，坐到圓桌旁，接過薛宸遞給她的粥碗，小口小口喝起來。

薛繡對著小鏡子照了半天便想出門，薛宸哪裡會不知她想幹麼，連忙說道：「妳別去了，元公子他們一早就走了。我起來時，正巧瞧見他們的馬車從山路下去，護衛也替他們傳了告辭的話。」

薛繡聽了臉上有些失望，卻無可奈何。「哦，原來都走了啊。」

薛宸和韓鈺相視搖頭，對這癡情的姑娘實在說不出什麼話來。三人吃過早飯，在後山園子裡逛了兩圈，看見許多開得正豔的山茶花，各種顏色爭奇鬥豔，確實罕見。

賞完花，三人原本打算吃了中午的齋菜再回去，沒想到薛家竟然派了馬車過來接她們。只好收起玩鬧的心，規規矩矩地收拾東西回府去了。

一路上，薛繡總是掀開車簾子不住往後看，然後時不時嘆一口氣。

韓鈺問她怎麼了，她回答。「昨天的事一定會讓我終生難忘的，不管今後怎麼樣，我都要牢牢記住。」

她們當然知道薛繡為什麼這麼說，因為她看上的是尚書令家的公子、剛剛考過殿試的探花郎，前途無量，想嫁給他的女子多如過江之鯽，她算是哪根蔥、哪根蒜啊？只憑御史外孫女的身分，似乎和元公子還有很大一段距離，讓她如何不惆悵呢。

薛宸見薛繡失落，不知道該怎麼安慰她。

上一世，她也是憑著薄弱的背景嫁入長安侯府，只不過，她不是靠自身家世的支持，而是對宋安堂使了些下作手段，讓他癡迷於她這張臉，這才成功嫁進去。當時，她想了很多別的方法，卻沒一個有用的。

她自然不會鼓勵薛繡這樣做，一來那方法實在不算高明，是下下之策，薛繡的處境比她上一世要好太多了，犯不著那樣作踐自己。而元卿也與宋安堂不一樣，宋安堂膚淺，沒有上進心，總想大家寵著他，從不會考慮別人的感受；但元卿不同，他憑自己的真才實學考入三甲，成為炙手可熱的探花郎，元家家風淳厚，從他身上亦能感受到一二。可她實在不知上一世薛繡和元卿到底是怎麼在一起的，所以沒法給薛繡建議，只能順其自然。

薛宸讓馬車先回了燕子巷，便聽衾鳳和枕鴛說薛雲濤被喊去了東府。

她換過衣裳，先去逗弄小白兔，捧著牠說了好一會兒話，然後放入籠子裡，自己往東府去了。

東府裡，薛柯和薛雲濤在書房說話，薛柯提到今年禮部有侍郎出缺，父子倆討論了一會兒後，他才突然想起一件事來。

「對了，宸姐兒身邊那個護衛，你可知道他是誰？」

薛雲濤正研究手裡的禮部冊子，不知薛柯怎麼會突然問起宸姐兒的護衛，抬頭問道：「什麼護衛？」

薛柯瞧他的樣子，知道兒子肯定沒注意到，解惑道：「就是幫宸姐兒調查徐家的那個護衛。你也糊塗，竟然到今天還沒認出那人是誰?!」

薛雲濤更加不明白了，蹙眉問道：「我該認出來嗎？那就是江湖人，給宸姐兒遞了投靠文書的，我去關心他做什麼？」

薛柯搖頭，對薛雲濤招了招手，讓他湊到眼前來，細細說了。

薛雲濤大驚。「您說的是同一個人嗎？」仔細回想之前看見嚴洛東的樣子，實在想不起來。這不能怪他，那陣子事情太多，他自己都狼狽得很，哪有工夫去注意女兒的護衛。如今聽父親說起，若是真的，那宸姐兒還真有造化。

「父親是要我去籠絡他嗎？」薛雲濤猜測薛柯告訴他這件事的目的，大概是想把嚴洛東招到自己旗下做事。

薛柯想了想，搖頭說道：「用不著。既然他選擇了咱們薛家，那不管在誰院子裡做事都是一樣的，等真要用上他的時候再去找他，現在按兵不動就成了。」

薛雲濤點點頭，表示知道。

春然茶樓的掌櫃姚大一早便來求見，得知薛宸還沒起身，遂在抱廈中等候，半點不敢踰矩。他們這位大小姐雖說年紀小，卻是真的和已故的太太學了不少做生意的手腕，管起帳來毫不含糊，連一些老帳房都不得不服氣。

薛宸起來後，吃了一碗綠豆粥、兩塊山楂糕，然後去了花廳，讓姚大進來回話。

姚大是個四十多歲的中年男人，氣質樸實，穿著普通長衫，看見薛宸從外頭走入，趕忙從椅子上站起來對她行禮。

「姚掌櫃不必多禮，請坐吧。」

薛宸對各個掌櫃和莊頭都很尊重，接手盧氏的產業後，便先將所有掌櫃和莊頭的工錢翻了一倍，然後逐一查看帳冊和店鋪、田莊的經營情況。若有吃裡扒外、奴大欺主的，直接辭退，以副掌櫃上位接替；少了些人情，卻多了些規矩。做對了賞、做錯了罰，這就是薛宸的管理方法，簡單卻很有效。

這個姚大是在中央大道轉角經營茶樓的，之前隨眾掌櫃一同來府裡見過她，他的春然茶樓算是京城中比較有名的好買賣，地處優勢，送往迎來，已經開了十多年，至今沒出現什麼問題。這回來找她，定是有其他方面的需求，遂問道：「姚掌櫃這麼早來見我，不知所為何事？」

姚大從剛才就沒敢坐下來，現在聽到薛宸主動問話，更不敢坐了，站到她面前作揖，說道：「叨擾小姐休息，實屬不該，只是最近茶樓不大太平，眼看要鬧出大事，不能不告訴小姐。」

薛宸端著茶杯正要喝茶，聽他這麼說便不喝了，抬頭看他，問道：「什麼事？說吧。」

薛宸在管人這方面很有經驗，對待下屬她從來不吝嗇，只要能幫到他們的，一定會做到；相反的，如果有人背叛，她眼裡也揉不進沙子，該怎麼處置，絕不會手軟。

「三天前，有個人過來說要用二百兩買咱們茶樓，先不說這價格低得沒譜，就是價格好，我也不肯賣的。那人說了一堆話，我把他趕出去了，然後第二天便有人來茶樓鬧。

「起先我以為是地痞來找麻煩，這種事太正常不過。春然茶樓剛開那年，有一半時日會遇上這些來收錢的，後來年代久了才絕了去。沒想到最近又遇上了，十幾個膀大腰圓的漢子，來了也不點茶，卻把客人趕跑了。以往遇上這種事，要能解決，就算奉上點銀子也沒什麼，可這些人油鹽不進，說什麼都不走，我沒法子，只好喊官差來。平日裡，官差和咱們多有來往，地痞們瞧見官差，怎樣都會給點面子。可這幫人氣焰沖天，連官差都不放在眼裡，在茶樓裡鬧了起來。

「昨兒，那個要買咱們鋪子的人又來了，對官差說話也不客氣，直說趁早把鋪子賣給他們，他們上頭有人，咱們惹不起。後來那人把官差喊去一邊，說了他的身分，官差一看惹不起，就走了。而那些人一直堵在門口，咱們也沒辦法做生意。當天晚上，我去了官差家裡，他告訴我對方來頭不小，讓我回來跟小姐說一聲，這鋪子賣了，就當是給個人情，別到時候惹了大麻煩。」

薛宸聽到這裡，也蹙起了眉頭，冷聲問道：「什麼背景？多大麻煩？」

姚大想了想，決定不隱瞞，稍稍上前半步，對薛宸小聲說了一句。「據說跟皇家沾著親，不知是什麼身分，只說後臺大著呢。小姐，您看這人情給嗎？」

薛宸冷哼一聲。「二百兩，虧他說得出口。只憑一句皇親，就讓咱們賤賣十多年的老鋪子，未免太可笑了！」

姚大嘆了口氣。「這是強權壓人！不僅僅是咱們鋪子，後頭還有幾家也被他們騷擾了，有家糕點鋪子和糖果鋪子，他們只開價五十兩，老闆見他們凶神惡煞，不敢惹，只能答應下來。咱們若是不答應，他們今天肯定還會再來。」

薛宸想了想，對姚大說道：「那人今日再來，你且拖著他，把他的來歷弄清楚了來回我，到時候我再定奪。」見姚大有些害怕的樣子，又道：「讓兩個護衛隨你去，有消息就差他們來找我。」

姚大得了薛宸的準話，又得了兩個護衛，人身安全得到保障，便對薛宸行了禮，從側門出了薛家的院子。

薛宸在府中等到辰時三刻，姚大果然派了護衛回來報信，只說了一句。「那人姓戴。」

姓戴……

薛宸在書房中踱步，腦中回想，京城中有哪個姓戴之人沾著皇親？突然靈光一閃，有了一點眉目。

仁恩伯府的長媳似乎就是姓戴，出身不高，上一世薛宸做生意時，曾與她打過交道，沒什麼本事，但脾氣卻是一等一的差。她記得這個戴氏從前總是跟在上州刺史之女余氏身後做事。

余氏正是衛國公府的三夫人，而他們所說的沾著皇親，只怕是衛國公府的長媳綏陽長公主了——也就是婁慶雲的親生母親。

猜透了這層關係，薛宸心裡更加納悶，綏陽長公主怎麼看都不像是會缺這點錢來弄店面的人，如果真是她下的令，也沒理由讓手下的人去張揚啊，又不是什麼光彩的事。因此，薛宸敢斷定，綏陽長公主定然不知道這件事，這些人只是狐假虎威罷了。

薛宸讓衾鳳去喊嚴洛東過來，然後自己到書案後頭，提筆寫了一封信。信寫好時，嚴洛東也來了。

他對薛宸行了禮，薛宸說道：「你替我查查仁恩伯府的戴氏，看看她最近都見了什麼人、打算做什麼事。」

嚴洛東點點頭，問了一句。「要順帶查一下仁恩伯府嗎？」

薛宸想想他的能耐，遂點頭。「若是方便，一併查了也好。」

嚴洛東離去後，薛宸喊了枕鴛進來，交給她一封用獨有花箋寫的信。「妳帶著這封信到大理寺門口守著，看見少卿的車馬出來就去攔，把信交給他。」

枕鴛不解。「小姐，您是讓我攔路告狀嗎？大理寺少卿的車馬如何是我這種小丫鬟能攔的，聽說平民攔路告狀，首先就得打十板子。」

薛宸瞥了有些害怕的枕鴛一眼，伸手彈她額頭，說道：「妳把信交到他手上，他若還打妳，我讓妳打回來。」

枕鴛揉著額頭。「小姐，我哪敢打您啊。要不，我真被打了，您折現銀給我吧，一板子十兩。」

「……」薛宸差點沒忍住，一腳想把這個財迷的小丫頭給踢出去。

這封信是要交給婁慶雲的，畢竟這件事牽涉到他的母親綏陽長公主，事先告知他，免得到時衝撞了公主卻沒個說得上話的人。儘管薛宸不敢保證婁慶雲一定會幫她，但直覺他不會害她就是了。

信送出去後，薛宸也沒放在心上，更不期待婁慶雲會在百忙之中給她回信，甚至他有可能根本連看都不會看。但不管怎麼樣，只要她把信送出去，將來如果鬧出官司，也算是個憑證。

下午，嚴洛東便回來了，按照他以往的行事風格，自然又是將仁恩伯府調查個底朝天，連仁恩伯昨天晚上睡在哪個小妾院裡都打探出來了。而戴氏的一切更不用說，查得一清二楚。

「近年來，仁恩伯府入不敷出，戴氏勉強維持，最近她與衛國公府三夫人余氏看中中央道轉角的位置，想把那裡盤下來開酒樓。但是戴氏沒有錢，而余氏也不打算出錢，於是安排戴氏娘家兄弟戴建榮招了地痞去威脅每家鋪子，小姐的春然茶樓亦在其中，那裡是打頭的位置，估計他們勢在必得。」

薛宸冷笑。「勢在必得，也要有那個本事。」

嚴洛東看著薛宸這副表情，想起上回她在田莊裡的作為，知道小姐不是個好惹的，有膽色、有謀略，可惜身為女子，若是男子，必能成就一番事業。

「小姐打算如何？」

對於嚴洛東的問題，薛宸沒有直接回答，而是問道：「對了，你知道仁恩伯世子在煙花巷藏了個外室嗎？」

嚴洛東愣住了，但也只是片刻，然後便點點頭，答道：「這個我沒跟小姐說過，小姐是怎麼知道的？」這種消息，他對薛宸還是有些保留的，畢竟薛宸是未出閣的小姐，聽多了這些事情總不是好的，可沒想到即使他不說，小姐竟然也知道。

薛宸就知道他有所隱瞞，笑著說：「上回去東府，聽京兆尹夫人提過。這個外室姓單，很得仁恩伯世子的寵愛，除了正妻的名分不能給她，其他全給足了，戴氏見了她都得退讓三分。你說，我要是把戴氏想買咱們茶樓的消息告訴單氏，她會怎麼做？」

其實這個消息不是她在東府聽見的，而是上一世特意打聽來的。仁恩伯世子對這個外室簡直是掏心掏肺地寵，雖不說寵妾滅妻，但也好不了多少，戴氏在她手裡沒少吃虧。

正妻和外室相遇，那是情敵見面分外眼紅；戴氏要的東西，單氏自然有興趣。只要單氏出手，這件事就好辦了。

嚴洛東從前做的是刀口舔血的活計，對婦人內宅之事並不是很懂，便很謙虛地站在那裡，等待薛宸下命令。

薛宸前後踱了兩步後，心裡有了主意，對嚴洛東道：「找些人去煙花巷一帶散布消息，說仁恩伯世子出手豪氣，要花重金買下春然茶樓送給大夫人。其他的，什麼都不用說……」

第二十五章

衛國公府三房內院之中，余氏和戴氏正湊在一張桌子前算帳。

戴氏高興地對余氏回稟。「現在已經有四家鋪子同意賣，最難說服的春然茶樓也開始跟咱們談價錢了，和之前的嘴硬完全不同。看來是咱們說出去的來頭太大，那茶樓的老闆怕了，這才妥協的。」

余氏心滿意足地喝了口茶，看看剛用鳳仙花染成的指甲，漫不經心道：「怎麼不怕，這可是實打實的皇親國戚，我就不信還真有那不要命的。」

戴氏以余氏馬首是瞻，聽她這麼說，立刻趨身上前拍馬道：「是是是，三夫人英明。不過，公主知道這事嗎？如果……我是說如果，真有人鬧出來，公主不會怪罪吧？」雖然打著公主的旗號在外頭辦事實在爽利，但也怕今後出事會牽連了自己。

余氏瞧她一副膽小如鼠的模樣，不禁冷冷一哼。「哼，妳怕什麼，不是還有我在嗎？公主那裡自然是沒事的，我與公主可是正經妯娌，我說的話，公主平時都能聽進去。我之前和她打過招呼，說咱們酒樓開張算她一份，她就糊裡糊塗地同意了。若遇上個不怕死的，妳也別對他客氣，該怎麼著怎麼著，到時候自然有公主兜著，諒人也不敢把事情鬧到公主面前。就算真鬧了，我也不怕，公主的性子，我清楚著呢。」

得了余氏這個吩咐，戴氏就放心了，又是一番奉承，然後便離開了衛國公府。

薛雲濤派人回來傳話，說是今晚不回府吃飯了。天氣越來越熱，薛宸也覺得沒什麼胃口，便先回房裡梳洗一番，清涼清涼，再決定要吃什麼。

她舒舒服服地泡了一個花瓣澡，站在鏡子前照了好一會兒，才磨磨蹭蹭地走出澡房，換上滿是花香的衣裳，坐到了梳妝檯前。

桌上放了一封信，她拿起來對衾鳳和枕鴛揚了揚，但兩個丫頭都不知道是誰送的。

薛宸看了看沒有寫字的空白信封，心中有個猜測，不敢貿然打開，便讓衾鳳給她倒茶，叫枕鴛去拿扇子。

支開了她們倆，薛宸才敢飛快打開信，看著上頭的字，眉頭蹙了起來。一張大大的信紙上，只寫了一行字：戌時芙蓉園，老地方。

芙蓉園，老地方……是婁慶雲！

這傢伙還真懂得拿雞毛當令箭，她不過是給他送一封陳情信，他倒好，將之當作邀約，還堂而皇之地回信。而嚴洛東不在府裡，她竟然連這封信是什麼時候送來的都不知道。

薛宸實在不想赴這莫名其妙的約，可想著戴氏的事情，多多少少算是牽扯上了綏陽長公主，若婁慶雲拿這件事說嘴，她還真沒有說不去的理由。

她無奈地收起信，神色平常地讓枕鴛替她梳個墜馬髻。

枕鴛奇道：「小姐，這麼晚了，還梳髮髻做什麼？」

薛宸有些心虛，手裡捏著那封信，硬著頭皮道：「韓鈺約我出去。」這個時候，只能拿韓鈺來做藉口了，反正那丫頭是出了名的瘋癲，誰也不會對她的舉動感到奇怪。

果然，枕鴛聽說是韓鈺便不再多問了，乖乖給薛宸梳了頭。衾鳳讓管家套馬車，問薛宸要不要她們跟隨，薛宸說去將軍府，不需要帶丫頭。兩人將薛宸送上車，便轉身回了府。

薛宸讓車夫將馬車駛往芙蓉園。之前停馬車的樹蔭下算是他們第一次交談的地方，薛宸覺得婁慶雲所說的「老地方」就是那裡了。

「小姐，芙蓉園晚上不開的，這麼晚了您去做什麼呀？」

薛宸的聲音平靜地傳出來。「與人有約，快去吧。」

車夫見小姐不想多說，便識趣地不再多問。他只是個車夫，只要安全地把小姐送去那個地方，至於其他的，就是護衛的事情了。

到了芙蓉園，果真在兩人相遇的樹下看見一輛精巧的馬車，馬車下站了一個美貌的華服丫鬟，等薛宸的車停穩了，便巧笑倩兮地迎上來，在車簾前對薛宸屈膝道：「我家小姐恭候多時，願與薛大小姐一同觀賞繁星，還請您改坐敝府馬車入園。」

薛宸掀開車簾子，看看槐樹下的馬車，心裡又將婁慶雲罵了一頓，不過表面上卻不敢露餡，畢竟她還是要名聲的。這一點，婁慶雲做得倒是周到，還曉得讓婢女出來迎她。

從馬車上走下，薛宸看了那婢女一眼，並沒有看出任何情緒，深吸一口氣對老王吩咐道：「你們在外面等我，至多半個時辰我就出來了。」

老王點頭稱是，把馬車趕到路邊。

薛宸指了指身後的護衛，對婢女問道：「妳家小姐不介意我帶護衛進去吧？」

婢女露出一抹訓練有素的微笑，回答。「薛大小姐實在多慮，有我家小姐在，芙蓉園中再安全不過。您的護衛去了，只怕也是無用武之地。」

「……」

薛宸無奈，只好將人留在園外，自己上了那輛精緻的馬車。

車緩緩駛入芙蓉園中，薛宸心中納悶，芙蓉園只有在特定日子才開放，普通官宦人家想進來還得提前預定才行，沒想到她晚上竟能進園，不禁再次對上位者的特權生出感慨。

馬車在花園中緩慢行駛一會兒後，便停了下來。不等薛宸自己動手，那婢女主動替她掀起車簾，姣好容貌掛著喜氣的笑容，實在叫人討厭不起來。

「小姐請下車，已經到了。」

薛宸實在不知道婁慶雲搞這些花樣做什麼，但如今騎虎難下，只好跟著人家的安排，走一步算一步。

下了車，河面上的花燈讓她眼前一亮，她認得這裡，正是芙蓉園中的景翠園，上回薛繡和韓鈺「偶遇」元公子的地方，從這裡有一條九曲迴廊通到湖面。她甚至還記得，當時湖水碧波瀲灩，可現在看不見碧波，取而代之的，是多如繁星的小花燈，一個個浮在水面上，像星星般閃耀著。

「這星星是不是比上回又漂亮了些？」

特別的低沈嗓音自暗處傳來，薛宸循著聲音望去，看見婁慶雲單手搭在橋墩上，一身銀黑色的大理寺官服，但這絲毫無損他英俊的外貌。月光下的他，彷彿吸收了月之精華般，俊美如玉。

婁慶雲緩緩走近薛宸，鼻尖聞到她身上的清新香味。她穿著淡色交領襦裙，看起來既端莊又秀麗，此時正十分嚴肅地盯著自己，漆黑眼眸中似乎倒映著點點星光，有種暗夜精靈般的美麗。

薛宸環顧四周，剛才送她來的丫鬟和馬車早已不知去向，四周除了湖之外，便是慘白的月光，沒來由地，她心裡生出一絲害怕，不著痕跡地往後退了一小步。

這動作沒能瞞過婁慶雲的眼睛，亦步亦趨跟上，來到薛宸面前，彎下腰與她平視。「現在知道怕了？」

薛宸不敢與他對視，連忙斂下目光，說道：「大公子約我來，不會是為了嚇唬我吧？我的車夫和護衛都在外面等，我與他們說了，若半個時辰後我沒出去，他們便進來尋。」言下之意就是：你給我老實點，我也是帶了人過來的。

婁慶雲突然朗聲笑了起來，月光下，他那樣爽朗迷人，讓薛宸內心無比糾結，這人真是浪費了一身的好皮相，行事這般不拘一格，實在叫人難以預測。

「呵呵，還威脅起我來了。妳這丫頭太不識好歹，我好心好意請妳來看花燈，怎麼到妳嘴裡我就成壞人了？」

歷經兩世，薛宸沒遇過這樣無賴的人，好像自己怎麼說都錯，乾脆抿起嘴，不說話了。

婁慶雲見她生氣，不再逗她，道：「好了好了，不跟妳開玩笑了。妳不是派人給我送了花箋，有話要跟我說嗎？」

薛宸走到湖邊，蹲在那裡，縮成小小的一團。婁慶雲覺得有趣，學著她的樣子，與她一起蹲在河邊上。

薛宸往旁邊挪了挪，與他保持距離，嘴上說道：「我要說的話，信裡都寫了，哪裡還需要特意見面說呀！不過，既然見著了，那我就不客氣了。」

婁慶雲長手一伸，從水面上勾起一盞蓮花燈，遞到薛宸面前，將她的小臉映襯得特別好看，紅彤彤的臉頰像是嬌羞般，黑亮眼睛中盛滿叫人神醉的光芒。腦中想起她的行事，潑辣得像匹無人馴服的野馬，不禁笑了起來。「說得好像妳對我客氣過似的。」

薛宸只當沒聽見，斟酌著語句道：「這回的事，原不是我挑起來的，只是想告訴你一聲，別到時候真衝撞了誰，平白遭人記恨。」

婁慶雲笑而不語，好半晌才將手裡的蓮花燈交給薛宸。薛宸不懂他的意思，接過了花燈，誰知道，婁慶雲卻突然站起來說道：「我再給妳撈一盞。妳要什麼？」

薛宸無語地看著他，不知自己的話他聽進多少，但不管怎麼樣，她已經當面和他說過了，應該就能放手去做了吧。

她瞥了水面一眼，瞧見一盞兔子花燈，想起院子裡養的那隻小肥兔子，正要說話，卻見一根鉤子伸向了水面，套住的正是她看中的那盞兔子燈。

薛宸訝異地轉頭看婁慶雲，心中納悶，他怎麼會知道自己想要兔子燈？心裡這麼想著，沒想到竟脫口說出，等到話音落下她才反應過來，不該問這話的。

婁慶雲將花燈勾出水面，小心地挪到跟前，取下來送到她手上。「我就是知道啊。」說完這句話後，也許覺得有些不妥，又加了一句。「女孩兒嘛，不是都喜歡這些小動物？雖然妳和一般的女孩有些不同，但愛好總是一樣的吧。」

「……」不可否認，他還真說對了。

雖說薛宸活了兩世，但始終沒體驗過少女情懷是什麼滋味。那些金銀之物，對她來說只是需要，卻並不喜歡，她喜歡的是很簡單、很浪漫，哪怕是不大起眼，卻能讓她感到溫暖的東西。

薛宸手裡拿著兔子燈，又掃了湖面一眼，上面最少漂浮著上百盞點燃的花燈，不解的同時，似乎又覺得有那麼一點點欣喜。

從來沒有誰為她花過這麼多心思，儘管這份心思讓她覺得十分不安。

婁慶雲轉頭，看見薛宸被小兔子花燈映照得臉色瑩潔如玉，長長睫毛似乎有了投影，顯得更加濃密，挺翹的鼻子怎麼看怎麼精緻漂亮，那張小嘴更不用說了，配上水汪汪、黑沈沈，似紫玉葡萄般的大眼睛，一張臉怎麼看都是禍水的樣子，只可惜年齡還太小了些，才十三歲……

薛宸抬頭看婁慶雲，見他又回過頭去，用鉤子勾了一盞鯉魚形狀的花燈上來，魚尾上翹，樣子可愛極了。

婁慶雲把燈遞給薛宸，勾唇問道：「妳說的那事，要我幫忙嗎？」

薛宸看他一眼，然後將幾盞花燈放在一起，淡淡地搖了搖頭。「不用。」

她這麼說，那就說明是真不用自己出手。婁慶雲心中有些失落，這丫頭遇到事，第一個想到的肯定不是求救，而是用盡一切辦法反擊。這種個性，一定是在絕望的環境中造就而成的，沒有人幫她，凡事靠自己單打獨鬥，如果不反擊就會被欺負。

他心中沒來由地一軟，收回目光，望向河面的花燈，久久不曾說話。他有三個妹妹，但沒有一個妹妹的性格像她這般堅強，獨立得讓人心疼。

薛宸又仰頭看了他一眼，覺得臨水而立的他俊美無儔，那身銀黑色的大理寺少卿官服讓他多了幾分嚴肅。這樣的出身、這樣的人物，最終卻難逃慘死異鄉的下場。薛宸從前對他的印象只停留在上一世他出殯的排場，作夢都沒有想到有一天自己竟會和他站在一起說話。

如今是元初一年，他是元初三年死在涿州，也就是說，死期在兩年之後……心中一動，薛宸突然開口道：「大公子……」

婁慶雲打斷她，爽朗一笑，一口白牙在花燈的映照下顯得更加潔白。「叫表哥吧。親近些。」

薛宸不想在這種問題上和他爭執，從善如流地說：「表哥，你為什麼會進大理寺？」如果不是進了大理寺，他就不會樹敵，也不會遭到刺殺，死在異鄉。

其實不僅僅是薛宸感到奇怪，很多人都對婁慶雲這樣得天獨厚的身分卻跑去大理寺做刀口舔血的事情感到不解。在世人眼中，婁慶雲這般相貌加上出身背景，只要不是不學無術的紈袴子弟，怎樣都能去做輕鬆些的文官，比如六部侍郎之類的。

婁慶雲也曾考過科舉並奪得解元，但他卻沒有繼續殿試，因為殿試完，他勢必會走上另外一條路。十六歲中了解元後，他作了讓所有人驚訝的決定——進大理寺，從判司做起，一步步走到如今這個位置。

婁慶雲沒想到，這丫頭開口對他問的第一個問題竟然是這個，想了一會兒後，沒有隱瞞，直言道：「大理寺相對乾淨些。」

乾淨？薛宸在心中品味著這兩個字的意思。

婁慶雲見她不說話了，一雙彷彿染上夜露的黑眸緊緊盯著自己，勾唇一笑，說道：「妳就算聰明，但有些事情卻還是不懂的。」然後對她伸出一隻手。

薛宸下意識地往後避了避，卻沒能躲過，婁慶雲伸手在她頭頂輕輕揉了揉，語氣像是羽毛般溫柔。「沒關係，等妳再大一些，我講給妳聽。」

薛宸仰頭看著這個比她高出一個頭有餘的男人，突然有種想哭的感覺，他眼底的溫柔騙不了人、手上的呵護騙不了人，說話的語氣也騙不了人。

他們就這麼面對而立地瞧著彼此，末了，薛宸率先收回目光，將他放在自己頭頂的手拉開，向後退了一步，低下頭，目光不知往哪裡放，聲音低若蚊蚋。「時辰不早，我該回去了。」

婁慶雲瞧見她害羞，心裡喜孜孜的，知道小姑娘終於情竇初開了。他不想一下子開口嚇著她，打算用溫水煮青蛙的方法慢慢和這小丫頭耗著。總有一天，她會長大，就該知道他的好了。

直到坐上了薛府的馬車，薛宸還覺得有些雲裡霧裡，唯有手上的兩盞花燈提醒著她，這不是夢。

她將花燈內的燭火吹熄，放置在車窗前的小桌子上，一隻潔白無瑕的小兔子，紅紅的眼睛、胖胖的肚子，外加一條五顏六色的大鯉魚，尾巴似乎要翹上了天。

將兩盞花燈拿回去後，衾鳳和枕鴛也很喜歡，直說韓鈺太夠意思了，準備替薛宸收起來時，枕鴛突然嘟囔了一句。「小姐，我覺得您和兔子還有鯉魚真是特別有緣。」

衾鳳正替薛宸拆卸髮髻上的釵環，薛宸從鏡中瞧了她一眼，問道：「什麼呀？」

枕鴛答道：「您瞧，上回您在院子裡撿了一對鯉魚風箏，然後發現兔子，今天拿回來的花燈又是這兩樣，難道還不能說明您和牠們有緣呀？」

薛宸的思緒有些空白，盯著那隻兔子紅紅的眼睛。原本她還沒有發覺，可如今被枕鴛這麼一說，好像真是那麼回事，腦中閃過一種可能，但太荒謬了，很快被她否決。怎麼可能是他？一定是她想多了！

可是，為什麼偏偏是兔子和鯉魚呢？薛宸覺得自己的心頭彷彿被一柄大錘敲了一下，某種異樣情愫似乎正在悄悄發酵……

這日，嚴洛東回來對薛宸稟報，說消息已經放出去了。

正如薛宸所料，單氏一聽說這個，當天就派了心腹小廝去春然茶樓打聽。樓裡和她說話的人，自然是薛宸早已安排好的。

茶樓的人告訴小廝。「這是誰說的？傳得也太離譜了。世子哪裡來這兒了，是夫人戴氏要買，只是覺得價格高了此，要回去和世子商量。世子這些天不在京裡，等他回來後夫人和世子說，難道世子會不讓夫人買嗎？我看最後肯定能成。」

這些年小廝跟著單氏，他能出頭，自然不是個什麼都看不懂的木頭，聽說事情還沒成，心中一喜。單氏雖是個外室，但世子對她是真寵的，問清楚這件事後回去告訴她，一定能討得賞。遂又問道：「是嗎？流言可不就是這麼來的。話說你們這茶樓準備賣多少錢啊？之前怎麼沒聽說要賣？」

茶樓夥計臉上現出為難，直到小廝又說了些奉承話後，才勉為其難地開口。「唉，告訴你也沒關係。這茶樓不是咱們掌櫃要賣的，是世子夫人看中了這塊地，想開間酒樓。咱們掌櫃年紀大了，想著若是能賺一筆，回家享享清福也好，再說世子夫人提的價錢也不錯。如今就等著世子回來，夫人有了銀子，那便成了。」

春然茶樓開了十多年，老掌櫃也幹了十多年，因此外面並沒有多少人知道這鋪子並不是老掌櫃的，小廝哪聽得出裡頭的貓膩啊，只覺自己頭上正懸著個金光閃閃的大包袱，若把這件事給單氏辦好，她絕對不會少了他的好處，隨便從指縫裡漏出點，就夠他花了。

小廝從身上掏了幾吊錢給茶樓的夥計喝茶，跟他約好，這些天可能還要來麻煩他，到時候千萬幫忙。

茶樓夥計一副見錢眼開的樣子，一個勁兒地點頭，把小廝從後門送了出去。

小廝馬不停蹄回了煙花巷，一進去就問單氏在哪裡，聽說她在園子裡聽戲，便趕了過去。

單氏正值雙十年華，生得貌美如花，身子像水蛇似的柔若無骨、媚態自生，橫臥在一張貴妃榻上，舒舒服服地聽戲。

小廝在她身邊說了幾句話之後，單氏坐直了身子，狐媚的眼珠子轉了轉，看著他笑問道：「你沒聽錯？春然茶樓真是那位要買的？」

小廝連連點頭。「誰說不是呢。只是那位手裡沒銀子，說是等世子回來，銀子到手，她就來買啦。」

單氏聽得心動不已，倒不是說她也看中了那塊地，而是戴氏想要的東西，她都有興趣。在單氏眼裡，她生得比戴氏美貌，出身雖略差些，但戴氏娘家清貧寡淡，手裡當然沒錢，仰仗的就是仁恩伯府嘛，過得還沒她瀟灑舒坦呢。要是她命好些，如今在府裡做正牌夫人，還有戴氏什麼事？好在世子不糊塗，對她可比對那個老女人要好得多。

「打聽出來那茶樓賣多少錢沒有？」單氏果然有了想法。

小廝暗讚自己有先見之明，麻溜回道：「三萬兩。那地界，三萬兩可真不算貴了。老掌櫃年紀大，做不動了，才起了賣茶樓的心思，這買賣肯定不虧。」

三萬兩……單氏的眸子裡閃過一道精光，憑她現在的受寵程度，應該能要得到。這些天，世子的確是去鄰縣辦公差了，戴氏要銀子也得等世子回來，可若是她能搶在戴氏前頭，把世子截過來，要了銀子，捷足先登，戴氏知道了指不定得氣成什麼樣呢，要是氣得懸樑自盡，到時候還說不定誰是夫人呢？

她打定了主意，招小廝過來吩咐道：「你找兩個人去城門口守著，看見世子，就趕緊截過來，說我心口疼，等著世子來給我揉。」

小廝一聽便知道單氏想幹麼，主僕倆交換了個得意的笑，就領命下去準備了。他生拉活拽，也要把世子拉到這裡來才行。

第二十六章

戴氏在院子裡和哥哥戴建榮說話，手裡翻看著十幾張地契和畫押，數了數，說道：「這才十一家，那間最大的茶樓呢？還沒拿下來？實在不行就給我多找些人去，再這麼耽擱下去得拖到何年何月呀！」

戴建榮坐在一旁吃棗子，盯著伺候的丫鬟上下打量，目光流連在前凸後翹的地方，眼中滿是淫邪之色，丫鬟在一旁敢怒不敢言。

聽了戴氏問話，戴建榮才收回目光，瞧向戴氏道：「快了快了，那家鋪子不是掌櫃自己的，城外還有東家，這一來一回地報信也得幾天不是。不過掌櫃說二百兩實在太低了，讓我再加點。」

戴氏一聽，便說：「也未必真要二百兩，五百兩以內，你自己作主就成了。」

戴建榮點頭。「我知道。那掌櫃也有私心，說事成之後得給他一百兩，就幫著咱們糊弄東家。這人啊，一旦有了私心就不怕他不辦事，等幾天就等幾天，咱們省些鬧事的人手。等事情辦成，再給他賴掉，一個老頭還有什麼能耐找咱們？」

戴氏瞧著哥哥一副吊兒郎當的做派，心裡還是有些擔心的。說了半天，戴建榮的魂早給一旁的丫鬟勾了，眼睛恨不得長到人家衣服裡，和她說話是有一搭、沒一搭的，根本沒聽進去……

薛宸在院子裡修剪花草，順便拿花灑澆花，姚大就來求見了。

薛宸讓他直接到園裡來，姚大的語氣有些興奮，顧不上好好行禮，拜了拜便隨即起身，迫不及待地把手中東西遞給薛宸看。

「小姐，您真是料事如神，單氏今早派人來跟咱們買鋪子，已經給了五千兩訂金，只要小姐簽了契，另外兩萬五千兩當場就給。」

薛宸站起身，回頭看了姚大一眼，聲音沒什麼起伏，問道：「三萬兩，那單氏沒還價？」

這年頭做外室的女人都是厲害角色，把男人哄得團團轉，恨不得把心窩子全掏給她，想來那戴氏也是個沒用的。

姚大答道：「單氏根本不懂生意，隨便糊弄兩句便信了，我見她這樣，就咬死了三萬兩，一分不少。小姐，這價格可真不低了，咱們鋪子每年的進益也就八、九百兩，還得各方打點，這下子用三萬兩賣掉，咱們只賺不賠。」

薛宸笑了笑，她當然知道，不僅不賠，還賺得很！誰也不曉得再過兩年中央大道會和朱雀街接攏，說是要擴建棧道，從護城河一路開到朱雀街，今後人們只會從朱雀街尾的春熙街走。中央大道分成南北兩街，現在春然茶樓看起來的確地處要勢，但兩年後，路一封，那裡就會變成死胡同，再也做不了生意。

薛宸讓姚大著手安排去，事情就這麼定了下來。中午後，姚大便把這件事辦妥了，在衙門裡和單氏的人過了戶、畫了押，手裡拿著沈甸甸的銀票和薛宸的私章，神采飛揚地從薛家大門進來，一點都沒有不做掌櫃的失落。不為別的，薛宸先前承諾了，事成之後給他一千兩作為傭金，要是願意就自己出去開鋪子，若是不願意，便繼續在薛家的鋪子做事，一樣當掌櫃。這樣的好事，姚大作夢都想不到，一時腳底像是乘了風，笑得嘴咧到耳根子。

他交回銀子和私章，薛宸點也沒點直接交給了一旁的衾鳳，然後問姚大如何打算？姚大想著，自己年紀大了，有家有口，一千兩雖然夠開個自己的鋪子，卻得自負盈虧，左思右想，還是決定留在薛家做掌櫃。

薛宸也希望留下有經驗的掌櫃幫忙，衡量一番後做了調動，讓姚大接管春熙街上一家籌備中的飯莊。姚大有經驗，做這行再合適不過，遂對薛宸千恩萬謝而去。

戴建榮一路小跑著去了戴氏的院子，路上撞著兩個端著熱水盆的丫鬟，惹得他怒了起來。「滾滾滾，別擋路！」

戴氏正在查看這個月府裡的開銷用度，看見戴建榮喘著大氣跑進來，蹙眉道：「你慌慌張張地做什麼？以為這是戴家後院呀！」

戴建榮可管不了這麼多，跨過門檻撲到戴氏桌前，一邊喘氣一邊說道：「大事不妙……

那地方、那地方……被人買了！」

戴氏被他噴了一臉唾沫星子，嫌棄地揮了揮手。「好好說話！支支吾吾的說什麼呀？」

戴建榮好不容易喘過氣，趴在桌子上毫無形象地道：「那茶樓被人買走了！」

戴氏一聽，從凳子上站起來。「什麼?!」轉念一想，又道：「買走就買走，不管是誰買走的，都得給我吐出來！你不會如法炮製再找人去鬧啊！平時大話說得叮咚響，真讓你做個事卻做不好！」

她對這個兄弟實在無語了，見他還愣在面前不動，氣得恨不得上去踢他一腳。

戴建榮往後退了一步，臉上的表情有點複雜，終於把實話說出來了。「不是我不想去，而是這人……我惹不起啊！那是妹夫的心頭寶，上回幫妳去鬧，我的腿差點被妹夫給廢了，這回再去那可是再犯，妹夫還不得殺了我啊！」

戴氏越聽越不對勁，擰著眉問他。「什麼妹夫不妹夫的？你把話給我說清楚，到底是誰買了那鋪子？」

戴建榮嚥了下口水，苦著臉說出兩個字。「單氏。」

戴氏驚得往後退了一步，跌坐在椅子上，幸好丫鬟眼明手快扶住了她，卻一時沒控制好聲音，叫了出來。「怎麼會是她？」

戴建榮也急得跳腳。「就是她！今兒我帶人去鋪子裡鬧，打算一舉拿下，可誰知道原來的掌櫃跟夥計都不見了，留下的全是單氏的人，其中一個是咱們常見的小廝，說他家夫人花了三萬兩買下鋪子！」

這回戴氏真的坐不住了，又是一陣驚叫。「多少？那個賤人花了多少錢買的？」臉上的表情很複雜，既想笑又憤怒。

戴建榮比了比手指頭，道：「三……三萬兩。」

戴氏沒忍住，笑了出來。「就那破店，她花了三萬兩？這賤人有沒有腦子……等等。」突然想到什麼，轉過身問戴建榮。「那賤人哪來的銀子？」

戴建榮直搖頭，戴氏斂下眉目心道不妙，走到門邊對院子的人喊道：「去看看世子回來沒有。」

戴氏在房裡踱步，去找世子的人沒多久就回來了，遞來消息。「夫人，世子身邊的長隨昨天就回來了，但世子不在府裡。」

戴氏閉上雙眼，想強忍怒火，但最終還是沒有忍住。「去給我查！把長隨抓過來，我倒要問問他這個下人是怎麼做的，把世子撩在外頭，自己卻回來了，天下還有這種道理？翻了天不成！」

不久，世子身邊的長隨被抓了過來，莫名其妙被押著跪在戴氏跟前。戴氏身邊的管事嬤嬤得到命令，上去給了他十幾個嘴巴子，打得他發懵，戴氏才厲聲問道：「說！世子在哪裡？」

這長隨跟在世子身邊也算是紅人了，在府裡混得風生水起，這回被主母抓來就打，頓時明白主母真發怒了，哪敢再怠慢，照實答道：「回、回夫人，世子在煙花巷單夫人那裡。」

「我呸！一個下賤得不能再下賤的外室你也敢稱她夫人！再掌嘴！」戴氏眼裡容不下單氏，哪肯與那種女人並稱夫人。

長隨知道自己又失言了，趕忙補救。「夫人饒了小的，小的知道錯了！」

戴氏抬手攔住了管事嬤嬤，強忍怒火問道：「我問你，世子昨日可是給了單氏一筆銀子？數目多少？從哪裡來的？」

戴氏管著家裡的庫房，這筆錢若是從家裡走的帳，她勢必會知道，既然沒有驚動她，那便說明世子另有門路。她越想越生氣，越想越委屈，嫁給世子這麼多年，世子連根針線都沒送過她，可對那個狐媚子一出手竟然就是三萬兩，這口氣，無論是哪個女人都嚥不下去。

長隨被打怕了，乖乖地實話實說。「回稟夫人，世子確實給了單氏三萬兩，錢是向承恩伯借的，那賤人要得急，世子被逼無奈，沒法子了才答應的，您可千萬別怪世子呀。」

戴氏聽見這些，連冷笑都笑不出來了。為了單氏，他竟然去跟承恩伯借錢，最終還不是要用家裡的銀子去還？他真是煞費苦心，什麼都捨得，虧她汲汲營營想給府裡掙點錢回來，他倒好，一出手就是三萬兩！

戴氏覺得，如果這口氣她能嚥下去，那真的可以上吊自盡了，還活在這個世上做什麼！既然他想把事情鬧大那就鬧大，正好可以讓公婆看看他們的好兒子在外面養了個什麼吃人的狐狸精。當即不顧顏面，一路哭喊著去了主院。

公爹不在，她就哭婆母，言語中全是世子寵妾滅妻之舉，又把世子和單氏的事添油加醋地說了個一清二楚，婆母就算有心偏袒兒子，可兒媳言之鑿鑿，哪裡還有她辯駁的餘地。在戴氏說出若今天不給她主持公道就撞死在廳堂裡的話後，仁恩伯夫人終於狠下了心，派人去把世子從煙花巷的溫柔鄉裡抓了回來。

世子是個大胖子，回來看見戴氏在哭便覺心煩意亂，不僅不知悔改，還差點和戴氏廝打起來。仁恩伯夫人哪能讓他們真動手，拚命叫人來拉，兩方僵持不下，戴氏說世子寵妾滅妻，世子說那就滅給她看……

正鬧得不可開交之際，門外又有動靜，只見一隊二十人的京兆府官差從外頭走進來，說是十多家店鋪聯名狀告仁恩伯世子夫人欺行霸市、仗勢欺人，京兆府已經接下案子，府尹要他們拿世子夫人過堂審問。

這個逆轉讓所有人大為吃驚，這、這府裡的家事，怎麼還能牽扯上京兆府的案子？仁恩伯夫人徹底傻了，這回她是真的分不清誰是好的、誰是壞的了。

前來拿人的官差態度強勢，不容戴氏辯駁就給她上了鎖鍊，老夫人和世子好說歹說，才勉強同意從後門帶人出去。

戴氏懵了，知道大事不妙，可如今枷鎖在身也無計可施。腦子裡不住想著該怎麼脫身，只能照實說了，這件事是衛國公府三夫人讓她做的，她被抓進京兆府，三夫人怎麼能不救她呢？對，一定要讓三夫人來救她……

薛宸睡了一個下午，醒來後，嚴洛東即向她稟報事情的進展。「……世子被仁恩伯夫人抓回去，和戴氏吵鬧一番後，京兆府的人就到了，二話不說，直接將戴氏從側門帶回了府衙。」

薛宸正整理衣袖，聽了嚴洛東的話便抬起頭來問道：「怎麼還扯上京兆府了？你去報的案？不對啊，就算你去報案，又怎能讓那麼多掌櫃聯名狀告戴氏？」

想想這事還真有些奇怪，那些店鋪的掌櫃明明就是懼怕戴建榮身後的勢力才會賤賣店鋪，怎麼會轉眼就團結起來？這實在不合理。

嚴洛東說：「不是我報的案，小姐沒有吩咐我怎麼會去做呢？想來京兆尹定然受到了上頭的暗示才會這樣乾脆，帶兵闖入仁恩伯府，直接動手拿人。若非如此，他們怎麼說也會提前來和仁恩伯府的人通通氣才是。」

薛宸整理完衣袖，腦中想到一個人，這件事會不會和婁慶雲有關？那晚他問她要不要幫忙，她說不要，可現在他不僅僅幫了忙，還有想把事情全然鬧大的意思。

她只想保護自己，那麼他呢？這麼做又是為了什麼？是想幫她？

一時間，薛宸猜不透婁慶雲的意思，便不打算猜了，對嚴洛東說道：「事情既然發生了，那咱們也不用猜來猜去，暗地裡盯著後面的發展就成。戴氏已經被抓入京兆府，那接下來的事情，就不是我們能夠控制的，不用去管了。」

嚴洛東點點頭，對薛宸的這個命令很是贊成。小姐再聰明也只是個官家小姑娘，確實不適合牽涉到案件中，於是行過禮後就退了下去。

戴氏在京兆府內第一次感受到官府的威勢，嚇得魂不附體，顫顫抖抖交代了所有事情，並且一口咬定是衛國公府三夫人余氏在背後操縱，她只是替人做事的小嘍囉。

京兆府得了戴氏的口供，也不含糊，直接帶人去衛國公府。

余氏早就聽到了風聲，知道戴氏被京兆府抓走，怕戴氏把她供出來，於是一早就去了大房主院要找綏陽長公主救命。可是長公主早上起來必須在佛龕前唸一個時辰的佛經，不許人打擾，余氏從卯時一刻等到辰時一刻，才看見雍容華貴的綏陽長公主從禪房走出來，她二話不說撲倒在她腳前，哭天喊地地叫起救命。

余氏秉著惡人先告狀的意思，先將戴氏罵了個遍，然後說自己如何如何可憐、孩子如何如何可憐，三房的日子又如何如何可憐。果然，綏陽長公主心軟，聽著心裡也不好受，直說讓她起來，她給她作主云云。

等京兆府的官差進了婁家後，余氏躲在主院中，怎麼都不肯出去。官差知道主院裡住的是誰，自然不敢打擾，可是他們也不敢違抗上頭的命令，於是兩相對峙，領頭的人掂量著，再也顧不上許多，衝入了主院。

余氏甚是潑辣，擋在綏陽長公主面前將那些驚嚇到公主的官差一陣臭罵，而綏陽長公主也似乎打定了主意給余氏作主，京兆府的官差再霸氣也不敢跟長公主叫板，面面相覷後正準備鎩羽而歸，誰知道此時竟走來穿著一身銀黑官袍的男子，黑髮束於紫冠中，英氣勃發、俊美無儔。看見這位，官差心裡便有底了。

婁慶雲親自帶著京兆府的人進了院子，綏陽長公主是想給余氏作主，可哪捨得不給親兒子面子，一陣遲疑後，對余氏放了手，只說讓她別怕，只要她行得正、坐得端，京兆府一定會查明真相還她清白云云。

余氏有苦難言，在綏陽長公主面前吃了個啞巴虧。她求救時當然只能說自己沒錯、是被冤枉的，那是為了不被抓呀！可如今公主意志不堅，看見兒子什麼都忘記了，連給她的承諾都不算數，總不能這個時候再撲上去求救吧，就算她有把握說服綏陽長公主救她，卻沒把握世子肯給她這個機會呀！

婁慶雲當然不會給她這個機會，甚至可以說，他等這個機會等了好久。余氏時常在他母親耳旁教唆些壞事，偏偏母親太過心軟，根本弄不清她的意思，屢次讓她得手，只是往日見她沒鬧出多大的風浪來，想著到底是一家，余氏又是內宅婦人，由他出手教訓實在不大好看，才睜一隻眼閉一隻眼。可這回她千不該萬不該將手伸到薛宸那裡去，他活了二十年，好不容易瞧上個有趣的姑娘，哪容得下旁人欺負她。真是活膩了，不抓她抓誰？

薛宸聽了最新的消息，實在搞不懂婁慶雲的意圖，若說他打點京兆府的人把戴氏抓進去溜溜，這還說得過去，反正那是別人家的媳婦兒，和他沒關係。可他倒好，連妻家三夫人都不放過，竟還直接帶京兆府的官差進去抓人。三夫人和他有什麼仇？讓他一個大男人插手內宅婦人之事，委實叫人想不通。

這些日子，衛國公府三夫人和仁恩伯府長媳可成了京中貴族圈的最佳話題，人人都在笑戴氏和余氏被抓入京兆府關了個把月的事，說余氏巴蛇吞象、說戴氏恩義全無。據與京兆府有些關係的人說，兩人還在獄中打了一架，貴夫人的形象全沒了，不知道是真是假，反正她們被保釋出來後，余氏便徹底和戴氏決裂了。這兩個給家族蒙羞的女人，回到家裡也沒能逃避責罰，戴氏直接被仁恩伯世子送去鄉下，而余氏則被三老爺親自關入了祠堂。

不過，這件事中到底還是仁恩伯府被影響得更大些，原因在於不僅戴氏闖了禍，就是世子也給府裡惹了大麻煩。

據說世子寵妾滅妻，向承恩伯府借了三萬兩銀子給外室揮霍，如今承恩伯找上了門，要他們還這筆銀子。仁恩伯勃然大怒，當場下令把世子養的狐狸精亂棍打死，然後將債務交給仁恩伯夫人。老夫人不理家多年，推說府裡的銀錢全是戴氏在管，要戴氏拿出錢來。戴氏哭得肝腸寸斷，把仁恩伯府上下罵了個遍，要不是她娘家人及時趕到，說不定戴氏也會被盛怒中的仁恩伯給打死。

最後鬧了好一陣子，戴氏實在拿不出錢來，仁恩伯府也拿她沒辦法。世子心愛的女人被他爹派人亂棍打死，又不能跟他親爹叫板，只好把這口氣撒在戴氏身上，鐵了心要休戴氏。

戴家人哪肯讓世子休妻？每日上門糾纏，仁恩伯府給他們纏得厭煩，世子遂作主把戴氏送去鄉下，讓她做個有名無實的世子夫人，這樣他既沒有害了戴氏的命，也沒有休了這個妻子。戴家人縱然還想糾纏卻沒了辦法，一番權衡後便消停了。

而三夫人余氏的下場，比戴氏不知好了多少，一口咬定是戴氏慫恿她，死活不承認自己是主謀，也不承認她藉著公主的勢在外橫行霸道。

婁家三老爺對余氏是有情有義的，並非忘記糟糠之人，有心保她，可他是三房，妻子得罪了大房，國公爺脾氣本來就不好，再加一個不知吃錯了什麼藥的世子，他說什麼也不敢當面頂撞。更何況，余氏這回做的事情實在給婁家抹了黑，好好一個深宅婦人，就那樣被京兆府抓入牢裡關了這麼多天。也是世子手黑，上下攔得死緊，讓他沒法提前施救，連太夫人都得了消息而勃然大怒，形勢所逼，非得夾著尾巴做人不可了。

三老爺沒法，只好親自把余氏送入祠堂，一來避開國公爺和世子，二來也能幫余氏逃脫來自太夫人的雷霆家法。

這件事沸沸揚揚鬧了過去，轉眼到了年底。

今年對於薛家來說，實在是個好得不能再好的年了。薛雲濤和薛雲清都升了官，薛雲濤從秘書監直接進入中書省，三省六部中，當屬中書省最為貼近皇權，發放皇帝詔書，是掌管各部機要的地方。

不得不說，薛雲濤實在有些官運，秘書監雖隸屬於中書省，但終究只是下面的機構，有些人在秘書監中做一輩子少監、少司，也不見得能入中書省半步。也是薛雲濤運氣好，他整理的那套書籍被國子監收入課本中，成為各皇子日日研習的範本，給自己打響了名聲。中書省每三年錄人一回，這次他被皇上親筆選中，自此跨入中書省內閣，成了最年輕的中書侍郎，三品的官職。自此，只要薛雲濤不犯大錯，平步青雲是指日可待的。

而薛雲清跟著薛雲濤的腳步，薛雲濤入了中書省，他則藉著薛雲濤的舉薦，頂替他入了秘書監，成為秘書少監，從四品的官職。

一門雙傑，如何讓薛家不揚眉吐氣呢！

臘月初九，薛柯在燕子巷中設宴，席開八十桌，邀請好友同僚歡聚一堂。

薛雲濤如今是正三品的官，薛柯隨他一同在門外迎客，朝中官員攜家眷前來，紛紛到薛柯面前寒暄，薛雲濤也是滿臉喜氣，謙遜有禮地招呼來客。年方三十的他飽讀詩書，自有一股讀書人的書卷之氣，溫潤如玉、成熟大度，當真應了君子端方之言。

最妙的是，這樣一個新上任的正三品官員，前幾年才剛死了老婆，又傳聞薛雲濤不好女色，這麼多年來身邊沒幾個女人，膝下僅兩女一子，唯有一個嫡女養在身邊，庶子庶女皆在外地。且他正值壯年，就算要個黃花閨女來做續弦也是說得過去的。

「衛國公到——」

一聲通報，門前所有官員的注意力全被吸引了去，只見衛國公婁戰與世子婁慶雲分別騎在兩匹高頭大馬上，由薛家僕人牽著韁繩，慢行而來。

薛柯與薛雲濤對視一眼，喜不自勝，沒想到衛國公竟然肯賞臉上門，馬車還沒停好，父子倆便掀了衣襬走下臺階，親自迎上去。

婁戰翻身下馬，多年的行伍生活讓他無論做什麼都是威風凜凜的。相較於他，婁慶雲文雅得多，穿著一身墨色金紋常服，看著金尊玉貴，容貌更是出色至極，舉手投足自帶貴氣，一雙手白潤無瑕，實在不像個拿刀行刑的武官。人群中的女眷們見了，一雙雙眼睛恨不得能長在他身上，再也拔不下來。

薛柯與薛雲濤對婁戰跪拜行禮。「不知衛國公親臨，有失遠迎。」

婁戰身兼數職，不僅僅是加一品的衛國公、天下兵馬元帥，又娶了綏陽長公主，宗室裡有駙馬的碟位，兒子一出生即封為世子。

「兩位請起，不必多禮。今日貴府有喜，咱們前來叨擾了。」

薛柯立刻笑著回道：「國公實在客氣，快快請進。」

他調轉目光，看見婁慶雲隨後上前，對他與薛雲濤抱拳，話未出口，兩人便先彎腰拜下，被婁慶雲扶住雙肘。「兩位大人無須多禮，不敢當。」

婁慶雲這句「不敢當」說得太客氣了，他一出生就已注定高人一等。薛柯是四品、薛雲濤是三品，怎麼也比不過他這個一品的世子，行禮是應當的。可婁慶雲此刻免了兩人的禮又親自攙扶，算是十分給面子了。

薛雲濤抱拳道：「世子大駕光臨，該行的禮還是要的。」說著又屈膝。婁慶雲偏至一旁，避過了他的禮，然後扶著他的胳膊起身。

然後，婁戰與婁慶雲由薛雲濤親自迎入了府中。

第二十七章

雖說是燕子巷宴客，但薛雲清此回能有這番造化，多少要歸功於薛雲濤的提攜，因此，東、西兩府的關係更勝分家之前。因為盧氏早亡，燕子巷中沒有主母，趙氏和薛氏便被薛雲濤請來協助今日筵席諸事。

薛宸與薛繡在後院招呼上門的嬌客，韓鈺更是不用說，忙前忙後，殷勤活潑得不得了，正因為有她和薛繡幫忙，才給薛宸減輕了不少負擔。

薛繡與一干嬌小姐坐在觀魚亭中說話，薛宸給她們送了些新鮮瓜果來，姑娘們對糕點並沒什麼興趣，但瓜果倒是很受歡迎。薛宸如今是三品大員的嫡長小姐，家族中有三人做官，算是相當繁榮昌盛，更何況她父親才三十歲，將來很有可能還會往上攀升，因此小姐們對薛宸更加殷勤，願意和她結交。

薛宸本就善於交際，跟薛繡一唱一和，把氣氛弄得熱鬧不已。好不容易結束一個話題，薛繡給薛宸拿了一顆蜜柑，便聽張家小姐面帶嬌羞地說：「哎，妳們剛才來時瞧見了嗎？婁家來了兩位公子，婁家的世子當真、當真……是好看。」

張小姐的話，完全將在座姑娘們的興致勾了起來。婁慶雲可是傳說中神龍見首不見尾的公子，平日裡這些姑娘哪能瞧見他？不過倒是經常從父兄口中聽說這位的大名。如此翩翩佳公子，怎麼看都有足夠的本錢入選眾位小姐的春閨夢中第一人。

果然，這個話題相當受歡迎，姑娘們立刻來了精神，附和道：「我也瞥了一眼，因為來晚了，只瞧見背影，但風姿也是絕俗的。今後誰能嫁給他，只怕作夢都要笑醒了。」

「哎哎，這話倒不是說著玩的。我聽說婁家世子還沒娶正妻，說不定世子夫人有可能從咱們這些人裡選呢。」

這樣一句話，簡直讓亭子內的氣氛更加火熱，眾姑娘既矜持又好奇，笑作一團，一個個推搡著那位開口的小姐，不過卻沒人反對她的話。薛繡和薛宸對視一眼，無奈地暗自搖頭。

姑娘們聽說薛家有個表小姐跟婁家沾著親，紛紛纏著薛宸要她引薦。薛宸無奈，只好讓人把韓鈺請來。

誰知道韓鈺過來後，這些小姐們卻又一個個矜持起來，妳推我、我推妳，最後才推出張小姐來問問題。韓鈺出席這種場合，已經不是第一次被眾人圍著問婁家的事了，身經百戰，知道這些姑娘們愛聽什麼，專挑那些來說，逗得姑娘們十分歡喜，笑聲不斷。

此時，觀魚亭外突然來了幾位婦人，為首的是薛氏和趙氏，後面跟著兩名女子，一大一小，大的那個大約二十八、九歲的樣子，生得頗為豔麗，舉止端莊、衣著華貴，行似弱柳扶風，卻又不失大方，髮髻兩邊插著一對扇形金釵，很有特色。而她身後的女孩則是十二、三歲的模樣，小家碧玉，很是可愛，穿著一身水藍色繡蝴蝶金邊的通袖襖，清爽宜人，瑩潔無瑕的小臉上嘴角微微翹起，看著有點柔弱。

薛氏在亭外站定，對薛宸招了招手。亭子裡的姑娘們看見長輩，便站起來給薛氏和趙氏屈膝行禮，薛氏和趙氏也點頭致意。

薛宸來到薛氏跟前，薛氏指著她對旁邊的婦人說：「這就是宸姐兒了。」然後對宸姐兒道：「宸姐兒，這位是嘉和縣主，另一位是縣主千金，與妳同歲，月分比妳略小些，妳便稱她妹妹。」

薛宸知道今日來了不少貴客，不會失禮人前，對嘉和縣主行了一個規矩的晚輩禮。嘉和縣主滿意地對她點點頭，竟從腕上摘下一對漢白玉鐲子送到薛宸手上，溫和道：「初回見面，我很喜歡妳。這是靜姐兒，今日勞煩妳帶著她一同玩耍可好？」

薛宸看著手裡的鐲子，只覺得這見面禮實在太貴重，看了薛氏一眼，見薛氏對她暗自點頭，遂斂下眉目，大大方方地對嘉和縣主屈膝道謝。「多謝縣主賞賜。今日妹妹就交給我，定會將妹妹照顧好。」

嘉和縣主又點點頭，然後與薛氏和趙氏一同離開了觀魚亭。

薛宸上前拉縣主千金的手，親切地問道：「妹妹可是叫靜姐兒？我叫薛宸，妳可以叫我宸姐兒。隨我來，我介紹姊妹給妳認識。」

靜姐兒似乎有些靦覥，抽回了手攏入袖中，對薛宸勉強笑道：「有勞姊姊為我引薦。」

薛宸見她不願親近，便知她性子是個冷的，也不勉強，在前面引路，將她領到觀魚亭中，一個個介紹過去。眾姑娘知道她是縣主的女兒，自然不敢怠慢。

薛宸安排靜姐兒在自己身邊坐下，親自給她剝了一顆蜜柑送到面前，才得到她輕聲細氣地道謝。又聊了幾句，知道她叫魏芷靜，今年十三歲，一直與她母親住在宛平。姑娘們本就是湊在一起玩鬧，多個人少個人也沒什麼，氣氛頓時又熱起來。魏芷靜被大家捧了兩句，才稍稍敞開心扉，與姑娘們說起話。

薛繡悄悄拉了拉薛宸，兩人藉著看魚湊到欄杆旁邊。薛繡對她貼耳問道：「這個嘉和縣主是什麼人？」

薛宸看著亭下不住游動的紅色錦鯉，唇邊勾起一抹笑，側身在薛繡耳旁說了幾句話，見薛繡恍然大悟，又轉頭看了魏芷靜一眼。

能讓薛氏和趙氏一同招呼，且見了她出手就是一對漢白玉鐲子，這個嘉和縣主的身分便不難猜了。薛雲濤如今步步高陞，盧氏的喪期也已經過了，正是續弦的好時候。只不知是這位縣主看中了薛雲濤，還是薛雲濤看中縣主，如果成事，兩人皆是二婚，都有一個女兒，不存在誰占便宜誰吃虧的道理，倒也般配得很。

薛繡看著淡定自若的薛宸，直到這個時候才徹徹底底服了她。換作是她，如果父親要續弦，在未成親前將這個女人帶到她面前來，她能不能表現得像宸姐兒這般冷靜？不過，她明白宸姐兒的心思，薛雲濤才三十歲，不可能不娶新夫人進門，無論如何都會多個嫡母出來的，既然不能改變，就只能從容接受了。只是薛家清貴，薛雲濤為何會娶一個喪夫的縣主進門？這是薛繡怎麼想都想不通的。

薛宸說完後，見薛繡面上又現出不解，無奈地彎了彎唇，牽著薛繡回到桌旁坐下，一副自己什麼都不知道、什麼都沒猜到的模樣，繼續和姑娘們說笑。

另一邊，薛雲濤親自領著婁戰和婁慶雲去了書房，四面皆是景致，裡面招待的全是三品以上的官員。大家看見衛國公竟然也來了，紛紛起身行禮，但都是同朝為官，每日相見，因此沒什麼見外的。

婁戰父子坐下後，薛雲濤親自給他們奉茶，婁戰直接接受，婁慶雲卻是主動相迎。安頓好後，大家才開始說話。婁戰作為武官之首，談的自然是軍防之事，有些文官並不擅長，插不上話，又不想平白浪費與衛國公結交的機會，於是，戶部侍郎便主動把話題引到正在喝茶的婁慶雲身上。

「世子如今在大理寺中任職，貴人事忙，可也別耽擱了終身大事啊。」

婁慶雲放下茶杯，對他笑了笑。「何為終身大事？你的話沒說清楚，我聽不懂。」

婁慶雲無疑是在場眾人裡年紀最小的，連薛雲濤都比他大了十歲，但就身分而論，那是高不可言；他任職的大理寺又是官員不大願意提的地方，所以想與之攀談只能從其他方面入手。婁慶雲年過二十仍未娶妻，就是個現成的好話題。

果然，戶部侍郎開口後，連衛國公婁戰都回過神來，打算加入這個話題了。

他對戶部侍郎擺擺手，說道：「你快別問他了。為了這事我和他母親幾乎要愁白了頭，可偏偏他跟個沒事人似的，你說急人不急人？」

婁戰是個爽利性子，戰場上出來的男人沒幾個說話會拐彎抹角的，便順著話題直言不諱了。

因為這個話題，書房裡的氣氛瞬間好了許多，平日裡正經慣了的官員們此刻像是炸開了鍋，你一言、我一語，就著這個話題討論起來，有幾個熱情的，還對婁戰推薦了不少合適的小姐。婁戰聽得認真，似乎真想從這些聽起來就很不錯的小姐中挑一個做兒媳婦。

婁慶雲倒是淡定，坐在旁邊兀自喝茶，一副這些人說的話題與他無關的神情。

這些人一口一個媳婦子，知道的說他們是朝廷官員，不知道的還以為是冰人聚會，誰家都能拿出幾個適合的千金小姐，一個個誇得天上有、地下無。

婁慶雲的心早飛到其他地方去了，哪裡聽得進這些？尋了個機會，乾脆藉解手走出書房，這才覺得輕鬆起來。

薛宸忙了大半天，連午飯都沒吃幾口，好不容易因為衣裙上染了茶漬，才脫身回來換衣裳。衾鳳和枕鴛也被使喚得團團轉，薛宸就沒讓她們跟著，自己進了房，將房門關緊，落下門閂。

她站在鏡前看了看裙襬上的茶漬，並不是很多，但在白底撒花襖裙上就特別明顯了。去到內間，她從衣櫥裡挑出一套桃色襖子配月牙白長裙，將衣服掛在屏風上，正要低頭去解襟帶，卻聽一道戲謔的聲音自身後傳來——

「我覺得我真是太善良了，這要再等會兒，就看見不該看的了。」

薛宸猛地回頭，發現婁慶雲不知道什麼時候闖了進來，正好整以暇地倚靠在西窗旁，似笑非笑地看著她，手裡拿著一本她的書，看樣子已經在房間裡待了好一會兒。

見狀，薛宸就想出去，可還沒走到門邊，便被某人快一步拉住了胳膊。

婁慶雲低下頭，頗具玩味地道：「我好不容易才進來的，妳連句話都不跟我說？」

薛宸將自己的胳膊從他炙熱的掌心中抽出來，語氣略帶惱怒，壓低了聲音說道：「你怎麼總是這樣一聲不響地到我房間來？這要被人瞧見了可怎麼得了？」

這話簡直說到了婁慶雲的心坎中。這丫頭說的是被人瞧見了怎麼辦，並不是他不該來，這微小的差異讓他心情大好，非但沒有懺悔，反而打量起薛宸的閨房，最後看中放在外室的羅漢床，大馬金刀地坐了，還拉過角落的大迎枕墊在胳膊下。

薛宸見他這無賴的舉動簡直氣結，想過去把他拉起來，可又怕動靜太大被外頭的人察覺，故不敢輕舉妄動。

她看婁慶雲不回話，卻用行動來表示了他的意思，又見他手中拿的正是她最愛的孤本集，便想伸手去搶。可她哪裡是婁慶雲的對手，搶了兩下搶不到，便不敢再向前了，生怕一個不穩撲到他身上去，那就真是出大事了。

婁慶雲見她不搶了，俏生生地立在那裡，用一雙美中帶煞的眼睛瞪著他，在他看來，真是比世間任何一個女子都來得貌美。目光流連在她微微嘟起的小嘴上，片刻後，才在對視中投降，將手裡的書遞到她面前。

「好啦，拿去吧。」

薛宸用力將送到面前的書搶走，似嗔似怨地橫了他一眼。

婁慶雲覺得自己要再盯著她瞧遲早會出事，乾脆轉開目光，從羅漢床旁邊的杌子上拿過燭檯，放到眼前看起來。

薛宸將書放回小書房，出來見他抓著燭檯研究，簡直無語了。

婁慶雲展顏一笑，傾世的俊美容貌掩蓋不住無賴的氣質，只聽他莫名其妙對薛宸問道：「過了年，妳該十四了吧？」

薛宸懶得理會他，從他手上奪過燭檯放回杌子上後便打算出去。可突然想起自己還沒換衣服，才又轉過身對他說道：「我要換衣服。你能不能出去？」

婁慶雲瞥了她裙襬上的茶漬一眼，才從羅漢床上站起來，雙手抱胸，問道：「我中午都沒吃飽，妳吃飽了嗎？肯定沒有，對不對？」

薛宸指了指窗戶，意思再明顯不過，讓他從哪裡來，回哪裡去。

上上一次與他私下見面，是在定慧寺的禪房；上一次則是他約她去芙蓉園，這兩次就算了，皆不在薛宸能控制的範圍中。可這次不同了，這裡是薛家，若被人看見有陌生男子從她房間出入，那她今後還有什麼臉面在府裡做人？在薛宸看來，這次絕對不能姑息，因此無論是神態還是動作都不含糊，直接表達意思。

原本以為婁慶雲還會說些莫名其妙的話來狡辯，但沒想到，薛宸的話音剛落，他就點點頭乖乖往窗戶走去，一隻手撐在窗臺上，翻身一躍出去了。

薛宸幾乎沒看到他是從哪裡走的，確定窗戶後頭沒人了，立刻關起來鎖上，又確認房裡所有門窗都已鎖緊後，才走到屏風後飛快換起衣裳。

沒想到，她剛整理好衣裳，西窗邊就傳來咚咚咚的敲窗聲。

薛宸有心讓婁慶雲以為自己已經離開，便憋著氣不說話，誰知西窗外的人竟出聲說道：「我在外面倒是無所謂，就怕待會兒有人經過這裡……」

「……」

薛宸簡直想掀桌子打人了，面對婁慶雲這樣沒臉沒皮的無賴，她真不知該如何應對。擔心他一語成讖，只得放下手裡的梳子，認命地走到西窗將窗戶打開。

一碗噴香的餛飩突然送到她面前，餛飩有小銀錠子那麼大，白白胖胖的浮在乳白色鮮湯中，上頭撒著嫩綠的蔥花和香油，聞起來有種勾人性命的香。

婁慶雲翻身進了房，手裡的湯竟然絲毫沒灑出來，似乎有些燙，只見他兩隻手交替著將餛飩端到薛宸的梳妝檯上放好，然後對她招手，說道：「快過來吃啊，待會兒涼了就不好吃了。」

有那麼一瞬間，薛宸的心是顫動的，儘管她一再告訴自己眼前的畫面實在有些違和。婁慶雲靠在梳妝檯旁邊，桌面上散著她的釵環玉珮，在那堆金燦燦的東西中間，放著一碗冒著熱氣的香餛飩……這樣的組合，就算讓薛宸作夢一輩子也是夢不出來的。

鬼使神差地，她居然真的過去了，站在梳妝檯前卻是一動不動，目光凝滯地盯著那碗餛飩，久久不曾說話。

婁慶雲見她發呆，乾脆來到她身後，將她按坐到凳子上。

薛宸的臉再次出現在銅鏡中，目光微微一動，這才看清楚自己臉上驚愕中帶著感動的神情。

婁慶雲見她不動手，乾脆自己來，用一把最普通的勺子舀出一顆飽滿的餛飩，放在唇邊吹了吹，然後送到薛宸嘴前。「快吃，老米剛下的，味道可好了。」

薛宸聞著這噴香的味道，蔥香、肉香、麵香、油香，每種香都在襲擊著她，叫她難以抵擋，便將嘴唇張開，那餛飩就真的送到了自己口中，這才驚覺吃了一口婁慶雲餵的東西，羞得垂下頭，可餛飩的香味在齒頰間傳開，味道確實好得很。

她低著頭，手裡卻被塞進一把勺子，抬眼看了看婁慶雲，見他正姿態瀟灑地靠坐在她的梳妝檯上，琉璃銅鏡中，正好倒映出他的小半邊背影。

熱氣騰騰的餛飩讓薛宸暫時忘記了害羞，捧著碗喝了口鮮湯，就這麼吃了起來。

婁慶雲見她終於乖了，滿意地笑了，看著她檀口微張一開一合，心裡那魔障的想法又起來了，嚇得趕緊避開目光。瞧見桌面上的一對漢白玉鐲，樣式有些老舊，和其他的時興釵環不大搭，遂拿起來問道：「這鐲子怎麼沒見妳戴過？」

薛宸將一顆餛飩吹了又吹，送入口之前對他回道：「今天一個長輩送的。」並不打算多說。

婁慶雲將鐲子翻看兩圈後，在裡面找到兩個字，唸了出來。「嘉和……」略微想了想後，才道：「這不會是嘉和縣主送妳的吧？」

薛宸有些驚訝，抬頭看他一眼。「你知道她？」

婁慶雲看著鐲子點了點頭。「知道。她是已故北靖郡王的嫡女，十幾年前嫁去宛平，不過聽說幾年前死了丈夫。她的東西怎麼會在妳這裡？」

薛宸沒說話，只是埋頭專心吃著餛飩。

婁慶雲見她這樣，腦中猜到了一些事，試探問道：「不會是……薛大人要續弦了吧？」

對於婁慶雲的猜測，薛宸沒有回答，而是將勺子放在碗裡，從婁慶雲手中搶過那對鐲子，當著他的面藏入了自己的百寶箱，然後才繼續坐下來吃東西。

婁慶雲見她不願意說這個話題，也不勉強，見她唇角似乎沾了些油星，問道：「餛飩好吃吧？」

薛宸點點頭。「是挺好吃的。」

得到她的讚美，婁慶雲別提有多得意了，嘿嘿一笑，說道：「老米的餛飩可是京城一絕，我隔三差五就會去吃一頓。今兒給妳送來的是普通肉餡，改天帶妳去他店裡吃，還有許多餡兒的呢。」

薛宸被他越說越緊張，一個餛飩沒吹涼便送入了口，燙得她捣嘴，鼻頭一下就酸了，眼角微紅的樣子讓婁慶雲頓時緊張起來，彎下腰，托起她的小臉，也不嫌髒，直接動手把她嘴裡那顆餛飩取出來，然後捏著薛宸的小嘴，對著窗外的光線看了半天。

薛宸不好意思讓他這麼看，想掙脫，卻哪裡是他的對手，只聽婁慶雲說道：「似乎燙紅了。怎麼還咬著肉了？」

薛宸窘得很，婁慶雲放開她後她才低下頭捣著嘴，小聲囁嚅道：「剛才不小心咬的，沒事。」

婁慶雲見她不好意思，不好做得太過分，只好壓下心疼，抽出她腋下的帕子給她擦了擦嘴角。

這一連串的動作下來，薛宸是真的不敢再看他了，只要想到自己竟然在他面前這樣丟臉，就覺得兩頰發熱得厲害。

婁慶雲沒見過這樣紅了臉的薛宸，正看得心潮澎湃，房間外傳來了衾鳳的敲門聲。

「小姐，您換好衣服了嗎？姑奶奶喊您過去，鈺小姐和繡小姐都在找您呢。」

薛宸伸了伸被燙得有些發麻的舌頭，捣著臉站起來，驚慌地對外頭回道：「哦，換、換好了，妳先去，我馬上出去。」

衾鳳離開後，薛宸不敢再待了，看著那碗只吃了一半的餛飩，實在鼓不起勇氣繼續吃，對婁慶雲指了指外頭，意思是她要出去，他可以走了。

婁慶雲知道她有正事要做，不攔她，只是關切地問了句。「嘴沒事吧？」

薛宸搖頭，聲音低若蚊蚋。「沒、沒事。你快走吧，別給人發現了。」

婁慶雲瞧她這副害怕的模樣，不禁好笑，用手揉揉她的髮頂，然後才帶著那碗殘羹，身手敏捷地翻身出了西窗。

薛宸迅速將房裡收拾好，確定沒有留下什麼蛛絲馬跡後，才把房門打開，忍著口中的疼痛走了出去。

她不敢回頭，疾步往青雀居的院門走，院子裡的僕婢全被調到前院去了，因此院子裡並沒有人。薛宸也不知道自己到底在緊張什麼，經過垂花拱門，差點和一身藍衣的衾鳳相撞。

衾鳳見薛宸這樣慌張，上前扶她，問道：「小姐，您這是怎麼了？」

薛宸定了定神，呼出一口氣後鎮靜地回道：「沒什麼。妳不是說鈺姐兒和繡姐兒在找我嗎？快走吧。」

衾鳳連連點頭，拉著薛宸的胳膊往前院走去。「可不是嗎？觀魚亭中，小姐們正在行令，催了我兩回。您真是的，換衣服不讓我跟著，一個人折騰這麼久，不怪其他小姐心急。」

薛宸又是一陣心虛，只覺兩頰火辣辣的，腳下步子越走越快，不敢讓衾鳳走到自己前面。

到了觀魚亭，韓鈺她們正在為一首詩爭論，見薛宸來了，非要拉著她做評判。

薛宸坐下後環顧一圈，問道：「咦，繡姐兒去哪裡了？」

韓鈺手中拿著令牌，正冥思苦想，先前魏芷靜做了一首好詩，她正想著怎麼對上，便沒有回答薛宸的問題。旁邊的張小姐跟薛宸說道：「剛才繡姐兒被她母親喊去前院，好一會兒沒回來了，只怕是大夫人瞧上了哪家公子也說不定呢！」

張小姐的語氣有些曖昧，亭子裡都是十幾歲的小姑娘，哪會聽不出她話中的意思。過完年，薛繡就十五了，是能正經說親的年紀了，在家挑個一、兩年，十六、七歲再順順當當地出嫁。女孩們最看重的就是嫁得如何了，所以張小姐這話一出，立刻讓姑娘們放下了手裡的紙筆，興致勃勃地湊在一塊兒說起私話來。

「聽說你們西府的庶長小姐薛蓮已經定了人家，現在輪到繡姐兒，不知大夫人會給繡姐兒挑個什麼樣的好夫君？」

薛宸忍著笑意，說道：「哪有妳們這樣心急的。繡姐兒才離開一會兒，妳們就在這裡編排她，待會兒她回來，我可要一個個地告妳們的狀。」

張小姐和旁邊的姑娘笑成一堆，道：「就算告狀，我也要說。今年是繡姐兒挑夫君，明年就輪到宸姐兒和鈺姐兒了。」

韓鈺聽見自己的名字才回過神來，放下令牌說道：「哎哎，別把事情扯到我身上來，我娘說了，要多留我幾年。妳們和我差幾歲？要挑夫君，也是妳們先挑呀！」

隨著韓鈺的一番老實話，亭子裡的氣氛頓時又熱乎起來，姑娘們哪裡還有心思行令，還是湊在一起，說說笑話來得高興。

第二十八章

魏芷靜剛才做了一首人人稱道的好詩，原想著能和這些姑娘們套個近乎，給自己掙些臉面，誰知道薛宸一來，她們就圍著薛宸說話，再無人記得她的令沒有行完，低頭看了手裡的令牌一眼，默默將之放在桌上，起身到亭邊觀魚去了。

薛宸見她落寞離座，知道她剛來不熟悉，難免會生出這樣的情緒，便喊來丫鬟，取了些魚食給魏芷靜送去。魏芷靜拿到魚食，回頭看看薛宸，溫柔嫻靜地對她點頭，算是道謝。薛宸回以同樣的動作，兩人相敬如賓，有種井水不犯河水的默契。

其實兩人心裡都知道將來會發生什麼事，只是沒有說破罷了。薛宸不知道魏芷靜對於她母親的改嫁到底是個什麼想法，但總不會太高興就是，所以，憑著情感上的共同點，她還是願意照顧她一下的。

又過了一會兒，姑娘們熱火朝天地聊完了，正吃著茶點、看著風景，薛繡卻拉著一張臉回來了。姑娘們見她臉色不對，面面相覷，不敢多問。

薛宸見她這樣，乾脆拉著她出了觀魚亭，沿著蜿蜒小道轉入一座無人的水榭中，這才問道：「怎麼了？」

薛繡低著頭不說話，薛宸湊過去看她，薛繡就再也忍不住紅了眼眶，晶瑩的淚滴落了下來。這一哭可把薛宸嚇壞了，趕忙摟著她坐下。「哎呀，妳快別這樣，到底怎麼了？」

薛繡委屈地哭了一會兒，在薛宸肩上靠了一下，才說道：「也沒什麼事，就是覺得不舒服。剛才我娘叫我去前院，讓我給幾位大人上茶，雖沒有明說什麼，可她的意圖誰能看不出來啊？旁邊淨是看笑話的人，我覺得自己像塊砧板上的肉，被人挑肥揀瘦。這就算了，我娘還把我喊進內室，見了太常卿夫人，那夫人看我跟看貨物似的，從上到下，只差把我的牙口掰開來瞧了。妳不知道，她那種審視的目光有多令人討厭！」

薛宸想像著那畫面，當即明白薛繡是什麼感受。前世她想嫁到長安侯府去，宋安堂的母親郁氏看她就是那副看牲口的表情，令人感到非常屈辱。腦中一想，口中便問道：「是太常卿許家嗎？」

薛繡點頭，生怕薛宸誤會，補充道：「正是許家。宸姐兒，妳沒瞧見那許家大公子生得什麼樣，肥頭大耳，一身的膘，說起話來跟霸王似的，聽二房的哥哥說，他還曾經打死過人。妳說，這樣的人，我……我娘真是病急亂投醫，見蓮姐兒嫁了個不錯的殷實人家，生怕落在她後頭，便成日裡看人，也不知人家背地裡怎麼說咱們呢！」

薛宸不用聽薛繡說的那些，只要提到太常卿許家心裡就有數了。許家有兩個嫡子，大公子許建文喜聲色犬馬，不學無術，是標準的浪蕩子。薛宸之所以對這人有印象，是因為上一世宋安堂和他走得很近，兩人成日流連在花街柳巷中。許建文家裡納了十幾個妾侍，寵妾滅妻的事情沒少做，氣死了兩個嫡夫人，之後，再沒人敢嫁入他家了，他便天天拉著宋安堂鬼混。

雖然宋安堂也不是什麼好人，但這個許建文卻比他還不如，不知道趙氏在想什麼，就算積極物色人選，也不能什麼都不查，硬把繡姐兒往火坑裡推呀！宋安堂那樣的人，尚且沒法跟他過日子，更別說許建文那種潑皮了。

薛宸知道上一世薛繡是嫁給元卿的，所以不特別擔心。只是這一世因為她的重生，有些事起了變化，誰又能保證前世發生的事情，今世一定會再發生呢？不能掉以輕心才是。

「妳今晚回去，要跟大夫人好好詳談一番了。既然妳喜歡元公子，而大夫人也希望妳早些出嫁，那何不讓大夫人去鑽營元家？若元家同意了，豈不是兩全其美嗎？」

提起元卿，薛繡又是一陣哀愁。「元公子……他那樣出色，出身好、學問好，又考中了探花郎，盯著他的姑娘不知道有多少呢，他哪裡看得上我呀？」

薛宸想起那晚他們的對弈，覺得事情未必如薛繡說的那樣，鼓勵道：「死馬當活馬醫，反正妳是要嫁人的，自然要努力爭取自己喜歡的了，元公子出色，可是妳也不差啊！千萬不能妄自菲薄，嗯？」

薛繡只是心裡委屈，得了薛宸的安慰後覺得好受多了，大大地呼出一口氣，姊妹倆便出了水榭，回到觀魚亭中。

此時，亭中姑娘正圍在一起，遠遠地就聽見爭吵聲，候在亭外的丫鬟看見薛宸來了，急忙跑來稟報。原來是魏芷靜不小心踩到張小姐的裙襬，讓張小姐摔了個跟頭，頭上的鳳釵因此掉入了魚池中。那鳳釵似乎對張小姐很重要，要魏芷靜道歉，並且幫她把鳳釵找回來，魏芷靜不大願意，就鬧起來了。

薛宸和薛繡對視一眼，趕到亭子裡，只見張小姐正坐在凳子上痛哭，聲音高亢，似乎想讓更多人聽見似的。魏芷靜則立在一旁面無表情地看著她哭，不安慰也不妥協。

薛宸命人給張小姐擰塊熱帕子來，張小姐見主人來了哭得更加厲害，一雙眼睛還不住瞥著魏芷靜，一副想把事情鬧大的樣子。

薛宸親自將帕子遞給張小姐，孰料張小姐見薛宸明明知道了前因後果，卻沒有替她主持公道指責魏芷靜，小姐脾氣來了，一下把薛宸手中的帕子拍掉，帕子掉在地上，亭中所有人都僵住了。張小姐似乎也發現自己動作太大了，畢竟今日是來人家家裡做客，她這樣總是不好，可現在騎虎難下，又想著自己是客人，就算發點小脾氣薛宸也不敢把她怎麼樣，便咬著唇，將身子轉了個面，一副還在生氣的模樣。

薛繡見狀，怕薛宸難做，趕忙上前安慰張小姐，讓她不要生氣。但薛宸卻拉開了她，親自彎下腰將掉落在地的帕子撿起來遞給丫鬟，然後走到亭子外大聲喊了一句。「嚴護衛何在？」

過了片刻，嚴洛東領著二十來個薛家護衛趕了過來，對薛宸整齊地行禮。「參見小姐。」

薛宸抬手讓他們起來，指了指觀魚亭下方的魚池，對嚴洛東道：「你的人中有會水的嗎？找幾個身體好點的下去，張小姐的金鳳釵掉進水裡了，就算把這魚池的水抽乾，也要把金釵找出來。事成之後，每人賞銀五十兩，薪俸翻倍。」

嚴洛東二話不說應下此事，身後護衛躍躍欲試，最終由他選定五人下水搜尋。問明大致位置，不過半炷香工夫，就找到了張小姐的金鳳釵，在水中洗去淤泥後，護衛爬上岸來，將金釵交到嚴洛東手上，嚴洛東又交給薛宸，然後便領著護衛，整齊劃一地離開了。

亭中全都是閨閣小姐，哪裡見過這樣聽話的護衛，就算府裡的護衛聽話也輪不到她們指揮，一時對薛宸欽佩不已，為鬧事的張小姐感到不齒。張小姐也似乎對自己的行為後悔，在別人家做客，為了一支鳳釵這麼勞師動眾確實不大好。

張小姐怕薛宸生氣，飛快抬眼看了看，只見薛宸抽出自己的乾淨帕子，仔仔細細擦拭金釵上的水漬，擦完後，親自送到她面前，聲音聽不出任何波瀾，說道：「張小姐的金釵，這回請收好了。靜姐兒是她母親親口託付於我的妹妹，我做姊姊的替她向妳道歉，還望張小姐大人大量，不要與我們姊妹計較才好。」

薛宸以姊姊的身分替魏芷靜道歉，這就是偏著魏芷靜的意思了。

張小姐哪裡經歷過這樣大的陣仗，拿了金釵便低下頭，迫於四周姑娘們的眼光，咬著唇轉過身，對魏芷靜小聲說了一句。「我也有不對，靜姐兒別與我計較。」

魏芷靜看看薛宸，眸子裡滿是疑惑，對張小姐點點頭，也小聲說了一句。「不，本來就該是我道歉的。對不住了，妹妹。」

兩人這樣一說，就是冰釋前嫌的意思，薛宸走過去拉住魏芷靜和張小姐的手，然後對身後的姑娘們說：「橫豎這觀魚亭也亂了，池中的魚受了驚嚇，半晌不會再游過來，待會兒我叫人來收拾。咱們去前面的水榭，我叫人到前院請唱花鼓的來，咱們在那裡玩耍也是一樣的。」

眾姑娘聽見有花鼓戲看，便忘記了剛才的吵鬧，大家妳挽著我、我挽著妳，高高興興地往水榭走去。

晚上筵席散時，薛宸親自送魏芷靜出門，賓客們走得差不多了，薛家門前只停了一輛寶藍底的馬車。薛雲濤與薛氏、趙氏出來送客，嘉和縣主與薛氏站在一起交談，而薛雲濤就站在她旁邊，問門房一些事情。

魏芷靜跑到嘉和縣主身旁，抓住她的臂膀，踮起腳尖，在她耳旁說了幾句話，嘉和縣主便走到薛宸面前，拉著薛宸的手道：「靜姐兒今日給妳添麻煩了。」

薛宸莞爾一笑。「縣主快別這麼說，靜姐兒是我妹妹，這是我應該做的。」

這句話說出來後，只見薛氏和薛雲濤對視一眼，薛雲濤很快轉過了目光，而嘉和縣主也有些不好意思，伸手撫了撫臉頰邊並不亂的鬢角，然後才對薛宸笑了笑，轉身牽過魏芷靜的手，未再和薛雲濤說話，只與薛氏告別後便坐上了馬車。

魏芷靜上車後，掀開車簾子對薛宸輕輕擺了擺手，薛宸亦如此回之。

待馬車走遠，門前眾人準備回去，薛氏從後面喊住了薛宸。「宸姐兒，等等，妳父親有話與妳說。」

薛宸的目光轉向薛雲濤，見他面上有些尷尬，摸了摸鼻頭，然後指著門邊的小徑，道：「宸姐兒陪我走走吧。」

「是。」

薛宸只當什麼都不知道，靜靜跟在薛雲濤身後，往園子裡走去。

夜風吹來，薛宸呼出一口白霧，將貂絨披風裹得更緊。薛雲濤披著一件鴉青色斗篷，見薛宸冷，便將斗篷解下來披在她身上，因為身高的緣故，披風被拖曳而行。

薛宸低頭不語，父女倆就這麼走了好一段路後，薛雲濤才咳了兩聲，說道：「那個……妳猜到了吧，就是嘉和縣主，她的父親是北靖郡王。她曾經嫁給宛平知府，三年前，宛平知府不幸遭遇事故去世了，留下一個嫡女、兩個庶女，今日隨她來的便是嫡女魏芷靜。爹爹的情況，妳是知道的，娶其他女子是害了人家，所以，當皇上提出這件事時，爹爹便答應了，不日，賜婚的聖旨就該下來了。」

薛宸還是沒有說話，看著薛雲濤披在她身上那鴉青色斗篷的金邊，良久後，才緩緩點頭。「我知道了。嫡母進門後，只要她是個好的，我不會與她針鋒相對，我也巴不得有個人在爹爹的身邊照顧起居。那今後，靜姐兒和她的兩個庶妹要怎麼安排？」

薛雲濤嘆了口氣，想了想，才道：「其實，這件事不大好辦。如果只有靜姐兒倒還好說，畢竟是她的親生女兒，可她還有兩個庶女，這兩個庶女是親姊妹，她們的母親是宛平知府生前的愛妾，早年去世了，他臨死前還交代靜姐兒的母親一定要好生照料她們。我既然要娶她，自然得替她把這份責任擔過來。到時候妳看著辦吧，就按府裡庶女的待遇來，總不能越過靜姐兒去，靜姐兒今後便算是我們薛家半個嫡女，不能虧待。

「她們娘兒倆不容易，雖說她是縣主，但北靖郡王已經不在了，郡王府如今是她哥哥當家，兄妹關係並不親厚，這幾年過得著實辛苦。爹爹這輩子是不想子嗣了，唯獨妳一個孩子，這麼說來，對她總歸是份虧欠。」

薛雲濤一下子說了這麼多，也算是誠懇，薛宸便點點頭。「我明白了。那讓靜姐兒住在青雀居旁邊的昕然堂，兩個庶女還住到海棠苑去，等縣主進門，我便將府裡的中饋交給她。只是母親留下的嫁妝，我還是自己打理，這個誰都不能代替。」

聽到薛宸這麼安排，薛雲濤放心了，應承道：「妳母親的嫁妝，自然都是妳的，不算公中之物，旁人沒理由插手。」

得了薛雲濤的承諾，薛宸沒什麼好說的了，向他行禮之後，將肩上的披風還給他，然後招了跟在他們身後的丫鬟前來掌燈，便投入黑暗，往青雀居走去。

薛雲濤看著她離去的背影，似乎明白自己和女兒的關係已有了難以修補的裂縫，嘆了口氣，將披風披上然後回了主院。

回到自己的臥房，薛宸總覺得房間裡還有那麼一點似有若無的餛飩香味，不自覺地看了看緊閉的西窗，想起白日裡婁慶雲單手撐在窗臺上翻身出去的樣子。

意識到自己在想些什麼，薛宸趕緊收起心思，打發衾鳳和枕鴛去休息後便往淨房走去，可經過梳妝檯前，被一只碧綠的瓷瓶吸引了目光。

她走過去，把瓷瓶拿起來看了看，發現下方還藏著一張紙，紙上寫的是藥方，說明瓶中藥的用法。看到治口瘍這幾個字時，薛宸只覺四肢軟了下，耳中轟的一響，渾身血液似乎都在往上流，讓她的兩頰像是要竄出火苗來。

這個婁慶雲，還真是無所不在！他什麼時候又闖進了她的房間？窗戶明明是鎖著的，他是怎麼進來的呢？

帶著濃濃的埋怨，薛宸想把這藥瓶扔了，畢竟來路不明，將來若被人知道了，也算是私相授受的證據。可把手舉起來了，卻又捨不得往外扔，心裡一陣糾結，最終還是收回手，將瓷瓶再次送到面前來。

怨憤過後，取而代之的便是一股淡淡的甜。她不是傻子，知道婁慶雲必定有所圖才會這樣。可是，對於這麼個強勢無賴的人，薛宸真的不知道該怎麼拒絕，而她也不否認，他雖然強勢，卻從來沒有逼迫過她；雖然無賴，但舉止、動作無一不是對她的憐惜愛護。即使這份愛惜是見不得光、是不能為人所道的，可薛宸捫心自問，更多的還是感動。

從上一世到這一世，她習慣了孤單一個人，從沒有誰會去真正關心她。上一世，她出嫁前被徐素娥壓得喘不過氣，出嫁後，宋安堂又只是貪圖她的姿色，根本沒想過要與她心心相印。她在長安侯府單打獨鬥了十幾年，一直到死，幾乎沒感受過任何溫暖。

而這一世，她怎麼也沒想到這種溫暖竟會從婁慶雲身上獲得，不管這份感情是真是假、能維持多久，對薛宸來說都是獨一無二的。所以，明知道不能再見他、不能再接受他的東西，可是為了那從未感受過的溫暖，她還是猶豫了。

算了，他愛怎麼折騰就怎麼折騰吧，橫豎他的名聲比她金貴多了。這輩子，她沒想過嫁人，如果依舊要嫁給宋安堂，她寧願青燈古佛度過下半生，到時用盧氏的錢給自己建一座姑子庵，她做住持，照樣能過得自由。

想通之後，薛宸拿著那只翠綠瓷瓶的手就沒有那麼抗拒了。洗漱完，她拿著燭檯到鏡子前，對著鏡子，把瓷瓶中的藥搽在口裡被咬破的地方，帶著滿嘴的藥香上床睡去了。

正月初二，宮裡下了聖旨，為嘉和縣主與中書侍郎薛雲濤賜婚，於四月初八完婚。

薛雲濤的婚事，自然要由東府的老夫人和薛氏等人操辦，薛宸畢竟是個姑娘家，就算管著府裡的中饋，但對婚禮要準備什麼卻是沒有經驗。而薛宸也不想在這件事上冒尖，乾脆將府中中饋一併交給老夫人代理，等到新嫡母入門，再與老夫人交接便可，她就無須夾在中間了。反正燕子巷的一切事宜，她全是按照盧氏留下的規矩去辦的，不過審查帳目時多費些心思罷了，其他規矩和名目皆沒有什麼變化。

婚禮的準備有老夫人帶著薛氏做，薛宸這個大小姐就沒什麼事了，每天寫寫字、看看帳，處理處理店鋪的事，過得頗為清閒。

這日，她正在書案後頭寫字，突然看見西窗外飛入了一隻白鴿，停在地上咕咕叫著，不打算飛了。此時衾鳳和枕鴛都躲在抱廈裡繡花，那裡生著暖爐十分暖和，繡花時手指不僵硬，冬天只要薛宸沒有吩咐，她們就窩在抱廈中取暖，因此這房裡只有薛宸一個人。

看鴿子始終不走，薛宸只好放下筆桿走過去，見那鴿子好似並不怕人，便蹲下去，試著將鴿子抱起來。不知怎地，鴿子竟然毫不反抗，還訓練有素地咕咕叫。

薛宸把牠抱在手上左右查看，才在牠的左腳上瞧見了一只細小的竹筒，大概只有小拇指那麼大。她還是第一次看到這個，將鴿子抱到書案上取下竹筒，揭開蓋子，拿出裡面的小字條，上頭寫著幾個英氣勃發的字。嘴裡可好些了？藥有效嗎？

薛宸看著字條沈默了許久，然後才抬頭瞧乖得十分通人性的白鴿一眼。鴿子的頸上有一圈不易辨別的金毛，綠豆大的眼睛黑漆漆的，見薛宸看牠，竟然也歪過腦袋瞧她，真和牠主子一個德行。

薛宸嘆口氣，不知道這信該不該回，總覺得事情越來越往她看不懂的方向發展了。猶豫了好一會兒，鴿子立在筆架上等她，偶爾發出咕咕聲，不知是不是在催促。

最終無奈，薛宸只好在那張紙的後面寫了幾個小楷字：藥很好，已經好些了，勿念。

寫好之後，她將小字條捲好，再次塞入小竹筒中。白鴿有靈性，見竹筒準備好了，竟飛到薛宸面前，只差伸出左腳給她綁竹筒了。對於這麼主動的鳥，薛宸就是想猶豫都沒機會，將竹筒綁好，然後把鴿子抱在手中，在牠背上輕輕撫摸了兩下，送到西窗邊向外一抛，白鴿振翅高飛，不一會兒即消失在她眼中。

薛宸想起來了，這鴿子是朝廷的信鴿。她從前聽說過鴻雁傳書，可卻沒想到，今生今世會有個男人用朝廷專門培養來傳遞軍情的鴿子給她傳書，也只有婁慶雲能做出這種暴殄天物的事情來。

用信鴿打通路後，每天傍晚時，丫鬟們要麼在準備晚膳，要麼在整理院子，總歸是薛宸房裡人最少的時候，婁慶雲會派鴿子來送信，裡面的內容拉拉雜雜，彷彿總有話對薛宸說般。在他這樣喋喋不休的逼問下，薛宸有時也會寫一點身邊的事情給他看。

有了婁慶雲和她插科打諢，讓薛宸度過了一段比較開心的時光，每天就盼著躺到床上的時刻，一字一句讀著他寫給她的信，說的都是些身邊的日常瑣事，但婁慶雲寫得高興，薛宸看得高興，有時還會把信翻來覆去地讀好幾遍。半夜裡若想到什麼可以寫在回信裡的話，薛宸也會從床上爬起來，坐到書案後頭寫，然後等信鴿，然後等回信，單純而愉快。

因為是二婚，薛雲濤的婚禮辦得自然沒有第一回那樣喧鬧，事實上，他也不打算大肆操辦，只想把該走的禮走一遍，然後把續弦夫人娶進門。

四月初七那天，府裡便開宴暖酒，專門宴請一些親近的親屬，韓鈺一家來了，還邀婁兆雲一家，薛繡自然也帶了西府眾人來。他們來都是應當的，可是今夜這暖場酒吃得也太冷了些，原因是——

有一尊衛國公世子兼大理寺少卿的大佛在，這場應該熱火朝天的暖酒，如何能暖起來呢？

薛雲濤這個新郎官很無奈地給這位讓了主座，儘管這位一直推辭，直言只要跟婁兆雲等小輩坐在一起就成，可連薛柯這個大家長都開口請他上座了，他要是再推辭，實在太不給老人家面子，只好硬著頭皮坐到主位上，把薛柯父子給擠到了一邊。兩人還一副與有榮焉的樣子，在席上一個勁兒地對這位大駕光臨的世子熱情相對，婁慶雲滿心尷尬，卻只能強顏歡笑和他們交談，偶爾才能把目光瞥向其他地方，還要不斷克制，不能讓其他人察覺。

一整晚，薛宸也覺得有些恍惚，心裡對這傢伙的大膽簡直無語了。他就不知道什麼叫做「消停」？就算要來，哪怕明天來呢，非要趕在今天這個節骨眼上，也不怕讓人誤解。

突然，主桌上的老夫人寧氏開口道：「對了，原本要來做儐相的圖大人明天有事，如今世子來了，豈不是一個現成人選嗎？只不知世子肯不肯賞光？」

婁慶雲正在喝酒，瞬間傻住，沒聽清楚老夫人說什麼，放下酒杯問道：「老夫人說什麼？」

寧氏的話似乎引起了薛家人的共鳴，薛家嫡子續弦，若是能讓衛國公世子做儐相，那排場可就不止上升一個等級了。薛柯也覺得不錯，捋著長鬚對婁慶雲說道：「這……只要世子肯賞光，自然再好不過了。說起來，世子與犬子算是隔科同榜，又同在國子監，雖隔了幾年，也算有同榜之誼，若是能做犬子儐相，也不失為一樁美事。」

隔壁的小輩桌上，傳來薛宸難得的失態咳嗽聲，她趕緊低下頭，不敢將目光落在隔壁主桌上。薛繡給她順氣，納悶向來穩重的宸姐兒怎會突然喝水喝嗆了？

主桌的氣氛有那麼一絲微微的尷尬，婁慶雲簡直後悔，今天實在不該來，哪怕是等他們散了席他再闖閨房，也比這樣在飯桌上尷尬來得好，好多年沒有這種被人逼得說不出話來的感覺了。

沈吟良久後，他才斟酌著說：「這個……別的我都能答應，哪怕是跑跑腿都成，只是這儐相嘛……實在有些……不合適。」他看上的是薛宸，要成了，就是薛雲濤的女婿，女婿給老丈人做儐相，怎麼看都不大合適吧？這不擺明了跟別人說他和岳父是一輩的嘛。

見桌上氣氛再度尷尬，婁慶雲趕忙補救道：「不過，我倒是可以推薦一人。永定侯世子范文超，他比我虛長兩年，又是我的至交好友，他與薛大人和我都算是同榜。」只是他們考過了，范文超落榜而已。但這個時候，還是讓自己先脫身為好。

薛柯和薛雲濤如何聽不出婁慶雲話裡的意思呢？人家這是委婉地拒絕了。不過，他推薦永定侯世子也不算不給薛家面子。永定侯雖是侯爵，比不上國公府，但永定侯簡在帝心，是國之股肱，他的兒子雖和這位婁世子差了等級，但讓他來給薛雲濤做儐相，身分上是絕對夠的。

婁慶雲暗自擦了把冷汗，心中對范文超說抱歉，可這個節骨眼上他不推個人出去實在太尷尬了。下定決心，以後再不湊這種熱鬧，直接闖入那丫頭房間，哪怕是在她的香枕上睡一覺，也比現在這樣被群起攻之來得舒坦。

這頓飯，婁慶雲吃得心裡七上八下，薛宸吃得心驚膽戰，薛繡和韓鈺見她心不在焉，以為她是見父親明日續弦而心裡難受，不敢多問，只在旁邊照顧著她。好不容易等到吃完飯，薛宸才親自將她們送出門，同時看見薛雲濤和薛柯簇擁著婁慶雲去了門口。

不得不說，婁慶雲在外面時是沈穩有度、正經非常的，可一旦到了寢室中，尤其是在薛宸面前，那無賴勁兒堪比京城第一匪。薛宸看著薛雲濤和薛柯又是作揖、又是拍馬地將他送上馬背，站在門口看著他騎馬離去，這才轉身回了府。

薛宸看著婁慶雲消失的方向，心口沒來由地失落，不自覺地抬頭看看繁星點點的星空，然後見薛府門前被裝飾一新，紅綢子、紅燈籠高高掛起。今夜，新郎官不用睡了，因為從子時開始，府裡就要動手準備明日迎親之事了。

薛雲濤跨入門檻，走了兩步，見薛宸還傻愣愣地站在門口看天空，不由出聲喊。「宸姐兒，回來吧，夜深露重的。」

「是，這就回。」

答應後，薛宸轉身跟在薛雲濤和薛柯身後回去，見沒什麼事要她忙了，便向長輩行禮告退，回了房間。腦子裡想著如何將今日的事情和婁慶雲說一說，看能不能稍微遏制他這樣張揚的行為。

晚上睡覺，薛宸通常不需要丫鬟伺候，將衾鳳和枕鴛打發去休息後就一個人回了房間。才剛關上房門，忽然覺得眼前人影一閃，整個人落入了一個帶著酒香的懷抱。

薛宸緊張起來，正要大叫，卻被身後之人捂住嘴，耳邊吹出的熱風中也飄著酒味，呢喃般說道：「別喊，是我。」

比平日裡還要低啞的聲音讓薛宸停止了掙扎，只覺婁慶雲的身子就像個火爐子似的。回想剛才在飯桌上，他確實與薛柯、薛雲濤喝了不少酒，想起他硬扛也要給他們面子的模樣，薛宸心中微微一軟，正要開口說話，他掌心一動，食指就要去撫摸薛宸的唇瓣，嚇得薛宸連忙掙扎著從他懷裡脫身，捂著嘴，難以置信地看著這個男人。

「緊張什麼？」婁慶雲似乎有些醉了，燭光中，他的兩頰泛著微微酡紅，醉眼迷離的樣子比白日裡更為俊美，眼睛裡盛滿侵略，直勾勾盯著薛宸，卻像是站不穩般一步步後退，終於退到了薛宸的羅漢床上，撲通坐下，抓著雕花扶手，靠上了粉色繡牡丹花纏枝的大迎枕。

這是為了迎接明日的喜事特意準備的鮮亮東西，薛宸生怕被他弄髒了惹人懷疑，就走過去想把大迎枕拿下來。誰知道腳忽然被什麼東西絆了下，整個人撲向了婁慶雲，驚呼聲還未出口，只覺一陣天旋地轉，反被他壓在了身下，嘴巴又被捂住，無法出聲。

巨大的壓迫感來襲，只見婁慶雲一手撐在薛宸的臉側，一手摀著她的嘴，居高臨下，健碩的身材幾乎能把薛宸整個人籠罩在內。薛宸不敢亂動，瞪著眼睛看他，心裡撲通撲通跳，既害怕又期待。終其兩世，她還是第一次打從心裡浮現這種微妙的感覺。

他身上的酒味稍稍將薛宸的理智給拉了回來，喘著氣的工夫，她已經下定決心，如果他敢在這個時候亂來，她便一腳踹上他的命根子，讓他知道自己不是好欺負的。

可是等了半天，婁慶雲只是保持姿勢摀著她的嘴，居高臨下地審視了她好一會兒，然後緩緩靠近。

薛宸感覺自己的呼吸快要停止了，想使出力氣，卻發現四肢軟得不行，根本無法控制，眼看他越來越靠近，嚇得閉上了眼睛。

孰料，婁慶雲並沒有其他更多的舉動，而是在薛宸耳邊呢喃了一句頗為心酸的話。「妳到底什麼時候長大呀……」

說完後，他從薛宸身上翻到一邊，閉著眼睛，深深嘆出了一口氣……

第二十九章

沒了身上的重量，薛宸使盡力氣坐起來，一溜煙跑下了床，只覺雙腳發軟，必須扶著屏風才能站立。她摀著心口喘氣，卻怎麼都不敢再往後看一眼，剛才那畫面簡直羞得她無地自容，眼珠子都不知道該往哪兒看了。

真是奇怪，上一世她面對宋安堂時可以那般從容鎮定，將他迷得神魂顛倒，可這一世的她卻完全沒了這方面的本領。不過想起來也是，前世如果不是被徐素娥逼得走投無路，她也不可能用那種方式接近宋安堂。

「想什麼呢？」

溫熱的氣息自她耳廓上襲來，讓薛宸剛剛站穩的雙腿再次酥軟，背脊上的汗毛竟全豎了起來，喉嚨緊得厲害，低下頭搖了搖，沒敢發出聲音。

兩條烙鐵般的長臂從她身後伸向前，小小的身子被摟入一個似岩漿般滾燙的懷抱。她的心再次跳到了嗓子眼，全身血液倒流，臉頰紅得像是要滴血，連掙扎都忘記了，腦子一片空白，完全不知道自己在幹什麼，也不知道身後的人想幹什麼。

「別動，我抱一會兒就走。」

薛宸想動，殘存的理智告訴她這樣是不對的，可身體卻怎麼都不受控制，連要和他拚了的決心也被這滾燙的懷抱給一點點融化殆盡。

院子裡漸漸沒了聲響，靜謐的房間內似乎只剩下兩人的呼吸聲。薛宸的背緊緊貼著婁慶雲的胸膛，似乎能感覺到他急促的心跳，原來不是只有她在緊張，此刻的他，亦是狂熱的。回想剛才他居高臨下看著她時，那雙璀若星辰的黑眸中所呈現的熱烈，一時陷入了迷茫。

她知道，人的眼神和心跳是作不了假的，可她還是不敢相信，婁慶雲……真的對她動情了？

她並不是個遲鈍的人，對於男人，自然有自己的判斷力，微微動了下身子，試著將他箍緊了自己的雙臂拉下來。這回，身後之人並沒有用太多力氣抵抗，順從地鬆開懷抱，讓她窘迫地轉過了身。

薛宸想問他為什麼，可話到嘴邊，卻又什麼都說不出來，低著頭醞釀良久後，才用低若蚊蚋的聲音道：「時候不早了，你……該回去了。」

婁慶雲的熾烈目光盯著面前這個似乎有所察覺的小丫頭，原本滿懷期待等著她的問題，但她終究還是沒能鼓起勇氣，眼中不由閃過一絲失望，卻又矛盾地不大希望她現在開口。因為，他怕她開口問了，這樣的關係就要徹底結束。他寧願再給她些日子，讓她想清楚，也給自己多點機會，只要她一天沒有開口拒絕，他就有機會走進她的心。

活了二十一年，婁慶雲從未有過這種心思完全被人牽著走的感覺，事實上，他最討厭被別人牽著鼻子走了。可是，在面對這個彷彿畫中小仙女般的姑娘，他恨不得能被她牽著一輩子。

他伸手將她頰邊散落的碎髮撥到耳後，見她只是往後縮了縮，並沒有抗拒，難以抑制地心花怒放了，又大著膽子用指腹撫過她的耳垂，感覺到她微微發抖，那柔弱的姿態，比世間任何一朵蘭花都要嬌貴優雅。

還記得第一次見她時那小小的模樣，如今竟長高了不少，開始有少女的身段，若今後再生得豐滿些，配上這樣絕美的容貌，將是何等風華？他再次暗讚自己的眼光著實很好，不禁笑了起來。

薛宸實在搞不懂這個男人，不知道他對著自己笑什麼，但外頭傳來了亥時的梆子聲，他實在不能再留了，便伸手推了推他，某人才如夢初醒，戀戀不捨地走向西窗——他和鴿子的專用通道。

婁慶雲單手撐著窗臺，敏捷地翻身出去，正要離開，又回頭看了薛宸一眼，只見她在那座秀色山水的玉製屏風前站著，亭亭玉立、姿容絕頂，這回見了，不知下一回又該是什麼時候了，想好好把她的模樣印刻到心裡，牢牢記住她今夜的樣子。

婁慶雲離開後，薛宸看著空無一人的西窗，覺得心裡空落落的，像是有一塊地方隨著婁慶雲一起離開了般。

她糾結地捣著心口，又呆呆在西窗前站了好一會兒，才幽幽嘆了口氣，伸手把西窗關起來。輾轉入睡後，她夢見的全是兩人倒在羅漢床上的那一幕，那雙魅惑的黑眸在她夢中反覆出現，想擺脫都擺脫不了，幾乎是一夜無眠。

第二日，四月初八，薛府續弦。

薛宸一夜未睡，精神並不是很好，薛繡和韓鈺見了心疼不已，以為薛宸是因薛雲濤續弦才如此。薛宸不敢多解釋，只好讓她們將錯就錯誤會下去。

在一片鞭炮與道喜聲中，迎來了新夫人的花轎。

薛家娶親的排場不算大，嘉和縣主的送嫁排場也小，只有幾個郡王府的姑嫂前來，嫁妝亦不豐厚。其實，若非聖旨賜婚，無論從哪方面看這婚事都不是頂好的良配，最起碼在老夫人寧氏和薛柯眼中是這樣的。雖然新媳婦是個縣主，可卻是個死了郡王爹、又和郡王哥哥不親厚的孤單縣主，成過親，還帶著一嫡兩庶三個女兒一起進門，單這點，便和他們的女兒薛氏有著很大的差別了。就因為嘉和是縣主，死了丈夫，皇上便願意給她賜婚；可薛家的女兒死了丈夫，皇上卻賜了貞節之名，讓她在夫家守寡。這無論怎麼看，他們都滿意不起來。

可不滿意也沒有辦法，這是皇上賜婚，不管合適不合適，都會被稱作金玉良緣，好歹新媳婦的身分還算高，再怎麼說也是個縣主，算是金枝玉葉了。

新主母進門，薛家上下喜氣洋洋，不為別的，只因主母是個大方的，進門便上下打點了好幾回。

新婚第二日，薛宸按規矩去主院給新主母請安，見到了魏芷靜和她的兩個庶妹。若說魏芷靜這個嫡女是纖塵不染的茉莉花，那麼她的兩個庶妹就是兩朵豔麗的牡丹，唇紅齒白、豔冠群芳，渾身上下透著一股難以馴服的野性，似乎有點胡人血統，五官十分立體，大的那個叫魏芷蘭，小的那個叫魏芷琴，以庶女的身分能和嫡女用相同的排名，可以想見她們在魏府有多麼受寵。

薛宸給嘉和縣主蕭氏請安，接受了她的見面禮，是一對金燦燦的如意、一座玉製邊框的繡架，還有一盒東珠、三十六疋四季布料，顏色各異。

這樣的見面禮真是太貴重了！薛宸訝異地看了看蕭氏，但長者賜不可辭，只好將如意、繡架和東珠收下，三十六疋布料則當場分給其他三個姑娘，薛宸自留十疋，魏芷靜得十疋，魏芷蘭和魏芷琴各得八疋。蕭氏見狀，滿意地點點頭。

然後是三個妹妹來與薛宸見禮。魏芷靜和薛宸早已相識，但薛宸身為嫡女，正式和妹妹見面總要準備禮物的，於是她給了魏芷靜一套珍珠頭面，魏芷蘭和魏芷琴則各是一對鳳釵，接受了她們的行禮。

如此，這些禮數便算是全了。從此，燕子巷的薛府有了女主人蕭氏，除了大小姐薛宸外，還有二小姐、三小姐和四小姐，人口說簡單也不簡單，說複雜也不複雜。

平心而論，蕭氏的確是個很不錯的主母，做事俐落明快，從老夫人那裡接管府中中饋後打理得井井有條，與薛宸的做法相同，並不制定新規，完全遵循盧氏的安排。單單這一點就足以讓人稱道了。

人就是這樣，一旦占領地盤便想訂出屬於自己的規矩，即使前人有一套適合的管理方式，但只因是前人留下的，故多多少少會變更，加入自己的人或意見，有句話說——一朝天子一朝臣，就算天子也是如此。

可蕭氏不僅完全認同盧氏的做法，連府裡的人事都沒變動，每日生活極為規律，並不要求子女們日日請安，只對魏芷靜她們幾個的學業很是看重，將原來的女西席請入府中繼續任教。薛雲濤覺得這一點做得很好，便讓薛宸隨她們上學，不過卻是不勉強的，願意聽就去，不願意也沒關係。

薛宸只是偶爾去一回，不是她不好學，而是她畢竟不是這個年紀的女孩兒。上一世該學的東西，她一樣都沒落下。現在的她，追求的已經不是書中的道理，簡單實用的學問才是最好的，這是她經歷過後的結論。懂得吟詩作對，遠不如懂得管帳和經營要好。

這並不是說書不用讀，而是要看怎麼讀。在薛宸看來，魏芷靜有些像書呆子了，她的兩個庶妹倒是比她想得開，除了讀書，還會去做其他事情，比如來往交際什麼的，在交際手腕上是完全勝過了魏芷靜。

魏芷靜與姑娘們坐在一起，總希望大家聊些詩詞，可詩詞一類畢竟是曲高和寡的存在，姑娘們平日裡困在府中閨房，好不容易出來一趟，自然想和同齡的人聊些時興的東西，誰會願意談詩詞、對對子？聊天還要費神，那乾脆不要聊好了，坐著吃吃喝喝不是更開心？

她的兩個庶妹就很懂得這一點，常常妙語連珠，性格豪爽，出手更是大方，很快便和身邊的人打成一片。不知道的，還以為魏芷靜是庶女，她們倆才是嫡女呢！

對於魏芷靜和庶妹的事情薛宸是不想管的，畢竟隔著一層關係。她是薛家的嫡女，而她們姓魏，雖說住在一個屋簷下，可她到底用不著費心去管她們。

幸好，兩個庶妹的性子雖然跳脫，但還不敢在檯面上給魏芷靜難堪，檯面下更不敢使絆子。後來薛宸才知道，這兩個庶女的確不簡單，因為她們的父親臨死前，竟然要蕭氏答應給這對姊妹半數魏家家產，並親自照顧她們，經由族老見證這個遺願後，才放心地閉上眼睛。

而蕭氏之所以會答應也是有條件的，明說了自己不會替亡夫守寡，孝期過了必會改嫁。因此，魏家族人鐵了心要從蕭氏那裡把另一半財產爭過來，還有人出來說，如果蕭氏願意守寡十年，那他們便考慮不摻和這件事。顯然地，蕭氏拒絕了。

這一切在薛宸看來，蕭氏做得並不過分，甚至拒絕得相當正確！蕭氏的身分在那裡，魏青雖沒有滅妻，但寵妾卻是真的，拖著最後一口病氣也要把愛妾的一對女兒安頓好，生怕蕭氏苛待她們。如果她是蕭氏，心底該有多不舒服，絕對不會把感情放在這種男人身上，憑什麼要給他守寡？別說蕭氏是縣主地位崇高，就算是個普通的女人，也不會想為這麼個丈夫守寡十年。

薛繡和韓鈺來找薛宸玩，在觀魚亭外的園子裡賞花，薛宸和魏芷靜在亭裡看書，偶爾魏芷靜會走來向薛宸問問詩句，完全把薛宸當作自家姊姊那般親近。想起那日在觀魚亭中，薛宸喊來侍衛替她解圍，就對薛宸崇拜得不得了。

薛繡玩一會兒就回了亭子，韓鈺和魏芷蘭、魏芷琴還在園子裡撲蝶玩耍，歡聲笑語不斷。

薛宸見薛繡沒什麼興致，便放下手裡的書，親自替她倒了一杯梅子茶送到她面前。

薛繡道謝後喝了一口，然後幽幽地嘆了口氣。

薛宸見狀，問道：「怎麼了？唉聲嘆氣的。」

薛繡看了魏芷靜一眼，顯然是有話說、卻礙於她在場不好說的樣子。魏芷靜心思敏感，立刻站了起來，對薛宸她們道：「兩位姊姊慢聊，我去尋蘭姐兒她們玩了。」

薛宸點點頭，魏芷靜就走出了亭子。薛繡覺得有些不好意思，說道：「唉，她這是何必呢，也太小心了。」

薛宸將她拉過來，道：「她在，妳不方便說話，留著豈不是礙事。她性子溫和，沒事的。」

薛繡也不是真的埋怨魏芷靜，只是心頭思慮萬千，不知從何說起。薛宸也不催促，在一旁靜靜等候。

薛繡猶豫完，終於深吸一口氣，決定和薛宸說了。「元公子他……似乎要訂親了。」

薛繡的聲音極低，但薛宸還是將她的話聽得分明。元卿要訂親了？怪不得薛繡這副模樣，薛宸頓時明白了她的心思。

「他要訂親了？跟誰家？」

薛宸努力回憶，上一世，尚書令家的探花郎元公子，娶的就是薛繡沒錯啊，今世怎麼會有這意外？若真的成了，薛繡該怎麼辦呢？

薛繡低頭，咬了片刻的唇，然後才吐出幾個字。「是國子博士柳大人家的嫡女柳玟宣。」

「國子博士家的嫡女？」薛宸有些不敢置信。國子博士不過是五品官職，元家如何會這般低就？如果他們家連五品官的女兒都肯娶，那薛繡的父親薛雲清還是四品的秘書少監呢，更加沒有問題才是啊。

薛宸疑惑地問道：「妳怎麼知道的？元公子和柳小姐是私下裡互相喜歡嗎？」

薛繡的臉微微泛紅，低下頭，有些無助地說：「我怎麼知道他們的事……」

薛宸卻是旁觀者清，元卿並不是輕浮冒失之輩，柳小姐若非得了他的青睞，那必然是有其他原因的，可這個原因到底是什麼，誰也不知道。

薛宸無法代替薛繡難過，看著她心情低落的模樣，不知道如何安慰，總不能向她保證元卿將來娶的一定是她，讓她不要擔心吧？而且關鍵是，這世發生了太多變化，薛宸也不怎麼敢肯定事情還會像上一世那樣發展了。

此時，韓鈺和嬌俏可人的魏芷蘭像是兩隻小蝴蝶般撲進了亭子，魏芷蘭來到薛宸身旁，伸手勾住她的胳膊，嬌聲道：「長姊，鈺姐兒說京裡有一座芙蓉園，裡面的花比咱們府裡還要漂亮，妳帶我們去看看，好不好？」

薛宸看了韓鈺一眼，見她吐舌偷笑，便知道這個主意是她出的，又看見魏芷琴走了進來，俏臉通紅，說不出的嬌媚豔麗，小小年紀似乎就很懂得展現自己的美態。魏芷靜安靜地隨在她身後入了亭子，便坐在最靠邊的欄杆旁，一副不打擾她們說話的小模樣。

薛宸暗自在心裡搖了搖頭，見魏芷琴也纏了上來，說道：「長姊，妳就帶我們去開開眼界吧。鈺姐兒把那裡說得天上有、地下無的，說什麼也要去見識一下呀。」

韓鈺在旁點頭，一副唯恐天下不亂的樣子。「是啊，蘭姐兒和琴姐兒都沒去過芙蓉園，她們從前住在宛平，宛平的大園子哪裡比得上京城？我說了，她們又不信，正好今天芙蓉園開了，咱們一同去轉轉也好。」

薛宸想了想，如今魏家的幾個姊妹來了薛家，她是薛家嫡長女，她們要出去的確要經過她或蕭氏的同意，便微微一笑，問後面的魏芷靜。「靜姐兒，妳怎麼說？兩位妹妹要出門看花呢。」

魏芷蘭和魏芷琴也將目光瞥向了魏芷靜，魏芷靜低下眸子，微微點了點頭。「我沒意見。不過，還是和太太說一下為好。」

薛宸站起身對她道：「自然要回太太的。這個任務就交給妳，咱們能不能出門去玩，全靠妳了。」她這是有意捧著魏芷靜，順便暗示魏芷蘭和魏芷琴，這個家雖然姓薛，但當家主母蕭氏卻是魏芷靜的親娘。

魏芷靜也知道薛宸對她有些恨鐵不成鋼，但從小到大，父親最寵愛的便是兩個庶妹，以至於她從小沒在兩個妹妹面前立起來，現在讓她一下子轉變似乎有些困難。

她硬著頭皮站起來，聽話地道：「是，我這就去說，姊妹們等一等。」說完，便低著頭走出了亭子。

薛宸有些挫敗，不知魏芷靜有沒有看懂她讓她去找蕭氏的目的？其實若她真要帶妹妹們去芙蓉園玩耍，不稟報蕭氏也不是帶不出去，就是想讓魏芷靜表現一下罷了。看著魏芷靜離去的背影，薛繡拍了拍她，兩人交換個眼神，薛宸無奈地搖了搖頭。

蕭氏不僅答應她們出去玩耍，還立刻命人套了馬車，一共套了三輛，薛宸、薛繡和魏芷靜一輛，韓鈺和魏芷蘭、魏芷琴一輛，還有一輛是伺候的丫鬟和婆子。

薛宸說中午不回來吃飯，蕭氏也同意了，叮囑幾句後就把她們送上了馬車。

如今正是五月初，氣候最為宜人的時候，姑娘們像是被放出籠子的小雀，一路上歡聲笑語，浩浩蕩蕩到了芙蓉園。

園中景色果真如韓鈺說的那般美麗，魏芷蘭和魏芷琴的性子是同樣的跳脫活潑，進了園子左看看、右看看，高興得不得了，眼看就要不見人影，薛宸趕緊讓丫鬟、婆子們跟上。從前她出門不喜歡帶丫鬟和婆子伺候，但魏家姊妹似乎卻是少不了伺候的人，薛宸也不想讓她們改變生活習慣，就由著去了。

韓鈺喜歡活潑的人，自然和魏芷蘭、魏芷琴走得近些。魏芷靜似乎也想和她們打成一片，韓鈺見狀也拉了她，臨行前，還埋怨了薛宸和薛繡兩句。「靜姐兒跟我們走，中午我帶妳去景翠園吃好吃的。繡姐兒和宸姐兒最沒趣了，她們倆臭味相投，就愛自己湊一堆。」說完這些，也不管魏芷靜願不願意就把人給帶走了。

薛繡和薛宸無奈地對視一眼，感覺兩人像是帶孩子出門遊玩的母親，被嫌棄不說，還得跟前跟後伺候著。

不過，薛繡心裡有事，也不願意隨幾個小姑娘去玩。她平日裡和薛宸最親近，心情不好時，總希望薛宸能陪在她的身邊。

薛宸牽著她的手往僻靜的地方去，準備找一處花蔭下坐坐，開導開導薛繡。

此刻薛繡也不想喧鬧，兩人沿著河邊走，果真找到了一處安靜的地方，面前是一座碧綠的小湖。薛宸想起那晚婁慶雲將她約來，湖面上飄著許多花燈的樣子，那時並沒有想太多，如今白天看著，才知他是花了好些工夫的，可能就是因為布置河面，所以他穿著官服赴約，連衣裳都沒來得及換。

兩人靠坐在一株參天大樹下，沈默的時候居多，就是說話也是有一搭沒一搭的。兩人相處，並非要喋喋不休才表示融洽，有時候，沈默陪伴也是對默契的考驗，連不開口時都不覺得尷尬，舒舒服服的，那便成了。

忽然，樹後傳來一陣腳步聲，薛宸轉頭看薛繡，只見她靠樹幹坐著，正閉目養神，似乎沒聽見樹後的動靜。

薛宸便也不想動了，反正她們倆都是女孩兒，就算被人發現坐在一起也不會對名節有礙。

腳步聲越來越近，還夾雜著女子的哭泣聲，後面似乎有個男人在追她，壓低了聲音喊著她的名字。「宣兒，等等我呀。妳別衝動，聽我說好不好？」然後停下了腳步。

薛宸和薛繡對視一眼，明白樹後可能是一對情人，她們躲在這裡偷聽似乎有些不厚道。可若這個時候離開，豈不是更會被人發現嗎？乾脆把心放定。薛宸便將食指放在唇邊，對薛繡做了個噤聲的動作。

「宣兒，妳知道我是不得已的，我喜歡的是妳，一直都是妳。」男子焦急地對女子解釋。

薛宸和薛繡無奈地搖搖頭，知道無意間撞破了一樁好事，原本還沒介意，直到她們繼續聽下去……

「你是騙我的！你若真喜歡我，哪會讓我嫁給其他男人？我竟不知你是這樣薄情之人，枉我癡心錯付，將心和身子全都交給了你。」女子一邊說、一邊哭。

這事也太嚇人了！薛宸和薛繡咋舌。

「宣兒……我有我的苦衷。」

「你有什麼苦衷？就是那個趙小姐！我知道，你想和趙小姐在一起，所以拋棄我，讓我嫁進元家。玄武，你好狠的心啊，我、我肚子裡……可能都有了你的骨肉，你怎麼能不要我？」

元家？薛宸和薛繡同時注意到這兩個字。他們說的，不會是她們想的那個元家吧？頓時集中心神，聽了下去。

男子似乎有些急了，說道：「什麼？孩……孩子！可、可我們也就那麼一回……妳找大夫看過了？」

女子想了想，回道：「雖未曾找大夫瞧過，但我奶娘從前給人接生，說我八成是懷上了，還不足一月……玄武，你娶我好不好？你知道的，我一心只想嫁給你，我不想嫁給其他人。」

然後就是一陣沈默，等得薛宸和薛繡都心急了，才聽見那男子說道：「宣兒，妳別任性了。我、我都和趙小姐訂親了，妳要真嫁給我，只能做妾，可妳又不願意。如今有現成的機會讓妳嫁入元家，那元大郎是何等人物，要不是妳恰巧在雨天搭救了元夫人一回，哪裡輪得到妳？不好好珍惜機會，纏著我做什麼？妳回去好好地找大夫瞧瞧，若妳奶娘看準了，趕緊處理掉。」聲音頓了頓，片刻後道：「要不，妳快些纏著元家成親，到時就算真有了，也不至於讓妳名譽掃地。」

「……」

薛宸和薛繡聽得眉頭都皺起來了，連大氣也不敢出，她們似乎在不經意間聽到了一件很不得了的事情。

「好了好了，別哭了。」男子的聲音再次響起，然後說出一段讓樹後兩人頭頂打雷的話來。「妳乖乖地照我說的去做，無論留不留下孩子，咱們今後還能在一起。我保證一個月去看妳幾回，這樣總行了吧……」

接著，女子哭泣的聲音越來越弱，兩人似乎走遠了。

好一會兒後，薛宸才大著膽子將腦袋探出半邊，想看看這對奇葩長什麼樣，很遺憾地只看到了一個背影，女子穿著一身遍地金的粉紅褙子，男人著湖綠色素面直裰。

薛繡怕薛宸露餡，趕忙把她扯回來。等到那對男女徹底走遠後，薛宸才大大地呼出一口氣。「那女子說的元家，不會就是……」

薛繡的神情有些凝重，比剛才還要心事重重，沈吟著點頭：「只怕就是了。元公子怎會攤上這樣不知廉恥的女子？與人暗度陳倉就算了，竟然還聽信那薄倖男子之言，想栽贓嫁禍。要是元公子真娶了她，那……那定會痛苦一生的。」

薛宸也跟著嘆了口氣。既然這件事被她們聽到了，也許正是老天爺在幫薛繡的忙呢！若解決這件麻煩，也算是一樁善事，免於元公子被栽贓嫁禍，又能讓薛繡多一個機會。

「妳先別著急，待會兒回去後，我讓府裡的護衛去查這件事，看看到底是誰在搗鬼。聽見這事，若不認識的人也罷了，既然咱們都認識元公子，便沒理由坐視不理，看著他吃虧。」薛宸是真的想幫薛繡。

薛繡明白薛宸的好心，抓著她的手滿臉感激，也義無反顧地說：「對，絕不能讓元公子平白蒙受冤屈。一定要查清楚，讓元夫人看清那女子是何種婦德，簡直太可惡了！」

薛宸又安慰了薛繡幾句，姊妹倆便挽著手走出了這片隱蔽處，直接經過九曲迴廊，去了景翠園與韓鈺她們會合。

兩人過去，看見韓鈺她們已經包了二樓的雅間，正臨窗餵魚呢。見薛宸等人走來，韓鈺趴在窗前對她們揮手。薛宸與薛繡上樓後，發現韓鈺果然自掏腰包點了滿桌子精緻茶點，魏芷蘭和魏芷琴見到她倆，倒茶的倒茶、拿點心的拿點心，殷勤得不得了。而魏芷靜站在窗邊，想要靠近，卻因為魏芷蘭和魏芷琴正圍著薛宸等人，她再過去就會顯得有些擁擠了。

因為心裡裝著事，薛繡只吃了一點就說要回去。韓鈺她們是逛得有些累了才來景翠園吃東西，聽薛繡這麼說，倒也沒有反對，順從地點了頭。

一群姑娘下了樓，看見廳中也有好些官家女孩們坐在廳中，說說笑笑的好不開心。薛宸讓妹妹們先走，由薛繡領頭，她走在最後。可還沒走兩步，就見面前擋了一座肉山。

一個模樣蠢笨、身形如豬的男子故作風流地搖著一把紙扇擋住薛繡的去路，用和肥胖身形完全不配的尖細聲音對薛繡說道：「這不是薛小姐嗎？咱們竟然能在這裡遇見，果真是緣分啊！」

薛繡蹙眉，不願理會這個大胖子，低下頭往旁邊走去，想避開他。可是胖子的身後還站著兩個人，皆穿著華服，一看就知道是世家子弟，其中長相頗為端正的男子代替胖子攔住了薛繡的去路，一出聲，便讓薛繡和薛宸的汗毛豎了起來，這不是剛才鬧始亂終棄的男人嗎？

只見他拿著同種款式的扇子，又攔住薛繡道：「小姐好沒禮貌，我兄弟和妳說話，妳沒回答他，如何能走呢？」

另一名華服男子乾脆站到門邊，一隻腳踩著門框，顯然是不讓她們出去了。

薛繡是這群女孩裡年齡最大的，卻沒遇過這樣的場面，一時猶豫，回頭看了薛宸一眼，發現薛宸的眼睛正盯著門邊用腳攔路的男子。

薛宸瞇著眼睛，瞧著逆光的門邊那熟悉得不能再熟悉的身影——宋安堂。熟悉的眉眼、陌生的做派，令薛宸心中五味雜陳，一時竟不知說些什麼好，愣在當場。

會和宋安堂混在一起的，看來只有胖子許建文和花少爺葉康了。薛宸腦中靈光一閃，葉康的字似乎就叫玄武……哼，好好個人非要叫個烏龜，人如其名！想起之前在樹後聽到的話，不由感嘆老天有眼，真是冤家路窄，撞到她手裡來了。

許建文雖然胖，卻不影響他覺得自己是世間少有的翩翩俊公子，自然而然地攔著姑娘們說話。他正是太常卿家的大公子，才有了剛才和薛繡的對話。

「薛小姐別走啊！相請不如偶遇，既然咱們兩家都有那個意思，那咱倆也別端著了，早見晚見都是見，一起喝一杯如何？」

許建文說著，把手裡的扇子收起來，伸出肥胖的手就要去抓薛繡。

薛宸見狀，朗聲對外喊了一句。「護衛何在？」

薛家的護衛立刻從門外衝進來，嚇了擋在門邊的宋安堂一跳，只見護衛們站到薛繡和許建文中間，隔開一條涇渭分明的道。

許建文沒想到自己還沒摸到佳人的小手，就給人壞了事，想著他們的身分，要是被這陣仗給嚇倒，今後就真的沒臉出來混了，於是硬著頭皮叫道：「什麼東西？都給我閃開！別妨礙我與未來娘子培養感情！」

不等薛繡發怒，薛宸便率先大聲道：「這胖子滿口胡吠，別管他是誰，給我打斷他的牙！」

護衛們只聽薛宸吩咐，嚴洛東雖不在，卻也能將薛宸的吩咐執行到底，二話不說便緊緊包圍住許建文，拳腳相向起來。許建文哪裡是這些人的對手？不過幾下，真被打斷了兩顆牙！見他們實在是橫，不敢再亂說什麼，只色厲內荏喊著一定要報仇云云。

薛宸哪會怕他，直言道：「想報仇還是想告狀，直接到薛家來找我，還有好些排頭要送給你吃呢！」

「……」

許建文調戲佳人無數，從沒遇見過像薛宸這樣的玉面羅剎，哪裡有嬌弱千金的樣子，跟土匪似的二話不說上來就打人，還言明一定要打斷牙！這女子心太狠，縱然生得如天仙般美貌，他也不敢再招惹了。

薛宸教訓完人並不想多留，從後面快步趕到薛繡身邊，代替她領著眾姑娘往門外走去，護衛們在旁開道。

薛宸走到門邊，突然停下腳步，轉頭看同樣被嚇傻的宋安堂。這個時候的他應該是十五歲，看著青澀又單薄，相貌是一等一的好，身量也高，可就是氣質不對，臉色蒼白，一看便是過早行男女之事、虧了身的樣子。

見薛宸盯著他看，宋安堂只覺得渾身僵硬，貼在門扉上，生怕她再下道命令，讓人把他像胖子那樣打一頓，他的身子骨可受不住。

薛宸想著自己上輩子竟就守著這個男人過了十多年，心酸至極。雖說他給了她長安侯夫人的名頭，誰會知道她從中付出的有多少？憑藉一個女子的力量，強行撐起了長安侯府的十年興榮。

而他宋安堂又做了什麼？成日裡鬥雞走狗、遊手好閒，好不容易給他捐個官做，也是三天打魚、兩天曬網，根本不當一回事，吃穿用度全要最好的，這點和他的母親郁氏實在很像，母子倆都想過比擬太上皇的日子。縱然薛宸會生財到最後也是入不敷出，只好變賣所有鋪子，將銀錢充入府庫。不知道她離開之後長安侯府撐了多久？如果照宋安堂和郁氏那種用法，只出不進，最慢也就是一、兩年的事吧。

薛宸斂下目光，回頭跨過門檻，不再理會嚇得跌坐在地的男人，逕自帶著姑娘們離開了這是非之地。

第三十章

薛宸把韓鈺和薛繡送回家，薛繡心情煩悶，原本想和薛宸一同去燕子巷住兩日，可大夫人趙氏說明日要帶她回娘家看望外祖父母，只好作罷。薛宸安慰她，等她從外祖家回來再聚，橫豎就是幾日的事情，薛繡才稍微好受些，約好後天去燕子巷找她。

薛宸帶著妹妹們回到燕子巷。入了青雀居，她喊來嚴洛東，在他耳旁叮囑兩句，嚴洛東記下重點，點頭離去，第二天就回來覆命了。

原來，薛宸不確定那個與葉康有首尾的女子是不是柳玟宣，所以只讓嚴洛東先去查葉康，一查之下，果然查到了柳玟宣身上。一年前，葉康要考科舉，便借住在國子博士柳大人的別院中勤學，兩人便是那個時候好上的。後來葉康考中秀才，就從柳府別院搬出去，和詹事府的趙小姐訂了親，可卻未曾斷了與柳玟宣的聯繫，兩人一直私下往來，直到最近葉康和趙小姐要成親了，柳玟宣才醒悟過來。

而柳家和元家的糾葛，是因為某個雷雨天，柳玟宣在去上香的路上看見元夫人馬車陷入了泥潭，她剛好經過，便救了元夫人。元家因此看上了柳玟宣，有意與柳家結親，不過兩家只是這麼說，並沒有其他動作。

知道這件事後，薛宸命人送了封信去薛繡的外祖家，原本以為薛繡明天才回來，沒想到她當天傍晚便從外祖家趕回，到燕子巷找薛宸。

薛宸將薛繡領入內室密談許久，把嚴洛東調查出的事情全告訴了她。

薛繡恨得咬牙切齒。「這兩人偷偷做了好事不說，還想栽贓給元公子，實在太可惡了！」

因為這件事事關薛繡，所以薛宸不想一個人拿主意，打算先問薛繡要個什麼樣的結果再訂計劃。

「我一定要阻止這件事，不能讓元公子被他們愚弄。」

薛宸想了想，便對薛繡招手讓她湊過來聽她說話。兩人密謀了好一會兒，薛繡才一臉凝重地走出去，晚上也沒有留宿在薛家，而是直接回了西府。

葉康從春熙巷轉入一條暗巷中，經過一道後門，走進長安侯府的別院，見到了宋安堂和許建文，兩人已經招了兩個教坊的歌姬在院子裡飲酒作樂。

看見葉康，宋安堂趕忙上前招呼，然後把懷裡的妖嬈歌姬推到了葉康懷裡。誰知道一向對女人來者不拒的葉康這次竟然沒有接受，而是皺著眉頭悶悶不樂地坐了下來。

宋安堂和許建文見他這樣，知道有事，便把歌姬打發下去。宋安堂喝得有些醉了，好看的皮相上滿是酒色過度的虛浮，將一壺酒遞給葉康，問道：「什麼人惹我們葉大少不高興了？」

三個人中，宋安堂的身分最高，是長安侯世子，幾年前在恩科試中認識，只是三人全都落榜。後來，宋安堂和許建文放棄了考科舉的路子，宋安堂準備走恩蔭，許建文則想等時機捐官，只有葉康稍微長進些，竟然考中秀才，也算是有了功名。

葉康接過宋安堂遞來的酒，喝了一口，然後呼出一口氣，道：「還不是那個柳玟宣，纏我纏得緊，早知道當初就不招惹她了，一點眼色都沒有。再過幾天我就要成親了，她還來糾纏我，煩都煩死了。」

宋安堂自認是他的鐵兄弟，當然知道柳玟宣是誰，便看了看許建文。

許建文雖然胖，但自詡風流，在這方面的見解總能出人意表。「招惹就招惹了。成親又怎麼樣？那女子想繼續和你一起，那由她好了，只當養了個不要錢的外室，時常去光顧光顧便得了，煩什麼呀？難不成你的新媳婦還會揪著你，不讓你有別的女人嗎？」

許建文和宋安堂都養著外室，對這種事見得多了，早已見怪不怪。

葉康放下酒杯，道：「我難道不知這道理，要你來說？是那柳玟宣太不識相，說懷了我的骨肉，要我把趙家的婚退了改娶她做正妻。我呸！也不瞧瞧她那副臭德行，要不是當初困在她家別院出不去，就她那副尊容我啃得下口嗎？如今還想攜子逼婚！」

宋安堂等人這才知道事情的嚴重，湊過來對葉康問道：「她真有了？」

葉康白了他們一眼，好半晌才道：「誰知道！不過上個月，我確實跟她……算算日子差不多。看這情況，我能不著急嗎？」

宋安堂和許建文對視一眼，許建文說道：「這事說難辦也難辦，說好辦也好辦，全看兄弟你捨不捨得了。」

葉康來了精神，催促道：「快說，我都被逼成這樣了，還有什麼捨不得？」

許建文湊近兩人，小聲地說：「找個由頭約她出來，到我那樓裡，我派幾個人強行灌藥，我那裡的姑娘和客人有了，就是這麼弄的。只是那藥凶猛，一帖下去便會傷了身子，今後能不能懷就不知道了。」他私底下經營著一家香粉樓，幹的是皮肉生意，對這事經驗十足。

葉康猶豫，宋安堂也覺得有點狠了，柳玟宣再怎麼說都是官眷，這要出了事，可不是鬧著玩的。

「柳家不會善罷甘休吧？」宋安堂還有點良知，知道這麼做等於是毀了一個姑娘一輩子，所以故意這麼說，想用柳玟宣的身分讓他們打退堂鼓。

誰知道，許建文吃多了這碗飯，根本不覺得有什麼。「柳家知道又怎麼樣？他們敢明目張膽地來找我們晦氣？那種讀書人家最看重的就是面子，讓他們承認自家閨女做了這等醜事，可比殺了他們還難，必定會吃下這個啞巴虧，從此夾著尾巴做人！」

宋安堂不敢說話了，先前葉康也有些擔心柳玟宣的官眷身分，怕惹出事情來，畢竟他如今有了功名，再不是白身，做事總要瞻顧著些，可聽許建文說得簡單有理，心裡又動搖了。

原本他還有工夫去周旋這件事，但聽說柳家攀上了元家，元夫人看中了柳玟宣，要是柳玟宣不把肚裡的孩子弄掉，將來被元家發現追查起來，查到他身上，那他就徹底完了。元家是什麼樣的人家，他如何得罪得起？

所以，兩相權衡，葉康還是覺得得罪柳家比得罪元家要好，趁著元家還沒摻和進這件事，他得快刀斬亂麻，趕緊把柳玟宣肚裡那塊肉處理掉才行，再晚一點，可真要釀出大禍了。

「確定萬無一失？」葉康對許建文問道。

許建文拍著胸保證。「包在我身上！」

葉康這才有了笑容，哥兒幾個又尋歡作樂起來。

若換成其他人，薛宸可能還無法了解得這麼清楚，但宋安堂身邊的那些豬朋狗友，她多少還是知道些底細的。

葉康的功名也就是個秀才了，之後十多年他雖一直在考，可終究沒有任何長進。上一世他娶的的確是趙家千金，性子潑辣強悍，雖是詹事府的小姐，但她母親卻是正經的鏢局小姐出身，京城最大的威遠鏢局就是她外家。這個時候，葉康大概還沒有感受到趙小姐外家的強勢，因趙小姐的表哥還沒有為他婚後私自納妾的事把他的腿打斷。

其實要解決這件事很簡單，只要薛宸找人把葉康和柳玟宣的事情告訴趙家和柳家，讓他們的婚事告吹。可真是那樣的話實在太便宜葉康了，上一世他和許建文沒少讓宋安堂拿錢供他們享樂，本身就是兩個混帳胚子。

薛宸有心懲治他們一番，更不會讓事情輕易地解決。

她知道，許建文手裡有個香粉樓，葉康如果告訴他們柳玟宣懷了他的孩子，憑許建文的經驗一定會給葉康出主意，讓他把柳玟宣肚裡的孩子弄掉，而他手裡，自然多的是讓女子墮胎的藥。

薛宸讓嚴洛東安排人盯著柳玟宣的去向。第三天，葉康約她在歡喜巷見面，許建文的香粉樓就在那條巷子深處。

嚴洛東回來稟報時，薛宸正在亭子裡修剪花草。

嚴洛東行了禮，走入亭子，等薛宸屏退伺候的人後，便對薛宸說道：「果真如小姐猜測那般，他們打算在香粉樓裡動手，事先安排了幾個人躲在暗處，又找來大夫給柳玟宣把脈，確為妊娠。然後，等到葉康和柳玟宣談不攏時，那幾個埋伏的人從暗處出來，按住柳玟宣，香粉樓裡的婆子送來紅花湯，強行灌她喝下，再由葉康把人給帶出去。

「我按照小姐吩咐的，事先將那帖紅花藥換成了保胎藥，現在柳玟宣已經回到柳府，躲在房裡好半天沒出來，但也沒有其他反應，肚裡的孩子應該還是好好的。」

薛宸點點頭，將手裡的剪子放下，對嚴洛東吩咐道：「再過三天，葉康就要和趙家小姐成親了，柳大人是葉康的恩師，必定是座上客。到時候按照我說的去辦，必定要讓葉家這場婚禮辦得熱熱鬧鬧、有聲有色。」

嚴洛東應是，抱拳行禮後退了下去。

接下來，後天之事能不能成，就看薛繡的功力如何了……

葉康的父親是城防都督府的長史，原本與薛雲濤並沒有交集，只是最近薛雲濤在朝堂上的動靜很大，頗有一飛沖天的架勢，於是葉家長子的婚禮也邀請了他。

但薛雲濤有自己的考量，葉長史在朝中與他並非同一派，因此不想與他糾纏，便在葉家辦喜事那天讓蕭氏帶著薛宸和魏芷靜出席，自己以公務繁忙為由，將這件事全權交給蕭氏處理。

蕭氏明白薛雲濤的意思，推給她就說明他並不想與這位葉長史有太多交集，所以她也無須與葉府女眷深交。不過這回是蕭氏第一次以薛夫人的名義出席宴會，所以很難掌握——太親了，被人誤會；太遠了，給人不合群的疏離感。但薛宸知道，憑蕭氏的能力，一定能拿捏得相當好。

宴請前一天，薛宸和薛繡見了面，薛繡告訴她事情已經辦妥。她分到的任務，就是以賞花為名，請幾府小姐去芙蓉園一聚，而柳玟宣自然在她的邀請之列。按照計劃，她會在芙蓉園中與柳玟宣說上話，鼓勵她在葉康的婚禮那天出席。

柳玟宣自知受到了欺騙，卻不敢拋棄柳家的名譽真豁出去和葉康鬧，她未婚先孕的事若傳出去，那柳家也不必在京城待了。但是，薛繡隨意的一句話卻說到了她的心坎上。薛繡借著戲詞說，就算不能報他的薄倖之仇，也不能讓他太好過。於是柳玟宣決定出席葉康的婚禮，讓他怕一怕，添添堵也是好的。

只要柳玟宣能這麼想，薛繡的目的就達到了。

事實上，薛繡確實成功地完成了任務，薛宸隨著蕭氏進葉家時已經瞧見了柳玟宣。她穿著一身桃紅色吉祥紋交領襦裙，臉上化著濃妝，但依然掩蓋不了煞白的臉色。

柳夫人與她走在一起，知道女兒最近有些不對勁，似乎不高興，湊過去說道：「人家大喜的日子，妳就別擺這副臉了。也不知妳最近是怎麼了，竟說不喜歡元家公子，連我都想敲敲妳的榆木腦袋，自己有多大的福分都不知道，要不是元夫人喜歡妳，妳哪有可能嫁進元家？還給我擺臉子不痛快。妳這小性子給我收斂收斂，妳爹說了，等妳和元公子成了親，他好去跟元大人活動活動，看能不能研究個保升的法子。妳爹等了一輩子，就等這個機會了。」

柳玟宣沒說話，但臉色也沒好多少，柳夫人嘆了口氣，見著其他府的夫人總要過去打招呼，便沒再和柳玟宣繼續說下去。

柳玟宣看著母親鑽營的樣子實在覺得噁心，他們哪裡是把她當女兒，根本是當成替他們換取功名利祿的工具，有這樣的爹娘在，就算她嫁進了元家，將來也是受人鄙夷和嫌棄。從前她心儀玄武哥哥，一心想嫁給他做妻子，可當她把一切都奉獻出去後，玄武哥哥卻變了，變得絕情絕義，連她腹中的孩子都忍心傷害。

其實她知道，今天過來沒有任何意義，最多是讓他看見自己，心虛一番，也不敢真的鬧出事來。可就是因為這樣，她才越發不想讓葉康好過。

魏芷靜則一直跟著薛宸，薛宸將她當作嫡親的妹妹，遇見誰家小姐都會介紹一番，人家知道她是嘉和縣主的女兒，皆高看她兩眼。

今日葉府紅綢高掛，滿院子喜氣，時辰到了，府外噼哩啪啦響起滔天的鞭炮聲，新娘在鑼鼓喧天中被一身紅衣的新郎官揹入門檻，由喜娘攙扶著跨火盆，熱熱鬧鬧地進了門，拜過天地，送入洞房。

賓客賀喜後便入席，一道道佳餚送上了桌。

蕭氏與其他幾府的夫人坐在一起，薛宸則帶著魏芷靜和姑娘們坐在一桌，她的角度側過頭去，正好能看見柳玟宣。

剛才葉康揹著新娘子進門時看見了柳玟宣，嚇得臉都白了，以為柳玟宣是來鬧事的。等了片刻，見她只是在自己面前晃晃，並不敢真的做出什麼，這才放下心，派人看著她，不許她鬧出動靜來。

筵席吃到一半，隔壁桌突然有個姑娘摀著肚子喊了一聲。「哎喲，肚子疼。」

隨著她的叫喚，坐在她旁邊的人也感到了不適，柳玟宣蹙著眉頭放下筷子，亦覺得不對勁。那桌的動靜驚動了葉夫人，帶著婆子丫鬟過來，發現那桌的小姐們全一個個摀著肚子，臉色慘白。

葉夫人嚇壞了，趕緊讓管家把府裡的女大夫請來，想把這些姑娘扶入內堂診治，但這些小姐們肚子疼得不行，根本沒法走動。眾親眷趕過來質問怎麼回事，七嘴八舌地，把葉夫人弄得六神無主，只好讓人在原地搭了一座簡單的棚子，給小姐們遮遮太陽。

片刻後，三十多歲的女大夫趕來給各位小姐看病。一一診治後，說沒什麼大礙，只是吃壞肚子，休息一會兒就不妨事了。

柳夫人見大夥兒都把了脈，自然也要讓自家女兒給大夫瞧過才放心，但柳玟宣似乎有些抗拒，忍著腹中疼痛對她道：「不、不用了，既然大家都是吃壞了肚子，我就不用看了。」

柳夫人聽她說話聲音小了很多，鼻尖和額頭沁出冷汗，臉色慘白得連濃妝都遮不住，哪裡放心，一旁的葉夫人也跟著說道：「唉，宣姐兒，妳讓大夫看一下吧，診個脈不妨事的，大夫待會兒還得對症開藥呢。」

葉夫人說著，對女大夫招手喊道：「妳來給柳家小姐診脈吧。她走不動，妳且過來便是。」

女大夫聽見葉夫人指揮，就走了過去。

柳玟宣臉色慘白，竭力往後退，不住地搖頭拒絕。「不不，我沒事，我……我真的沒事。」

她邊說邊喘氣的模樣，實在讓人放心不下，周圍的人開始因為柳玟宣的抗拒而指指點點，柳夫人只好從後面扶住她，將柳玟宣的手送出去讓大夫把脈。

接下來，女大夫臉上的神色和柳玟宣臉上生無可戀的表情，就精采了。

女大夫躬著背給柳玟宣把了好久的脈，把了又把、診了又診，最後用目光將柳玟宣上下打量了一番，想確定她是婦人還是姑娘。

良久後，葉夫人和柳夫人開始催促了，柳夫人見大夫神情古怪，以為女兒有什麼事，追問道：「大夫，妳這到底是什麼意思？診出來了嗎？」

葉夫人也跟著問，畢竟現在在辦喜宴，不能耽擱太久。「妳到底診出什麼？不是和其他人一樣吃壞肚子了？」

女大夫躊躇地收回手，猶豫片刻後，走到葉夫人身旁，在她耳旁低語了幾句。

葉夫人的表情頓時也精采起來，仔細看著柳玟宣，難以置信地對女大夫問道：「確定沒錯？」

女大夫不敢下斷言，又走到柳玟宣身旁把了一次脈，然後才和葉夫人說：「已經把了七、八回，肯定沒錯的。」

葉夫人這才瞧向柳夫人，唇邊勾起一抹諷刺的笑。

柳夫人見她這副表情，不明就裡地張口問道：「葉夫人這是什麼意思？我女兒在妳家的筵席吃壞了肚子，妳卻找個庸醫過來，診了七、八回還沒個定論，這是想做什麼？有你們這樣待客的道理嗎？」

柳夫人的憤怒並沒有消除葉夫人臉上的輕蔑，柳玟宣已經嚇得不知該怎麼辦了，把頭垂得很低，靠在柳夫人身上，感覺只要葉夫人再多說一句，就能要了她的命。

「哼，我家怎麼待客自然有我家的道理。倒是你們柳家看著像是書香門第，不料出的竟是此等貨色，想必是有其女必有其母了。」

葉夫人從前就不喜歡柳夫人，總覺得她假斯文、裝清高，最近也不知她怎麼搭上了尚書令家的夫人，竟越發不把她放在眼裡了。看了看坐在另一桌、向這裡觀望的元夫人，越發不想息事寧人，反正鬧出來，她兒子的婚禮上最多是多一齣鬧劇，這樣才好，人們談論的日子才長呢！反正丟臉的是柳家。所以，葉夫人並不想為柳家隱瞞什麼，正好柳夫人說話咄咄逼人，她就更不想忍了。

柳夫人氣沖沖地看著出言諷刺的葉夫人，覺得她說話實在刻薄，饒是她修養再好都忍不下這口氣。「葉夫人，妳這是什麼意思？我們好心好意來給令郎道喜，妳卻在這裡陰陽怪氣。我還真不知道妳家待客竟是這種態度，今後我倒是要去與其他夫人們好好說說了。」

柳夫人用眼角餘光瞥了元夫人一眼，實在不想在元夫人面前示弱，畢竟她們的家世相差太多，今後女兒真嫁去元家，那她和元夫人就是親家，若凡事表現得太軟弱，將來就別想在元夫人面前抬起頭來了，故而她絲毫不退讓，就著葉夫人的話往下說。

葉夫人冷哼一聲，不想與她多費口舌，對旁邊的女大夫道：「看來柳夫人還被蒙在鼓裡。妳和她說說，柳家小姐到底得的是什麼病吧。」

女大夫有些猶豫，但見到葉夫人警告的目光時，不得不硬著頭皮說了出來。

「柳小姐沒得什麼病，只是診出了……喜脈。」

只是診出了……喜脈?!

柳夫人的臉終於掛不住了，四周的賓客一片譁然，一個未出閣的小姐被診出了喜脈，這、這可是件最丟人的事啊！怪不得剛才柳小姐死都不肯讓大夫診脈，竟然是因為這個！

魏芷靜哪裡見過這種場面，當即摟著薛宸的胳膊驚訝地摀住了嘴，生怕驚呼聲脫口而出。

薛宸拍了拍她的手以示安慰，目光卻沒有離開場中，與其他人指點和震驚的表情動作相比，真是太鎮定了。

柳夫人忍不住大叫。「胡說八道！這是血口噴人！我問妳，妳存的什麼心？就因為一個不知從哪裡來的大夫的一句話，便想毀了我們宣姐兒的名聲。妳、妳實在欺人太甚！」

柳夫人丟下這麼一串話後，知道大夫絕不會隨隨便便這麼說，不敢多留，拉著柳玟宣從座位上站起來。同桌的姑娘們全部傻住，連疼痛都忘記了，就那麼看著這驚天動地的一齣精采好戲。

葉夫人哪能容得下柳夫人這麼走了？這樣豈不是顯得她胡說八道，當即拉住了柳夫人的胳膊。「妳說我胡說八道，那妳走了幹什麼？妳的好女兒做出這種不要臉的事，如今證據確鑿擺在眼前卻怪我胡說？哈哈，真是笑話！」

柳夫人被葉夫人攔住去路，顏面盡失，一時竟不知如何是好。柳玟宣自知惹了大禍，不敢說話，只是低頭哭泣。

葉夫人年輕時是個潑辣的，對於這種送上門來讓她打臉的人向來不會心慈手軟，哪肯這麼甘休，當即命人去請府裡的老大夫。之前顧及不適的都是小姐，才讓女大夫過來。

眾人翹首以盼，等老大夫來了，葉夫人幸災樂禍地親自拉著柳玟宣的手讓老大夫把脈，結果顯而易見，自然還是喜脈。

柳夫人知道再也藏不住了，轉過身給了柳玟宣一個響亮的巴掌，怒道——

「好個不知廉恥的小蹄子，竟做出此等敗壞道德之事！說，那人是誰？」

柳玟宣被嚇壞了，摀著火辣辣的臉，恨不得鑽到地下去，哪裡敢說話，一個勁兒地哭著。

葉夫人看到這一幕，心裡實在爽快得很，有種揚眉吐氣、看著別人倒楣的感覺，也不怕事情鬧大，從旁說起了風涼話。「原來這就是你們柳家的家風，有個不要臉的女兒，誰又能說她的母親是個要臉的呢？柳小姐，我看妳不要隱瞞了，快快將那姦夫說出來，省得妳母親當眾出醜啊。」

柳夫人恨極了此刻的葉夫人，巴不得撲上去咬斷她的喉嚨，可四周滿是驚詫指責的人，讓她實在沒有底氣反駁，只能不停地把巴掌揮在柳玟宣的臉上。

葉夫人怕柳夫人用苦肉計混淆了視聽，便假兮兮地上前拉她，說道：「哎喲，柳夫人要教訓閨女回去教訓便是了，在這裡教訓給我們看算是什麼意思呀！快住手吧，挺漂亮的一張臉，德行已經虧了，別再把臉給毀了才好！」

柳夫人一生平順，哪裡受過今日這樣的氣，葉夫人越是拉她就越是氣憤，一巴掌、一巴掌的打在柳玟宣身上、頭上、臉上，不一會兒工夫，就把柳玟宣打得髮髻凌亂、狼狽不堪了。

「妳倒是說呀！妳這不要臉的小蹄子，還不給我說！」柳夫人打著打著，急得哭了。

葉夫人插話。「是呀，柳小姐快說，妳娘都要急死了，妳就在她死前給她一句痛快話吧。」

柳玟宣閉上眼睛，把心一橫，緩緩抬頭看著葉夫人，咬牙切齒說出了個名字來，全場震驚。

「是葉康。」

葉康是何人？不正是今日葉家的新郎官嗎！此刻他送了新娘子進洞房，正掀蓋頭吧……這風水輪流轉得也夠快的，這下可輪到葉夫人傻眼了。

柳夫人像是溺水之人抓到了最後一根稻草，一巴掌往葉夫人身上掀去，兩人扭打在一起。

「原來是妳家那個殺千刀的，我掐死妳！」

「妳給我滾，真是賤到骨子裡了，那不守婦道的女兒是妳教出來的，賤婦！」

「……」

接下來，兩位夫人的對話就有些驚世駭俗了。誰都沒想到，平日裡看起來端莊典雅的貴夫人掐架，原來與市井的潑婦是一個樣子，手腳並用、掐咬揪拉，一樣都不能少，嘴裡還要罵些難聽的，才能渲染出殺氣騰騰的氣氛來。

葉家的男人們聞訊趕來，將兩個扭成麻花的夫人拉開，一陣招呼後，兩位夫人連同柳玟宣被請入了後院中，決定關起門來解決事情。

外院賓客們無一不感到遺憾，多好的一齣大戲啊！那精采程度，峰迴路轉的劇情，簡直能成為今年坊間話本的題材了。

這場婚禮，著實熱鬧了個底朝天，人人都說柳家小姐實在倒楣，好端端吃個飯，竟然能吃出問題來。而柳夫人和葉夫人的表現也是可圈可點，起初是柳夫人埋怨葉夫人招呼不周，葉夫人用大招反擊，一副要乘機把柳夫人打倒的氣勢，最後卻逼出了這麼個後果來，把火燒到自己身上。

今日來的賓客皆知道，詹事府可是惹不得的凶悍人家，趙家主母的娘家就是威遠鏢局，手底下的江湖人多如牛毛。若葉康和趙小姐還沒成親也罷了，偏偏趙小姐已經和葉康拜了堂，入葉家的族譜，成了正式夫妻，可眼看著洞房都沒入呢，葉家就給他們弄出這麼一樁打臉的事來，哪能善罷甘休？眾人皆為葉家和柳家捏一把冷汗。

出了這事，酒席怕是吃不成了，禮金更不需要送，葉家經歷了這件事，不可能再有什麼遠大前程了。柳家大人正是國子博士，葉康鬧出這種事，剛考上的秀才功名只怕保不住，德行有虧，今後更是沒辦法再考科舉，一輩子的前程等於毀了。

蕭氏倒是鎮定，不像有些好事的夫人想留下來看熱鬧，喊了薛宸和魏芷靜，三人回了燕子巷，不再逗留。

第三十一章

薛繡在薛宸的青雀居中等待消息，聽說薛宸回來了，連忙去門口迎。當著蕭氏的面，她不好問什麼，只能隨口問她們為什麼這麼早回來。

薛宸看了蕭氏一眼，像是詢問她這件事能不能告訴薛繡？蕭氏為薛宸的謹慎懂事感到滿意，不動聲色地向她點頭，算是盡了兩人間的禮數。

其實，跟不跟薛繡說這件事，是決定在薛宸口中，問蕭氏是給她面子，就算蕭氏不同意，薛宸說了，蕭氏也拿她沒辦法。更何況，柳家和葉家發生的事情，蕭氏實在想不出阻止其他人口耳相傳的道理。

有了蕭氏的同意，兩個姑娘便交頭接耳地回到了青雀居。

薛宸把這件事從頭到尾說了一遍，薛繡聽得興致勃勃，聽到關鍵處，還得意地拍手叫好。在聽聞柳夫人和葉夫人針鋒相對後，柳玟宣給她們來了一擊，爆出葉康的名字，竟然樂得乾脆倒在薛宸的床鋪上翻滾兩圈表示她的高興。

薛宸見她這樣不禁搖了搖頭，只聽薛繡又問道：「對了，今日元夫人也去了嗎？她可看見這事了？」

薛宸點頭。「自然看見了。這事鬧得這樣大，就算元夫人沒看見，身邊也多的是人告訴她，還愁她不知道嗎？妳放一百個心吧，元家和柳家這親事是毀定了，妳的元公子終於不用再被人算計了。」

聽薛宸提起元卿，薛繡的表情瞬間陷入了落寞。「唉，妳說我是不是瞎操心呀？元公子娶誰，又和我有什麼關係呢？」

薛宸見她如此，不禁問道：「對了，之前不是讓妳回去和大夫人提，讓她試著和元家接觸接觸，她怎麼說的？」

薛繡嘆了口氣。「別提了。我娘託人去見元夫人，可元夫人卻怎麼都不鬆口，只說想給兒子找一個好姑娘，沒有門第上的要求，但一定要知根知底才行。這話雖然沒有明擺著拒絕我娘，可也跟拒絕沒什麼兩樣了。元夫人屬意知根知底的人，我和她素未謀面，哪能讓她知根知底？」

薛宸聽了這話，覺得元夫人真是夠任性的，沒有金剛鑽，非要攬瓷器活，自己眼光不行，偏偏還要親自給兒子挑媳婦兒。

她腦中靈光一閃，道：「她既然要看，那妳就表現給她看看好了；她不認識妳，妳就去認識她。我瞧元夫人連柳玟宣那樣的都能看入眼，說明她不是個精明的，憑咱們繡姐兒這手段、這樣貌、這品行，難道還搞不定一個糊塗的夫人不成？」

薛繡聽了，從薛宸的拔步床上坐起，卻是看著薛宸，久久沒有說話，似乎領悟到了什麼。過了一會兒，又將身子倒在綿軟的床鋪上。

薛宸見她陷入沈思，不打算理她，想去換件衣裳，卻突然聽見躺在床上的薛繡來了一句。「對了，剛才有隻鴿子飛了進來，我抓住放到妳書房的籠子裡了。牠腳上似乎綁著小竹筒，我不知道是什麼，就沒敢看。」

「……」

薛宸正解衣服的手猛地停下，用見了鬼的神情盯著薛繡，臉色不自然地紅起來，僵硬著舌頭，問道：「妳……妳真的沒看？」

薛繡翻過身，瞧見這樣的薛宸，不禁好奇地問道：「妳怎麼了？臉怎麼這樣紅？」

「沒、沒什麼。」原本薛宸是想入內間換衣服的，現在去不成了，將解開的衣繩又繫起來，越過屏風往書房走去。

幸好此刻薛繡滿心滿眼全被她的元公子占據，沒有多餘的力氣去管薛宸，見薛宸離開，便轉過身，繼續看著床頂的承塵，仔細思考起人生。

被人當面抓到，薛宸內心是崩潰的。這個婁慶雲，下回真該和他說說這事，總是用鴿子傳話算是怎麼回事啊！

儘管心裡有些埋怨，但薛宸還是很自覺地走去了書房。婁慶雲用信鴿給她傳消息，有時她寫回信需要一些工夫，乾脆就在書房裡給鴿子準備了舒適的籠子，讓鴿子等她寫信時能待在籠子裡休息休息。

鴿子一般都是傍晚才來，所以她才會放心出門，沒想到今天鴿子來得這樣早，還被薛繡抓了個正著。薛宸從鴿子腿上取下小竹筒，探頭往屏風後的床鋪看去，見薛繡依舊躺在床上暢想她的追夫大計，確實對她沒有任何關注，這才坐到書案後將信從竹筒裡拿出，熟悉的字跡映入眼簾，還沒看內容，薛宸就忍不住彎起了嘴角。

原來婁慶雲今天去了錦衣衛的馴象所，看見好多大象，回去之後就想著快點把這事告訴薛宸。信中的文字瑣碎，就是仔仔細細地告訴她他這一天都忙了些什麼。

薛宸看完信，將之收入她放在書架上的一只帶鎖匣子中，這匣子裡全是婁慶雲這些日子以來寫給她的信，每一張都收得好好的。將信藏好後，薛宸便拿起筆蘸墨，開始給他回信，寥寥數行字，將她的歡喜心情表現出來。寫完，她小心翼翼地將信捲好，塞入小竹筒中，然後綁在鴿子腿上將鴿子放出去，這才鬆了口氣，回到內間。

薛繡正趴在她的軟枕上，一邊玩著自己的髮絲、一邊小聲地嘀嘀咕咕，薛宸不想理會這樣癡癡的她，動作迅速地換好衣服，去了淨房。

柳、葉兩家的事情越鬧越大，過了幾天，嚴洛東來向薛宸稟報這事的發展及結果。

「柳家這回算是豁出去了，直接將柳玟宣送到葉家要葉康負責，否則便拚盡全力和葉家同歸於盡，又不知從哪兒拿出了葉康從前送給柳玟宣的玉珮，硬說那是定情信物，要葉康將柳玟宣娶為平妻。葉康的妻子趙氏哪裡肯妥協，把白綾掛到葉家門前，只要讓柳玟宣進門做平妻，她就當場吊死，而趙家一堆叔伯兄弟天天圍在葉家討說法。柳玟宣也發了狠，知道這輩子若不纏著葉康再也沒人要她了，於是一口咬定葉康用定情信物騙了她，葉家如果不承認，她就去報官，告葉康強搶民女。

「這回葉康是徹底惹怒了柳家和趙家，葉大人被鬧得只好把葉康押到祖宗牌位前打斷了腿，才勉強平息眾人的怒火。最後兩家妥協，讓柳玟宣入府做妾，柳家雖不願，但知道再鬧下去對誰都沒有好處，只好咬牙認下，做妾就做妾，總比未婚先孕、老死在家裡強。而趙家也因為這件事跟葉家結下了梁子，但閨女已經嫁入葉家，不好退婚，且柳家也讓步，只好暫時嚥下這口氣。不過趙氏的幾個哥哥明說了，今後在路上瞧見葉康，見一次打一次，沒有情面可講。」

這些事情基本上都在薛宸的意料中，畢竟是她一手策劃而成的。她先讓嚴洛東在葉康他們想動手處置柳玟宣時偷偷把藥給換了，保住她腹中的孩子。而那天在葉家吃喜酒，因為大戶人家上菜，是將每一桌分派給一個丫鬟，開席前便將菜準備好，等到客人坐齊後，再由負責的丫鬟送上桌去，這樣就很容易在單獨一桌的飯菜中下藥了。

當然，薛宸不是想毒死誰，只是下了些讓人肚子疼、卻沒有其他病症的藥。在喜宴上，賓客吃壞肚子，主家自然會請大夫來，而像葉家這樣的人家，府中多少會備一、兩個大夫，只要一把脈，柳玟宣肚裡的孩子就怎麼也藏不住了。

不過，薛宸沒有想到葉夫人和柳夫人竟然會一唱一和，將事情鬧得這般大。她的本意只是想在一個熱鬧的場合揭露這事，卻不曉得她們倆有舊怨，誰也不讓著誰，結果搞得人盡皆知，也是報應吧。若當時任何一方稍微退讓些，也許事情不會發展得這樣難堪。

「在葉家下藥之人，可是事先說好的那個？」下藥前，薛宸就已經找好了替罪羔羊。

嚴洛東點頭。「是，找的正是小姐說的人。那人的兄弟在許建文的香粉樓裡做打手，葉家若是想查，勢必會查到許建文身上，到時候，許建文暗地裡經營香粉樓的事也會被揭出來，只要再告訴柳家當初押著柳玟宣墮胎的便是他們，柳、葉兩家的怒火就足夠許建文吃一頓了。」

是啊，只要許建文的香粉樓被查到，將所有人的注意引到他身上就不難了，而且他確實給柳玟宣下過藥，只是沒成功罷了，有這件事在，不怕柳、葉兩家的人會放過他。上一世，那個胖子不知坑了多少良家女孩進他的香粉樓，還培養許多專門送給高官的歌伎，官商勾結，做了不少虧心事。若能提前制止他這些惡行，也算是為民除害了。

讓嚴洛東下去後，薛宸去花房看花，薛繡從外頭進來，興高采烈地對她說道：「元家七月的花宴，柳家被除名了呢。」

「……」

薛宸不懂，就這麼個必然的消息，怎麼能讓薛繡高興成這樣，不過還是配合地問道：「真的嗎？」

薛繡連連點頭。「真的，剛才聽我娘說的。然後妳猜怎麼著？」

薛宸見她高興得滿眼放光的樣子，勾唇道：「怎麼，元家請了大夫人嗎？」

薛繡聽了，忍不住笑出聲，輕輕推了推薛宸。「妳真是的，什麼都知道。」

薛宸看著她笑，道：「就妳這表情，傻子也看出來了。」惹得薛繡追著她敲了兩記，然後不由分說地拉著她出去，要她給些建議，看看那天該穿什麼。

薛宸無奈極了，說道：「哎呀，是七月呢。這麼著急做什麼？」

所有的反抗在被愛情蒙蔽雙眼的薛繡面前都是無效的，薛宸就這樣被薛繡拉去了西府，路上遇見魏芷靜，就順帶連她也拉走。薛宸只好讓門房去跟蕭氏說一聲，才上了馬車。

去了西府後，薛繡還覺得不夠，讓人把韓鈺喊了過來。韓鈺會梳頭，可以在挑選完衣服後設計出一個新穎又端莊的髮型。為了第一次在元夫人面前亮相，薛繡也真是用心極了。

被留在西府吃了晚飯，薛宸和魏芷靜才被薛繡放回來。回來後，兩人一同去主院給薛雲濤和蕭氏請安。

薛雲濤吃完晚飯已經去書房了，蕭氏坐在燈下看帳本，見她們進來，便對她們招了招手，問道：「妳們回來了。吃過晚飯了嗎？」

魏芷靜點點頭，站到蕭氏身後去。薛宸走到蕭氏面前，掃了桌上的帳本一眼，然後道：「我們吃過了。繡姐兒臨時喊我們去玩，總要管晚飯的，要是不管，我就賴著不走了。」

蕭氏和魏芷靜被薛宸說得笑了起來，蕭氏把帳本合上，對她們說：「七月十五的盂蘭盆節，尚書令元家在府裡辦花宴，也給咱們遞了帖子，宸姐兒到時候隨我去吧。」

薛宸抬頭看著蕭氏，見她在燈光下笑得慈祥，拉過她的手道：「妳今年十四了，該經常出去走動走動，讓外面的人多認識認識妳。」

「……」

薛宸只覺得頭皮一陣發麻。要不是蕭氏說起，她還真的忘記原來自己也十四了。這個年紀，再過兩年就可以嫁人了。

她有些不自然地笑了笑，指著魏芷靜道：「靜姐兒也十四了。」

蕭氏卻搖了搖頭，說道：「她呀，我自然不會忘的。元家有位大公子，今年二十一，年紀雖有些大，但去年考中了探花郎，人品和相貌都很出眾，才華橫溢，若是……」

不等蕭氏說完，薛宸難得地打斷了她。「太太快別說了，怪難為情的。」這要給薛繡知道，還不得跟她拚命啊。

蕭氏見薛宸不好意思，便笑了。「妳這孩子真是……這有什麼難為情的，妳母親去得早，總要有人替妳張羅，當然，最終還是要妳自己決定的。但多走動走動，總沒什麼不對就是了。」

薛宸態度堅決。「不不不，還是算了吧。要不，太太帶靜姐兒去。」

聽薛宸將火引到自己身上，魏芷靜走到薛宸身邊輕輕拍了拍她，然後才搖頭說道：「我也不去。」

蕭氏見兩個女孩都這副樣子，不禁說道：「哎呀，我說妳們這是怎麼了？不過是隨我參加花宴，又不是真的去相看人家，有什麼好害羞的。」

薛宸見蕭氏要開始說教，對魏芷靜擠了擠眼，魏芷靜懂她的意思，搶先道：「好了好了，娘，時候不早，我和姊姊回去休息了。七月十五那天，我陪姊姊在家玩，您自己去吧。」說完，便主動拉著薛宸的手往外走去。

魏芷靜只有在面對蕭氏時才敢這樣放肆說話，更何況又有薛宸在後面支持，自然膽子大了，不等蕭氏反應，兩人就飛也似的逃出了主院。

蕭氏望著她們兔子似的背影，想追都來不及，走到門邊無奈地搖了搖頭。不過，看她們關係融洽，蕭氏還是很欣慰的。當初她之所以挑了薛雲濤，正是看他家裡人口簡單，只有一個嫡女，庶子庶女都被送出府，大概是犯了什麼事，今後只怕也回不來。她雖是縣主，但女人帶著孩子總有諸多不便，更何況魏芷靜又是那副綿軟脾氣，若人口複雜了，實在難以應付。

如今看來，這個親真是成對了，魏芷靜跟在宸姐兒身邊的確變得活潑許多。只要薛宸肯帶著她，將來就算有什麼事，有薛宸照應她總是好的。

薛宸回到青雀居，衾鳳和枕鴛正在院子裡編瓔珞，準備七月七時用紅繩掛在枝頭。

看見薛宸，枕鴛跑了過來，獻寶似的將手裡的瓔珞遞給她看。「小姐，這是我幫您編的，據說這種編法很靈的，到了七夕那天，您找棵樹繫上去。」

薛宸將瓔珞前後翻看，隨口問道：「繫樹上幹什麼呀？瓔珞不是要戴在身上的嗎？」

枕鴛和衾鳳還有一旁的兩個婆子、丫鬟都笑了，道：「小姐，繫樹上自然是求姻緣的，戴在身上管什麼用？樹有靈性，自然要繫在樹上了。」

「……」薛宸被那句「求姻緣」給驚著了。看來她怎麼樣都躲不過這道劫難啊！從前年紀小感覺不到，如今她十四歲，有些人家相得早，十四、五歲便開始議親了。

她將瓔珞還給枕鴛，並沒有說什麼。

枕鴛以為薛宸不喜歡這個瓔珞，又熱情地對她說：「小姐要是不喜歡瓔珞，我這裡還繡了荷包，荷包也是靈的……咦，小姐，您不看看嗎？」

薛宸無語地看著天真無邪的枕鴛，只覺得女孩兒有時候單純些也挺好的，就是有點傻氣，伸手在枕鴛額頭上彈了一記。這半年來，薛宸長高了不少，現在和枕鴛她們這些十六、七歲的丫頭差不多高了，因此動起手來十分方便。

「照妳這麼說，我找姻緣要掛荷包，那我餓了，是不是要掛白饅頭啊？」

旁邊的丫鬟婆子被薛宸說得又笑起來，枕鴛摀著額頭委屈地看著薛宸，半晌才幽幽嘆了口氣。「唉，小姐，您看著挺聰明的，可在這方面，還真就是塊枯掉的木頭，這姻緣哪裡就能和白饅頭扯上關係了？」

薛宸看著枕鴛那副恨鐵不成鋼的樣子，實在不知該說什麼了，搖著頭走上臺階，往自己的房間去。

換了一身衣服後薛宸便進了書房，才坐下沒多久，就看見一隻鴿子從西窗飛來，不用她起身去抓，自己停到筆架上乖乖站著等她取竹筒，然後，便飛進旁邊那只沒有頂蓋的鳥籠裡，去吃穀子喝水了。

薛宸正要將竹筒打開，莫名想起蕭氏說的話，還有院子裡那些丫鬟們說的姻緣什麼的……看著這竹筒，意思似乎也變得有些不明確了。她取信的手指僵住，終究沒取出信來，而是將竹筒抓在掌心中。

她和婁慶雲到底算什麼呀？他成天給她送信，她也認認真真地給他回信，可這終究是不成體統的。

薛宸腦子裡一片混亂，連帶心情都有些不好了，煩悶地趴在書案上，將頭枕在手肘，盯著在鳥籠中吃得歡快的小白鴿，看著看著就出神了。不知不覺過了半個時辰，她依然沒有興致起來，正昏昏欲睡之際，就聽見頭頂上響起一道聲音。

「睡了？」

像是被什麼東西敲了一下，薛宸立刻清醒，整個人彈坐起來，誰知道坐得急了，頭頂撞到東西，定睛一看，書案前正站著一個摀著下巴的人，不是婁慶雲是誰？只見他穿著銀黑色的大理寺少卿官服，長身玉立，怎麼看怎麼像禍害。

薛宸見他搗著下巴，跑過去問道：「你還好吧？怎麼又來了？」

婁慶雲不說話，彎下腰，將自己的下巴湊到薛宸面前。薛宸嚇得往後退，後腰撞上了書案。

婁慶雲亦步亦趨，非要讓薛宸幫他看看下巴，可憐兮兮地說：「我等半天沒等到回信，就想來瞧瞧妳，妳倒好，給了我這麼一份大禮。妳看，我舌頭都磕破了。」對著薛宸將舌尖伸出來。

薛宸見他這樣不見外，知道他是故意逗她呢，在他肩膀上敲了一記，道：「哎呀，別鬧！」

婁慶雲被佳人的粉拳敲了，非但不覺得疼，心裡還跟吃了蜜似的，甜得就知道看著薛宸傻笑了。

被他的無賴和沒臉沒皮徹底打敗，薛宸探頭看了看他的下巴。

某人見狀，賣乖地將下巴湊上來，委屈地說：「疼，替我吹吹吧。」

薛宸白他一眼，一把推開他。「要不，還是再來一下吧。」說著便對他揚起了白嫩柔皙的小拳頭。

婁慶雲瞧著近在眼前的手，瑩潔如玉，與她的臉不同，手上有點肉，捏起拳頭時，五根手指中就有三個肉窩，看著可愛極了。對著那手嚥了下口水，婁慶雲頭也不抬，一副想把這顆拳頭吃下去的樣子，死皮賴臉地道：「行啊，這麼漂亮的小拳頭，打多少下都成。快來，我等著呢！」

「……」

那句話怎麼說來著？樹不要皮，必死無疑；人不要臉，天下無敵！說的正是婁慶雲這種人。

看著他那張臉，薛宸心裡其實是很高興的，可瞬間卻又變得不高興了。

婁慶雲感覺到薛宸的異樣，不和她鬧著玩了，站直身子問道：「今兒到底是怎麼了？誰欺負妳了嗎？告訴我，我扒下他一層皮。」

薛宸睨著他。「除了你，誰會欺負我呀！你要把自己的皮扒下來嗎？」

婁慶雲嘿嘿一笑。「我那怎麼能叫欺負呢？我是喜歡妳呀！」

薛宸聽了，挪動的腳步猛地頓住，見鬼似的看著婁慶雲，目光再次不知往哪裡放，心突然狂跳不止，尷尬地又瞪了他一眼。「胡說什麼呀！沒個正經。」

婁慶雲卻是難得地正經起來，一副「妳怎能這樣始亂終棄」的表情盯著薛宸，道：「我怎麼胡說了？我要不喜歡妳，成天跟妳飛鴿傳書？我要不喜歡妳，還約妳出去看花燈？我要不喜歡妳，會忍不住爬牆翻窗來看妳？我要不喜歡妳……我做這些，不是有病嗎？」

他說得輕鬆流暢，可薛宸聽來就沒那麼輕鬆了。一顆心再次跳到了嗓子眼，嘴唇變得乾澀，手腳僵硬，似乎有些不聽使喚，就那麼看著不住靠近的婁慶雲，直到他問道：「妳不會沒看我今天寫給妳的信吧？」

薛宸愣了愣，目光瞥向書案，婁慶雲跟著看去，果然瞧見從鴿子腿上取下的竹筒正好端端放在那裡，還沒打開呢。

婁慶雲也不自然起來，原本以為薛宸看了信，該明白他的心意了，誰知道今天她偏偏沒有看信。他在衙所裡等不及便摸了過來，想當面問問她的意思，竟搞出這麼個烏龍來。

好在他臉皮厚，應變能力強，就算有點小尷尬，也能很快圓過來，難得窘迫地抓了抓後腦，道：「呃，我在信裡約妳七夕去定慧寺，那附近有花燈看。另外……我寫得很清楚了，我雖然年紀大了些，但自問品貌端正，沒什麼壞嗜好，管得住自己。我眼看著妳長到了十四，如果再不提前跟妳說，我怕妳被其他人搶了去，所以……」

見薛宸呆呆地看著自己，婁慶雲有些心慌了，遲疑良久後才問道：「嗯，這件事……妳怎麼看？」

薛宸如夢初醒，剛才整個人彷彿靈魂出竅般，在婁慶雲說出喜歡兩個字之後，就不知道該如何開口與他說話了。雖然從前想過婁慶雲這般糾纏她的目的，猜他是不是喜歡自己，可是猜測和從婁慶雲口中親自說出來根本不一樣，簡直差了十萬八千里。

所以，薛宸一下子沒能反應過來，就那麼看著他，久久不曾說話。

婁慶雲深吸一口氣，道：「這件事，妳不用急著回答我。我就是先跟妳說，等妳開始議親時，我便是妳第一個考慮的，成不成？」

薛宸還是不知道怎麼回應他的話，小臉憋得通紅，兩隻小手交握在一起，不知如何是好。

婁慶雲瞧著她在燭光下越發清麗修長的身形，突然有些後悔，不該這麼早把這件事攤開來說，生怕她當場拒絕，今後再也不理他，那就糟糕了。

對感情的事，他看得很透澈，清楚自己的喜好，不喜歡柔柔弱弱的女子，遇到事情就哭哭啼啼，或者被人騙、被人利用。偏偏這麼多年來，他身邊出現的姑娘全是那種柔弱愛哭的，就算骨子裡不是，但表面上都裝作很柔弱的樣子，希望得到男人的保護。他是有能力保護心愛的女人，可那也要遇到一個值得保護的。

在他看來，薛宸就是那個值得他保護一輩子的女人。她很直接、很聰明、很勇敢，遇到事情總是積極地想著如何解決，而不是推給其他人，自己則消極地躲在後面被保護。他喜歡薛宸這種堅強，喜歡她有腦子、有手段，還有底線。

這樣的女人對他來說真的很難得。一個人要遇到自己真正喜歡的人是件多麼不容易的事，他看多了互相不了解、痛苦冷漠過一輩子的夫妻，覺得那樣真是沒勁透了。一輩子那麼長，如果不能找個喜歡的一起過，那他寧願不娶。

他太清楚這份來之不易的感覺有多難能可貴，因此他很珍惜，希望從薛宸身上得到相同的回應，所以不急著用訂親來束縛她，只想用自己的付出來感動她，繼而讓她愛上自己。

然而今天，他似乎有些急躁了，不為別的，就因為突然想起她已經十四了，他再慢慢吞吞地不表白心跡，等到她和旁人訂了親，就真的沒他什麼事了。

婁慶雲一言不發，心裡有些矛盾，既希望薛宸現在就給他答覆，但如果這個答覆是不行的話，他寧願再等等。

兩人對視良久，薛宸始終沒有開口，婁慶雲知道自己突如其來的表白讓她感到不安，不想逼迫她，遂伸手在她頭頂揉了揉，說道：「算了，妳也不用急著回答我，反正我的意思妳都知道了。現在不回我沒關係，我不逼妳，一切等到妳議親時再說吧。」說完這些，指了指桌上的小竹筒，繼續道：「七夕那天，我在定慧寺等妳，不見不散。」

薛宸見他要走，心裡稍微踏實了點，卻又不禁腹誹道：都說得這麼強勢了，難道還不算是逼嗎？

一切等她議親時再說？那意思不就是，就算她議親，也只能和他一個人議嗎？說得好像很開明，其實霸道得很……這個表裡不一、口是心非的混蛋！

第三十二章

婁慶雲離開後，薛宸在原地站了好久，總覺得腦子裡一團混亂，根本理不清頭緒。

上輩子她嫁過人，但對情之一字並不熟悉。宋安堂心中只有自己，不會和別人談情，只會要求對方做到，和婁慶雲完全不同。婁慶雲為她花了很多心思這是不能否認的，和他在一起時，她更多的感覺是緊張，就希望將自己最美好的一面呈現給他看。

薛宸走到書案前，將竹筒拿在手中，猶豫著到底要不要看他寫的信。如果看了，她再也沒有辦法逃避，必須要面對他的意圖和自己的內心了。

上輩子，她為了嫁一個體面點的男人費盡心力，這輩子根本不想再受那份罪。要是薛家將來不容她，她就帶著母親的嫁妝去山上建一座姑子庵，自己做住持。

可是，婁慶雲的這番話，讓她不禁又疑惑起來。如果這輩子還要嫁宋安堂，她寧願做姑子，可如果嫁的是婁慶雲……

薛宸搖搖腦袋，讓自己冷靜一點。婁慶雲是什麼下場，旁人不知道，她可是清楚的，明年臘月裡，他會在涿州遇刺，從此世間就沒有他這個人了，縱然他條件再好，對她來說都是沒有用的。就算她答應了又能怎麼樣呢？他死了之後，她還是孤身一人。

雖然腦中這麼想著，但薛宸還是忍不住打開了竹筒，抽出那張被捲起來的信紙，熟悉的字在她看來似乎有些變了味，沒來由地，心就狂跳不止。信中內容和他剛才說的話差不多，卻多了幾分詩意與柔和。

薛宸將信紙捲起來，捏在掌心，幽幽地嘆了口氣。

唉，該怎麼辦呢？婁慶雲說，七夕那天要她去定慧寺，那裡有花燈節看。如果去了，兩人的關係就會確定吧？

薛宸突然想學薛繡那樣到床上滾兩圈，這種糾結矛盾和竊喜的心情，實在太煎熬了。這時，如果薛繡在她身邊，兩個人說不定還能討論討論，可現在她一個人，注定又是個不眠之夜。

薛宸的糾結與矛盾其實只維持到第二天中午。中午時薛繡過府來找她，和她說了幾句話，薛宸便徹底無語了。

薛繡興奮得整張臉通紅，就差拉著薛宸跳起來。「元公子竟然約我七夕去看燈！元公子約我了！」

薛宸眯起眼，心中隱隱閃過一些不好的預感，硬著頭皮問道：「元公子約妳看燈？在……在哪裡？」

薛繡扭捏了一會兒，然後才道：「在、在定慧寺。」

「……」薛宸呼出一口氣，暗道一聲：果然！

薛繡過來抱住薛宸的胳膊，說道：「宸姐兒，妳會陪我去的吧？妳一定要陪我去，沒有妳在場，我會緊張得說不出話來。元公子說了，可以帶姊妹一同去的。」

這個婁慶雲還真是……說好了讓她慢慢考慮呢？這個騙子！

大理寺後院的竹林中，元卿端著一杯茶在院子裡觀竹。

婁慶雲正在處理公務，一時半會兒出不來。元卿最近在六部觀政，沒什麼非要做的事情，於是待在大理寺裡偷得半日閒。

范文超端著茶走出來，在元卿對面坐下。「喂，既明一大早喊你過來做什麼？我好像聽說什麼女人不女人的，怎麼，你們倆看上誰了？」

元卿揚眉一笑。「你想知道啊？我不告訴你！」

「……」范文超有點受傷。「怎麼，你倆還有秘密了？我告訴你，你不說我也知道，不就是婁既明看上了一個姑娘嘛，至於神神秘秘的嗎？」

元卿沒有說話，對范文超的猜測不置可否。范文超沒得到準確的答案，便繼續自己猜測道：「他以為自己做得多隱秘？成日叫趙林瑞去探消息，鴿子所的鴿子成天往外飛，真當我是死的不成？」

聽了范文超這番話，元卿終於忍不住笑了。「怎麼，既明不是說他一輩子不成親的嗎，怎麼現在搖身一變成了癡情公子？」

難得有取笑婁慶雲的時候，范文超自然不會放過，說道：「可不是。當初說什麼都不肯娶妻納妾，搞得國公爺以為他要去做和尚。現在可不同了，每天都讓趙林瑞去查探，生怕姑娘跟別人跑了似的。」

元卿越聽越來勁。「你既然知道這些，還問我做什麼？」

「我這不是不知道是哪個姑娘嗎？你快跟我說說，讓我今後出去長長眼，別哪天得罪了嫂子，惹著那閻王老大，可就冤枉了！」范文超真是好奇極了。

元卿看了看屋裡，想著今日婁慶雲既然讓他出馬，應該是不想再隱藏了，既然如此，他還有什麼好顧忌的，遂在范文超耳邊說了個名字。

范文超目瞪口呆。「薛家那姑娘……似乎不是個好惹的。」之前婁慶雲讓趙林瑞去盯的姑娘正是她。那姑娘的強悍，他多少聽說了點，將她爹的妾侍逼死、庶子庶女遠送他鄉，光是這份能耐，便足夠讓人敬畏了。

元卿從腰間取下扇子，瀟灑地搧了幾下，然後說道：「各花入各眼，你不喜歡那種，不代表既明不喜歡呀！你想想長公主是個什麼性子，既明作為兒子都煩得要命，要是再讓他娶個像長公主那樣軟綿綿的女子回家，那這輩子真如他所說的那樣——別過了，當和尚得了！」

范文超還是覺得有些不靠譜，元卿接著道：「像他那種身分，自然是要找自己喜歡的過一輩子了，不像咱們，真愛只能留給妾侍，正妻卻要聽家裡的安排。他跟咱們不一樣，哪怕女方身分不夠，只要他喜歡就沒什麼不可以的，凡事有他照應著，等於是掉入福窩中了。

「哪像咱們娶的妻子，要應對那麼多事情，家世、背景、能力，一樣都不能少。這樣的條件下，咱們很難娶到合心意的正妻，乾脆不去想，家裡怎麼安排就怎麼來，到時真有喜歡的女子，再看看能不能納入府裡。其實納了也沒用，不能給她正妻的身分，咱們啊……到底沒有既明瀟脫爽快！」

范文超看元卿這樣，想起之前元夫人屬意的柳家小姐似乎出了事，淪為京城的笑柄，難怪元卿此刻會發出這樣的感嘆。

像他們這種世家子弟，自己的婚姻從來不是抓在自己手中，家裡讓他們娶誰就得娶誰，娶進門的正妻，往往未必是自己喜歡的人。

他嘆了口氣，以茶代酒，和同為天涯淪落人的元卿乾了一杯。

元卿喝下茶後，卻又和范文超說了。「話雖然這麼說，但是，就算咱們喜歡的姑娘在眼前，咱們卻未必能像既明那般豁出去追求。他從小就是這樣，努力爭取自己想要的。咱們呢？只是順應家族的安排，去做那些不願意做的事情，被人捏在手中，自己又不去追求自由，活該過得不好。」

「……」

七月初七俗稱乞巧節，是牛郎織女相會的日子。

一大早薛繡便趕來了燕子巷，把薛宸拉去西府，然後發現韓鈺已經在府裡等她們了。

韓鈺無奈地看著薛宸，嘸了嘸嘴，以眼神指控薛繡，一看就是從床鋪上給拎起來的。

「昨兒我娘讓我送些東西給大夫人，我就被這女子給攔了下來，家都沒讓我回。宸姐兒，妳不知道，今早這瘋丫頭幾時就起來了？卯正啊！天才剛剛亮！」韓鈺逮著機會，向薛宸哭訴起來。

薛繡讓丫鬟拿了許多衣裳，對她們招手道：「胡說八道，卯正時，天已經亮透了。寅時一刻，天就亮了。」

兩個姑娘對視一眼，韓鈺更加誇張了。「宸姐兒，妳聽到了吧？這瘋丫頭從寅時就守著了，根本是一夜沒睡！哎喲喂，她不睡，居然還不讓我睡，太沒有天理了。」

「好了好了，妳皮癢是不是？快來，衣裳準備好了，看看今日我穿什麼。」

說這話的工夫，薛繡轉過身，把兩個妹妹扯過來。三人忙了一陣後，薛繡總算是滿意自己的打扮了。她穿著一身輕薄的素雅杏花圓領襦裙，梳著凌雲髻，看著高挑又嬌俏，髮髻中央戴著一支金色流蘇釵，將有些光潔的額頭恰到好處地遮著。脖子上戴著金玉鍊子，鍊子是大夫人的陪嫁，玉石後面還刻著字，通常薛繡是捨不得戴這條項鍊的，但今天對她來說意義非凡，就拿出來戴了。

在銅鏡前照了許久，薛繡終於決定，今晚就這樣去見她心愛的元公子。

苦命的韓鈺又充當丫鬟，替她把衣裳首飾全拿下來，然後才得到這位大小姐的許可，讓她們各自回去換衣裳。因為花燈節是晚上，今晚得住在定慧寺的廂房，所以姑娘們要回家向長輩稟報。下午用過了飯，她們便一同坐車往定慧寺而去。

花燈節並不在定慧寺裡舉行，而是在山腳下，那裡有座洞天廟，廟前有個鵲橋村，花燈節就是這村裡每年必舉辦的。村頭有一棵參天的連理樹，約三、四人合抱那麼粗壯，被稱為姻緣樹，經過好多年，鵲橋村的花燈節與姻緣樹已經馳名在外，七夕這天，很多少男少女會來此求姻緣。

薛宸她們是第一次來，看見村裡張燈結綵、車水馬龍，天還沒黑，花燈還沒亮起來，但人聲鼎沸，山路旁停靠著各式馬車，儼然比城中朱雀街上的燈會更熱鬧。

三人下車後，發現來的全是和她們年紀差不多的姑娘。婁兆雲瞧見她們，便從馬車上跳下來，三步併兩步走到她們面前，笑道：「表妹，妳們來啦。快跟我走，待會兒有大花車遊街，我占好地方了。」他和韓鈺沾著正經表兄妹的親，他來迎她們，就算被人看見，也不會傳出什麼閒話來。

薛繡抓住薛宸的手，薛宸拍了拍她，三人隨著婁兆雲往內走去。

果真如婁兆雲所說，他都安排好了，鵲橋村中有座茶樓，他將整個二樓包下，視野良好又十分清靜，從窗戶往下看就能看清整條街。茶樓雖不是特別華麗，但自有一種古樸氣息。欄杆旁站著兩位公子，左邊那位氣質儒雅的，正是元卿，穿著一身楓色織錦長衫，透出書卷氣；右邊那位似乎年紀大些，生得壯實，一看就是武官的樣子。

婁兆雲走過去介紹。「這位是元卿元公子，妳們之前見過的。這位是范大哥，與慶雲堂兄同在大理寺中。」

元卿和范文超皆有官身，但今日是出來遊玩，總不能跟幾個小姑娘顯擺，於是婁兆雲便先介紹了他們，然後才介紹幾位姑娘。「這位是薛家東府的大小姐宸姐兒，那位是西府大小姐繡姐兒，還有這個始終長不高的姑娘，就是我的表妹，你們稱她鈺姐兒好啦。」

幾位認識後，除了薛繡一雙眼睛似乎難從元卿身上拔下來外，薛宸和韓鈺都不可避免地感到一絲絲尷尬。

薛宸偷偷打量四周，沒瞧見婁慶雲，難道是她錯怪他了，今日真是元公子想約薛繡出來？可他明明約她七夕相見的，此時卻沒出現，讓薛宸心中升起失望的感覺。直到這個時候，薛宸才知道原來自己還是很期待今日的。

看著元卿和薛繡已經面對面坐著開始下棋，婁兆雲、韓鈺、范文超從旁觀戰，薛宸走到窗邊，看著天邊彤雲漸漸落下，暮色漸起。

一輛馬車停在茶樓門前，一名端麗女子走下來，這女子薛宸見過，正是那日迎她去看花燈的丫鬟。

丫鬟上了樓，直接走到薛宸面前對薛宸行禮道：「薛小姐，我家小姐在別院等候，特命我來迎小姐過去。」

薛宸尷尬地看著她，這姑娘說瞎話的本事還真是精湛。

薛繡和韓鈺走來問道：「宸姐兒，她家小姐是誰啊？為何要請妳去別院？」

「我家小姐是城外金員外家的，與薛小姐在芙蓉園相識，一見如故，得知今日小姐在此，特命我來邀約。」丫鬟面不改色地說著，讓薛宸為之佩服。

薛繡和韓鈺看向薛宸，以眼神詢問，薛宸無法，只好硬著頭皮答道：「是啊，我與金小姐一見如故。」

「我家小姐已經準備好了，還望薛小姐隨我前往。」

「……」

薛宸在一片好奇的目光中走下了樓，上了金光閃閃的馬車，心虛地從車窗探出頭，對薛繡她們揮手。馬車駛出了村子，往定慧寺的山上駛去。

韓鈺對薛繡問道：「城外的金小姐……繡姐兒見過嗎？」

薛繡搖頭。「沒見過，也沒聽宸姐兒提過，想來是她新交的朋友。宸姐兒做事穩妥，不會有事的。元公子，我們接著下棋，如何？」

元卿一心撲在棋盤上，原本他下棋就慢，正好薛繡離開和薛宸說話去了，思前想後，想出了一步妙棋，聽薛繡問他，自然點頭。「好、好，甚好！」

范文超瞧著他這模樣，對薛繡倒是刮目相看了，這年頭心地如此善良又有耐性的姑娘實在是不多了。跟元卿下棋，他蘑菇的時候，簡直連佛都有火。

薛宸坐著馬車沿著山路走了一會兒，沒多遠，便轉入了一條小徑，來到一處花團錦簇的別院前。

丫鬟來扶薛宸下車，薛宸謝過之後，隨她入內。

這是一座私人別院，門前匾額只寫著兩個字——花趣。院如其名，進門便是各色爭豔的花朵，嬌豔欲滴、燦爛奪目。院子的主人並沒有修剪花枝，而是任其生長，有些花枝直接長到了路徑上，行走時，需以手相拂，野趣十足。

穿過花徑，便是一座樓閣，似乎並不是用來居住，而是用來賞景。閣樓上還有一座山亭，八角飛簷、五色磐石，看著猶如坐落仙山之上，頗有一番仙味。

登上山亭後，丫鬟便退了下去。亭內四根柱子全是以五彩磐石堆砌而成，不同於普通亭子皆以石木為柱。薛宸被這一顆顆的磐石吸引過去，用手撫摸，只覺入手冰涼，並不粗糙，原來每顆石頭上皆塗了彩漆，很是漂亮。

站在亭臺上觀望，四周景色皆能映入眼底，鵲橋村的花燈已經點燃，燈火通明、人頭攢動，與亭中的安靜相比，簡直像是兩個世界般。

就在最後一抹晚霞徹底消失在天際時，不遠處突然傳來一聲巨響，砰的一聲，空中散開一朵豔麗煙花，五顏六色，如曇花般驟隱驟現，發出絢爛的光彩。

薛宸看呆了，她從沒有這麼近、這麼清楚地看過煙花，映在她的眼眸中，如繁星般璀璨。十幾道光圈同時飛向天空，到高點後，同時炸開，絢麗的光幾乎照亮了半邊天，足以代替早已落下的晚霞，一波停下，一波再上，彷彿永遠不會停止般。

耳中聽著煙花的爆裂聲，眼中看著美景，薛宸只覺自己的心花彷彿也跟著那些煙花般升起炸開。此時，四名婢女各自提著一盞碩大的白兔花燈走上石亭，將之掛在亭子四角，照亮了亭中。

薛宸回過頭，看見一名笑容滿面的男子不知何時竟站到了她身後，正看著她，墨綠色的繡竹長衫將他高挑的身姿展露無遺，通身的貴氣，彷彿只要站在那裡，便能讓身邊所有景致都黯然失色。

那一刻，薛宸覺得鼻頭酸楚，眼角也開始發熱，以為自己要哭出來了，轉過身，不敢再看那帶給她這般感動的人。天際的煙花繼續盛開，絢爛得讓薛宸幾乎想要伸手去抓。

婁慶雲不打擾她欣賞美景，陪著她站在亭子裡，仰頭看了好一會兒煙花。一炷香工夫後，最後一波煙花漸漸結束，天地間恢復了安靜。

薛宸意猶未盡地盯著變黑的天幕，彷彿要把剛才那美景深深烙進心中。

「這份禮物，還喜歡嗎？」

婁慶雲用一貫低啞的聲音對薛宸問道。其實，薛宸的表現早已告訴了他答案，只是他希望這個答案能從她的口中親自說出來。

薛宸沒有說話，但給了他一個大大的笑容，點了點頭。

這個回應足夠讓婁慶雲驚喜了。只見他從背後拿出一盞比亭中掛的小些的白兔花燈，遞到薛宸手中，道：「我不知道妳喜歡什麼，只能憑猜測送妳這些東西。妳喜歡的，對不對？」

薛宸抬頭看著眼前的男子，眉眼俱笑，目中含著深情，面對這樣的人，真的很難拒絕。

婁慶雲一步步向薛宸靠近，薛宸只能往後退，退了兩步後，發現自己的背脊已經抵在五彩磐石的亭柱上。婁慶雲伸手撐在薛宸頰邊，將薛宸困在他和亭柱之間。

「怎麼不說話？告訴我，對不對？」他不讓薛宸有任何逃避的機會。

薛宸覺得背脊有些發涼，眼睛不知該往哪裡看，只能垂下眼眸，盯著他腰間那塊通透的白玉釦。

婁慶雲覺得這樣嬌羞的她特別漂亮，亭柱上亮著一盞花燈，照得這張小臉瑩潔如玉，叫人看失了心魂。

他再忍不住內心的渴望，緩緩將頭埋下，眼看就要碰到薛宸的臉頰，卻忽然被猛然抬頭的她用力推開。

薛宸臉色有異地看著婁慶雲，看得他不好意思了，剛想給自己找個失態的藉口，卻見薛宸的動作很奇怪，兩隻腳往內縮，臉上閃過兩抹好看的紅霞，目光閃躲，這樣子並不像是惱羞成怒啊。

婁慶雲試探著上前問道：「妳怎麼了？」

薛宸低下頭，不知道該怎麼說，臉上的紅潮越來越洶湧。

婁慶雲見她神色不對，看著並不像是羞怯，伸手在她額頭上碰了碰。「不會是著涼了吧？臉怎麼這樣紅？」他見過薛宸的嬌羞模樣，哪有這麼尷尬呀。

見薛宸低頭不說話，額上也不燙，可她看起來就是不對勁，乾脆過去扶住她的胳膊，道：「要不，妳坐會兒吧。我懂些醫理，給妳把把脈。」

薛宸扶著他的胳膊，卻是怎麼都不肯動一下，幾乎要哭起來，腳夾得更緊了。

婁慶雲見她這樣，真的擔心了，彎下腰看她的裙襬，問道：「是不是被蟲子咬了？咬哪兒了？」說著就去碰薛宸的裙襬，嚇得薛宸趕緊往旁邊躲。

婁慶雲越看越不對勁，顧不上她肯不肯，抓起她的手腕便要把脈。

薛宸不肯配合，奮力抽回手。「我、我沒事。」

婁慶雲哪能相信她沒事，見她不肯給自己把脈，也急了，再次抓住她的手，凶狠地說：「別動！再動我點妳穴道了。」

薛宸被他這句狠話嚇到，終於看到了一點他身為武官的煞氣，手腕被他抓住，動彈不得。

婁慶雲把完脈，納悶說道：「沒什麼問題呀！到底怎麼了？是不是被蟲子咬了？是的話，這個時候可管不了那麼多，妳就當我是大夫好了，來，給我瞧瞧。」

說著便彎下腰拉薛宸的裙襬，嚇得薛宸連忙尖聲制止。「啊——不行不行。你別……」

婁慶雲就著蹲下的姿勢仰望她，道：「那到底怎麼了？妳不說，我可就掀裙子了。妳知道，我是做得出來的。」

這個混蛋！薛宸簡直要被他欺負得哭了，見他的手抓住了她的裙襬，怕他真掀起裙子，那樣她可真的不能做人了，掙扎了好半天，才用低若蚊蚋的聲音囁嚅出一句話來。

婁慶雲不解，又道：「妳別以為我在開玩笑啊。」

薛宸被逼得無路可逃，只能硬著頭皮明說了。「你別動，我、我的初潮來了。」

「……」

石亭中的氣氛瞬間變得尷尬起來。婁慶雲維持著蹲下的姿勢，傻兮兮地仰頭看著薛宸，見她羞得幾乎要鑽到地底下去了，眼裡不知不覺噙了淚滴。

薛宸畢竟是做過一回女人的，對這種事有足夠的經驗，可之前一直覺得自己還小，根本沒有先做準備。更何況，她就算作夢也想不到初潮會在這麼個情況下來，殺她個措手不及。

而婁慶雲也不知該用什麼表情應對了，低下頭看著她露出尖角的繡花鞋尖，恨死了自己的無賴。這下可好，兩人都尷尬得不知道怎麼辦了。

一滴熱淚落在婁慶雲的手背上，他猛然驚醒，抬頭一看，見薛宸兩手緊緊抓著裙襬，一張小臉上滿是羞惱，泫然欲泣的模樣，像空谷幽蘭沾上了露水。

他站起身想去扶她，卻又不敢動，猶豫半天，只好抓抓頭，苦惱地問道：「這個……我、我能做什麼嗎？」

薛宸含淚看了他一眼，沙啞著聲音道：「你……你能不能幫忙喊我的丫鬟過來？」

婁慶雲點頭，正要去，卻又聽薛宸在身後喊了一聲。「唉，還是算了吧。喊了丫鬟來，怎麼解釋我和你在這裡呀？」

婁慶雲想想也是，他是無所謂，只是薛宸還待字閨中，若傳出什麼不好的名聲，將來定要懊悔一輩子，雖說他會負責，但他不想讓她的人生有這麼個難以洗清的污點。又在她身邊轉了兩圈，見她這麼站著也不是辦法，遂大著膽子說道：「我比妳年紀大些，多少聽說過一點，女人來了月事，無非是要換衣服、戴月事帶。我……我去給妳買，連月事帶和底褲都買過來不就成了嗎？」

薛宸簡直被他這個瘋狂的想法嚇到了，還沒反應過來，就見婁慶雲已經風也似的竄下石亭，想喊他回來都來不及了。

背靠著冰涼的石亭，身下似乎開始有了涼意，薛宸真是連哭都哭不出來了。她今日的下場，再次說明了人還是要循規蹈矩，不能做任何壞事。要是她規規矩矩地在山下和薛繡、韓鈺她們待在一起，就算有了這意外，也不至於這樣束手束腳、跟個傻子似的被困在石亭上，上不去、下不來，又不敢喊人，唯一的倚靠只有婁慶雲。可那是個不靠譜的傢伙，把她一個人扔在這裡，說要去給她買月事帶。這、這麼私密的東西，他怎麼能去買呢？買了她也不好意思用啊……越想越絕望。

不過婁慶雲的速度還真快，這是他人生中第二次覺得自己學的輕功有了大用，第一次是翻薛宸家圍牆時。只見一道敏捷的身影直接從假山上竄進石亭，穩穩地落在薛宸身前，懷裡抱著一個包裹。婁慶雲臉上帶著濃濃的尷尬，將包裹塞到薛宸懷中，然後把拿在手裡的大塊布料展開，一頭繫在薛宸身後的亭柱上，另一頭由自己拉著，用這塊布料將薛宸圍在亭裡。

「妳、妳自己……會用嗎？那大夫教過我，我……」

婁慶雲口中的「教妳」兩個字還沒說完，被布料圍住的薛宸便急急在裡面說道：「我會的，你、你不要說了。」打死她也沒有勇氣讓婁慶雲來教她怎麼用月事帶啊！

看著手裡的包裹，薛宸鼓足勇氣將之打開，裡面果然有一件新的底褲，和一條……月事帶。

她簡直無法想像這些東西到底是怎麼買到的，但知道自己就這麼站著也不是辦法，又不能坐下，實在太難受了，再顧不上面子，心一橫，開始換了起來。

虧得她有上一世的經驗，若她真是個十四歲的少女，也許就得讓婁慶雲來教她怎麼換月事帶了。那丟人的場景，光是想像薛宸就想一頭撞死了。

婁慶雲抓著布料替薛宸遮擋，聽著裡面的窸窣聲，心裡委實是不鎮定的，今晚真是他這輩子感覺最尷尬的時候了。

替女孩子去買初潮用的月事帶……他永遠也忘不了那個女大夫看他的眼神，驚詫又意外，好像她看到的不是一個人，而是一隻要爬樹的豬。

哪有男人會上街給女人買這個！就算是成了親，也不會幫自己媳婦兒做這件事，得多丟臉啊！

可他瞧著薛宸那副哭起來的小模樣，當即再也顧不了別的，只想著趕緊買回去，她一個人待在石亭會害怕。直到現在，鬆了口氣，才回想自己當時到底有多窘。

薛宸換好了，將髒了的底褲仔細捲好，再次裝回包裹中，猶豫著到底要不要跟婁慶雲說話。可是不說話，難不成要一直困在這裡嗎？

深呼吸幾回後，她低若蚊蚋的聲音傳出來。「我……我好了。」

婁慶雲聽見她說話，確認道：「那、那我放手了啊。」

「嗯。」

得到薛宸的許可，婁慶雲才緩緩把舉得有些僵硬的手放下。

薛宸懷裡捧著包裹，無助地低著頭，兩頰紅撲撲的，纖弱身形看著叫人心疼，大大的眼睛瞥了婁慶雲一眼，婁慶雲立刻覺得今晚的丟人全都值了。

只不過，兩人間的尷尬氣氛始終不能消除。

這麼來回折騰，山下的花燈開始熄滅了，亭子裡也漸漸變涼，先前緊張著還沒有發覺，現在夜風吹來，薛宸感覺有些冷了。

婁慶雲怕她著涼，將手裡的布料披在她肩上。「要不，我送妳下山吧？」

薛宸不敢抬頭看他，良久才點點頭。「嗯。我和繡姐兒她們說一聲，待會兒就回家去。我這樣，實在沒辦法去住定慧寺的廂房。」

婁慶雲贊成她這麼做，喊來接薛宸上山的婢女，叫她準備車馬。

薛宸聽他的吩咐，似乎要親自送她下山，不禁又慌了，道：「不用你去，讓那位姊姊送我下山就成了。」

婁慶雲卻是堅持。「我送妳下去，我不下車，他們瞧不見我的，放心吧。妳這樣一個人坐車，我不放心。」

薛宸拗不過他，只好隨他了。

第三十三章

因為初潮，薛宸足足在家裡躺了好幾天。蕭氏自責沒有盡到嫡母的責任，儘管薛宸說沒關係，她還是堅持日日來替薛宸調養，初潮對於女子來說十分重要，前後十多天一定要好好保養才行。

等到薛宸能下床時，也到了七月十五，元家在府裡辦花宴，宴請各府夫人小姐。

薛宸依舊打定主意不想去，蕭氏沒有法子，問魏芷靜，她也說不願意，反倒是魏芷蘭和魏芷琴特別積極，主動提出要跟蕭氏一同前往，怕蕭氏不同意，還特別去求薛雲濤。如今薛雲濤是她們名義上的繼父，不好明著拒絕，便讓蕭氏帶著姊妹倆去了。

薛宸在家休息的日子裡，薛繡倒是有精神，來看了她兩回，給她帶了些新鮮果子和點心。兩人交談後，薛宸才知道那天薛繡和元卿相處得很是不錯，元卿甚至告訴她自己的字。薛繡十分高興，這幾天都在期待盂蘭盆節那天能在元夫人面前有好的表現。

薛繡一門心思撲在元公子身上，薛宸倒是得了好些空閒，在家看看帳本、看看書，然後傍晚再和婁慶雲通一封信，沒事時還能出去轉轉。手裡的閒錢越來越多，總想著再擴張一些店面，選鋪子就成了最關鍵的事情。

上一世雖然她賺得也不少，但長安侯府的開銷實在太大，她只能拿一部分的錢出來擴充，其餘的全貼在府中，每天過得戰戰兢兢，生怕哪天支撐不下去會被打回原形，再回到被徐素娥欺負的日子。現在回想起來，真是非人的生活。

今兒她出了門，和姚大約在自家的酒樓裡說話。姚大跟她提了幾家鋪面，薛宸竟然在畫有那些鋪面的地圖裡看到了歡喜巷的香粉樓，於是問道：「這間是什麼？」

姚大看了薛宸指的地方一眼，回道：「小姐，這地方原本是一間暗樓子，據說是官眷開的，最近被查抄了，正要發賣。我覺得這地方不錯，若小姐能買下來，將來開客棧，裡面的格局就不需要改變了，只要再裝修一下，能省不少銀子呢！只可惜，昨天我才知道這樓子已經被人買走了，還來不及劃掉。」

薛宸瞧了瞧姚大給的鋪面圖，從圖上看倒是真不錯，只是被買走了，便好奇地問道：「被誰買去了？」

姚大想了想，說道：「據說是長安侯府買的，價格還不低，足足三萬兩銀子呢。」

薛宸蹙眉道：「這地方賣三萬兩？」

姚大點頭。「小姐也覺得貴是不是？我瞧著這間樓最多就值一萬兩，可長安侯府卻出了三萬兩，這是千真萬確的。這賣家不是東西，存了心要坑騙買的人，雇幾個人來爭一下，硬生生將價格炒高了三倍——三萬兩銀子，整條歡喜巷都能買下來了，那侯府的買主也是個糊塗的！」

姚大這麼一說薛宸就明白了，買主一定是宋安堂。香粉樓是許建文開的，現在被抄了，還連累他爹，許大人被貶到洛河做知縣，許家馬上就要遷居，許建文走之前定是想著盡快把這樓子脫手，再賺一筆。可會花錢買樓的人也不全是傻瓜，樓子值多少人家一看就知道，他沒工夫關上門等冤大頭了，所以就把腦筋動到了宋安堂身上。宋安堂好面子，只要適當吹噓幾句，就頭顛尾巴搖，分不清東南西北，完全能做出這種糊塗事來。

哼，砸三萬兩買座廢樓，他又不是做生意的，要那地方根本沒用，如果要改建私宅，又是一筆開銷。上一世長安侯府衰敗得那樣快，有宋安堂這樣的花法，就是金山銀山也能被他搬空。更何況宋安堂的母親郁氏，是個花錢比他還要大手大腳的人。

長安侯府攢了好幾輩子的積蓄，沒想到最終會敗在這對母子手上。算算日子，她十六歲嫁入長安侯府，成親後的下半年府裡便開始入不敷出，也因為如此，郁氏才下定決心把中饋交到她手上，還私吞了好些銀子。前一、兩年，薛宸就將所有嫁妝全貼進去了，第二年過年時她抓住機會倒賣糧食，才有了翻身的本錢，得以撐住長安侯府。背後她付出了多少，是不必說的。

薛宸又看了幾張姚大畫出來的地圖，聽他介紹，挑了幾處打算去瞧瞧。姚大便和她一同下樓，說一會兒就去看。

從二樓雅間出來，正好遇見幾個上樓的人，薛宸主動讓道，姚大跟在她的身後。

等來人走近，薛宸才看清楚，不正是宋安堂那群人嘛！除了許建文和葉康，還有兩個不認識的人。葉康瘸著一條腿，走起來一跛一跛，許建文也好不到哪裡去，唯獨宋安堂的氣色最好，走在最前面，看來是要在這裡請他們吃飯。

看見薛宸，宋安堂的眼睛頓時亮了，那天她在景翠園中的行為讓他印象特別深刻，立刻走過來，道：「這不是薛大小姐嗎？怎麼，大小姐也來酒樓和人吃飯？」

薛宸沒有說話，往後退了一步，實在不想招惹宋安堂。姚大便站出來道：「這位公子誤會了，這是我家大掌櫃，這酒樓就是她的，可不是來陪人吃酒的。」

這群人聽了更加來勁，仗著薛宸身邊沒有護衛，說話放肆起來。宋安堂道：「喲，看不出來薛大小姐還有這本事，什麼時候教教我，我最近也想搞點生意玩玩。」

薛宸沈默不語，姚大見這些人似乎來意不善，不敢讓薛宸留下，護著薛宸往樓梯走去。宋安堂一行人知道她的身分，不敢直接動手，而是一邊回頭、一邊意猶未盡地說著話。

宋安堂後面的人道：「世子想做生意跟我說呀，我知道一筆好買賣，那種藥用了會上癮，可賺錢了！來來來，我們進去好好聊一聊。」

宋安堂看他一眼，目光卻落在薛宸身上，又聽許建文說道：「這生意我曉得，的確是好買賣，投入小，回報大，世子可以考慮考慮。」

薛宸走在樓梯上，一聽就知道這些人打算騙宋安堂入歧途。她告訴自己這不關她的事，如今宋安堂只是個陌生人罷了，但走了兩步，聽那些人越說越玄，而宋安堂也一副雲裡霧裡的樣子，終究沒有忍住，回頭喊了一聲。「宋安堂。」

宋安堂正要被人拉著進雅間，突然聽見薛宸喊他，趕忙走了出來，只見薛宸臉色陰沈地仰望他，聲音聽似輕柔，實則犀利，幾句話說得樓上的人立刻炸毛。

「宋安堂，你自己想清楚，什麼生意能做，什麼生意不能做。你這麼大了，總該知道如何辨別是非，總是要你錢的朋友，不交也罷吧。」

「……」

在場眾人全愣住了，宋安堂也愣住了，怎麼也沒想到這個漂亮的小姑娘會跟他說出這番話來。看著她認真的小臉，那精緻的五官、優雅的體態，還有眸子裡那一抹特殊的冷，在在讓他感到心動。

說完，薛宸意識到自己說了不該說的話，立刻轉身走了。

宋安堂身邊的朋友們有些尷尬，你看看我、我看看你，眼看著到手的肥羊被一個小丫頭給救了，偏偏這丫頭是個官家小姐，打不得、罵不得，決定一窩蜂簇擁著宋安堂進了雅間，準備在酒桌上繼續和這位磨，非讓他再吐一筆銀子出來不可。

薛宸坐到馬車上，掐了自己的嘴一下，對宋安堂莫名其妙說出那番話，真是連腸子都悔青了。宋安堂要被人騙關她什麼事呢？現在宋安堂用的又不是她的錢，她有什麼好緊張的？看來果然是習慣成自然，從前因為長安侯府的中饋掌在自己手上，宋安堂要用什麼錢都得經過她，久而久之，養成了唸他的習慣。沒想到，過了這麼久，她依舊沒改掉這個習慣。

姚大也不懂自家大小姐怎麼會突然和那看著就像是浪蕩公子的人說那番話，聽著不像是初識，擔心薛宸被人騙了，駕車時對薛宸說道：「小姐，那個是長安侯府的世子，可不是什麼好東西，您瞧他身邊都是些什麼豬朋狗友，一個個看見他，就跟看見土財主似的，恨不得能從他身上扒下幾兩金子來。我瞧著他不是個好的，大小姐要當心啊！」

薛宸已經無力辯駁了，連姚大都聽出她那番話的過火，大大呼出一口氣，然後才道：「你放心吧，我有分寸的。」

姚大見識過薛宸的本事，自然知道這個大小姐不簡單，他說這些只是給她提個醒，既然她知道了，他就不會再多說什麼了。

兩人一路去了春熙街，那裡有家現成的茶樓要賣。姚大從前就是做茶樓生意，如今那裡賣給了仁恩伯府，所以薛宸還想另外找個地方開茶樓。

姚大對這行有經驗，當即選中了這家景泰茶樓，從他的眼光看，無論地方還是人潮都是好的，唯獨少了供人停馬車的地方。他知道小姐手上有一塊空地，就在這條春熙街後方，若小姐能把那塊空地拿出來，便能解決這個問題。不過一切都還是預想，要等小姐看過之後才能定奪。

景泰茶樓位於春熙街的東南角，單就位置而言確實是個不錯的地方，要價三千兩是有原因的。這家茶樓的老闆上個月去世了，留下一家子孤兒寡母，無人經營這家茶樓，這種事能打聽得出來，所以薛宸並不擔心有人作假。

春熙街今後的發展會相當好，上一世薛宸手裡就是沒錢，只能在春熙街買下兩家店鋪，但光那兩家店鋪的盈利就抵得上其他地段的五、六家店鋪了。故若如今三千兩的行情來看，這價格確實不算貴了。

姚大見薛宸滿意，將她拉到一邊說道：「小姐，您要看著好，我就去跟老闆娘講價。這家老闆去世了，家裡沒人經營，老闆娘也不懂生意，價錢或許還能再殺一點下來。」

薛宸環顧一圈後，搖了搖頭。「算了吧，三千兩就三千兩。這世道，孤兒寡母死了男人，也是可憐。」

姚大一聽，薛宸這是同意了，當即高興地回道：「小姐仁義，那……我這就下去跟那老闆娘說？」

薛宸點點頭，站在二樓向下看去，車水馬龍的，確實是個熱鬧的地方。

忽然，樓下傳來一陣爭吵聲，薛宸以為姚大和人吵起來，趕緊下樓一看究竟，就見姚大被人壓在桌面上，手擰到了後背，正大聲求饒，旁邊還有幾個凶神惡煞的男人。門口的椅子上，坐著一個夫人模樣的女人，身後跟著兩名丫鬟、兩名婆子，排場極大。

而這家鋪子的老闆娘，快六十歲的婦人，此刻正癱坐在地上嚶嚶哭泣，只聽那坐著的女人道：「這可是妳當家的親筆簽下的，將這茶樓以五百兩抵押給我們夫人。如今他死了，我們來收債，這可是天經地義的事，妳要是不肯，咱們就去告官！」

這位一開口，薛宸就知道這女人可不是什麼夫人，只是穿得像夫人，大概是大家族裡的管家媳婦之類的，不由對她多看兩眼。一個僕婦竟能有兩個丫鬟、兩個婆子的排場，必然是個了不起的門戶。

老闆娘頭上戴著白花，眼睛哭得跟核桃似的，一邊哭一邊對那女人說道：「這位姊姊，您行行好吧！我們老頭子去了，只留下這麼一間茶樓，我家裡還有六個兒女，全都沒有嫁娶，就指望著這茶樓賣些錢度日，五百兩的銀子實在是不夠啊！再說，我家老頭子從前說過，他早拿祖宅還了夫人的債，哪裡還欠錢呢？您就行行好吧……」

但那管家媳婦可是個厲害的，當場啐了老闆娘一口，聲音抬高許多，有些尖銳了。「我呸！妳家有幾個孩子、娶親沒有，跟我有什麼關係？我是來收帳，又不是來救濟妳的。我們夫人肯給妳五百兩就算是我們夫人仁慈了，妳還嫌少？要是不肯，就怕妳到最後連五百兩都拿不到，還得倒貼也說不定。到時候，妳真的只能賣閨女娶媳婦了！哈哈哈哈！」

老闆娘哭得更加厲害了，一直搖頭，指著那僕婦道：「妳這不是明擺著欺負我們孤兒寡母嗎？不行！這茶樓我哪怕是放在這裡不賣了，也不可能讓妳用五百兩拿去。」

薛宸心想，這老闆娘也不是個糊塗的，這茶樓值多少，她當家的必定跟她說過，只要留著這裡，哪怕是租，或等她兒子大些自己打理，都比五百兩賣掉要強。

那僕婦見老闆娘雖然一直哭，可說話卻硬氣了，當即拍著桌上的契約凶狠道：「哼，跟我要什麼橫？妳要不肯，咱們就公堂上見。妳知道我家夫人是誰嗎？衛國公府三夫人！跟她打官司？也不怕賠死妳！」

薛宸站在樓梯後沒有露面，一聽這僕婦的話，頓時揚了揚眉，還是個老相識啊！上次仁恩伯府的事情，余氏和戴氏被抓去了京兆府，放出來之後竟然還好好的，又把心思動到這上頭來了，看不出來這三夫人也是個人才啊！

薛宸走過去，目光落在那張契約上，看紙張大概是有些年頭了，指了指押著姚大的人，冷聲道：「這是誰家的狗奴才，狐假虎威到這裡來了？」

薛宸生得雖美，但周身冷意讓那僕婦不禁打量起她來，見她穿著華麗的遍地金荷葉交領襦裙，模樣漂亮得像是從畫中走出來的仙女，粉面桃腮，看著就是富貴人家出身，一時拿不定主意，不敢上前得罪她。直到薛宸來到她面前一把拿走那契約看了，才反應過來。

「妳是誰家的姑娘？這可不是妳能碰的，快些給我。」她對那契約沒底氣，哪肯給薛宸看？便作勢要搶。

薛宸轉了個身，頭也不抬地喊了一聲。「護衛何在？」

幾個護衛應聲進來，將薛宸與那些人隔開，救了姚大。

薛宸走到哭泣不已的老闆娘身旁，將她扶起來，輕聲問道：「老闆娘可識字？」

老闆娘看著她，搖了搖頭。「自幼家貧，不認識字，讓小姐笑話了。」

薛宸勾唇笑了笑。「不認識字？難怪這樣了。我幫妳看了下，就這契約妳讓她告去，就算她是公主殿下，將這案子告到了天上，她也贏不了。」

老闆娘一聽露出了喜色，問道：「小姐此話當真？」

薛宸將契約隨意拋在地上，用腳尖踩著，道：「自然當真。這契約是十年前立的，上頭寫著若是兩年內還不了債，就把這間茶樓以五百兩的價錢賣給婁三夫人，而且這契約的年限只有五年。如今先不說契約裡的內容是否合適，單就年份來說早已失效，超過了足足五年之久。別說您當家的已經用祖宅抵了債，就是沒抵，這契約也是沒用的。」

見華衣僕婦臉上閃過一陣尷尬，薛宸繼續說道：「千萬別信她們說妳當家的沒給她們祖宅，這宅子過戶可都是在官府登記的，妳只要跑京兆府一趟，這些東西都能調出來做證據。官老爺判案時可不是根據誰的三寸不爛之舌來判，凡事都講個證據不是？」

華衣僕婦的臉終於掛不住了，冷著聲對薛宸道：「妳是誰家的姑娘？可知我家夫人是誰？」

薛宸毫不在意地說：「衛國公府三夫人嘛，我剛才聽見了。可我怎麼聽說妳家這位夫人剛從京兆府的牢房裡出來？這才幾天呀，怎麼，三夫人又想進去了？」

那僕婦臉色大變，實在拿不準薛宸的身分，她家三夫人被關進京兆府的事，只有在官宦間傳開，因此她敢斷定這姑娘必是官家女兒，不是她能惹的。可若是這樣回去，她沒法和夫人交差，遂道：「哼，妳是誰家的？有本事報上名來，看我們夫人奈不奈何得了妳。」

薛宸哪裡會怕她，昂首說道：「中書侍郎薛雲濤之嫡長女薛宸。若妳家夫人要找我麻煩，儘管來便是，我在家裡等她。」

僕婦心中震驚：這丫頭竟然是中書侍郎家的大小姐，幸好剛才沒有對她惡言相向！只得嚥下這口氣，帶著她的人，拂袖離開了。

老闆娘站起身對薛宸道謝，薛宸沒說什麼，帶著護衛離開這裡，讓姚大留下和她處理過戶的事。因為還要走官府，薛宸就不跟了，等姚大辦好拿契約回去給她蓋章，到時再看看便成。

華衣僕婦一路疾走回了衛國公府。余氏剛剛被三老爺從祠堂裡帶回來，太夫人卻不肯解禁，讓她在三房的佛堂裡繼續吃齋唸佛。余氏不敢忤逆，只好照做。

華衣僕婦是她身邊的管家媳婦、她娘家的陪房，算是得力的人。僕婦來到佛堂求見余氏，將今天在外面發生的事情跟余氏說了一遍，余氏就暴跳如雷了。

「妳說是誰家的姑娘壞了事？最近這是怎麼了？怎麼事事都不順？」余氏最近的確吃了不少苦頭，先是在祠堂受苦，好不容易老爺把她弄回來了，卻又被太夫人困在府裡的佛堂，月例和銀子暫時全被太夫人管著。她手裡缺現銀，就讓這僕婦去辦事，以為十拿九穩，沒想到被半路殺出來的程咬金給擋了，讓她怎麼能不生氣？

僕婦立刻回道：「她說是中書侍郎薛雲濤家的嫡長女，叫薛宸。」

余氏蹙眉想著，不記得自己和薛家有什麼往來，但她還是知道薛雲濤的，連三老爺都誇過此人有官運，三年內就升到了三品，最近還娶了縣主做續弦，身價正是水漲船高的時候。好端端的，他家嫡女來和她湊什麼熱鬧？

不過，剛吃過大虧的余氏聽說對方是官家，不敢在這節骨眼上做什麼，一拍桌子，氣道：「哼，真是屋漏偏逢連夜雨，人倒楣，連喝水都塞牙縫！本來想把這事辦好了，送個鋪子給太尉夫人看能不能把關係拉攏些，這下不成了，只能再跟我爹伸手要銀子了。更別說長公主那裡，大概也恨我恨得緊。妳說，我該怎麼挽回長公主對我的印象？」

僕婦哪裡懂這個，不敢亂說，可不說，三夫人又會覺得她沒用，畢竟剛剛才辦砸了差事回來，於是想了半天，才憋出幾個字。「長公主現在就缺個兒媳婦了。」

余氏眼前一亮。對呀！她要挽回長公主，看來只有從這裡下手了，如果她成功地撮合世子的姻緣，長公主定會對她刮目相看，今後少不了她的好處。

西山別宮中，因為帝王的駕臨而變得戒備森嚴，五步一崗、三步一哨。

皇上在領事所處理完政事，將太子和婁慶雲留下，表兄弟倆對視一眼，眼裡疑問：找你的，還是找我的？

「既明啊。」皇帝開口了，喊的是婁慶雲的名字。太子微微鬆了口氣，幸災樂禍地看著他。他們兄弟倆從小要好，好到能夠互相取笑。

婁慶雲上前一步。「臣在。」

皇上大約四十歲左右，看著精神矍鑠，對婁慶雲揮揮手，說道：「行了，沒別人，不用多禮了。」

婁慶雲是個識趣的，聽了皇上這話，抬起頭對他笑了笑，喊了聲。「舅，什麼事啊？」

他不說話還好，一說話，皇上就覺得變味了，心裡被自家姊姊念叨的煩悶冒出來，食指扣了扣桌面，倒豆子似的開始說道：「什麼事？你小子還敢問我？你娘都快把我的耳朵嘮叨出繭子來了。你說，你這二十來歲的大人，不成親幹麼呢？好歹挑一個回去呀！年紀這麼大，身邊一個人都沒有，也不怕憋壞了……」

私下裡，皇帝就是這麼和婁慶雲說話的，像一個普通的舅舅那樣。而顯然地，他不是第一次說這番話了，因為他一開口，旁邊的太子就抿嘴偷笑起來。

婁慶雲不說話，等著舅舅一股腦兒地說完，這是他作為臣子和外甥的孝心。皇上事多心煩，總要時不時找人發洩發洩，他只要靜靜站著不動，等他自己說得不高興再說，就成了。

「滿朝文武，這麼多人家的閨女你就沒一個看得上的？再蹉跎下去，不是想跟你爹一樣三十歲再成親吧？他是在戰場上娶不到媳婦兒才這樣，你呢，這麼好的條件擺在面前，幾乎是除了公主，任君挑選，就是我都沒你自由，你到底還蘑菇什麼？」

婁慶雲知道，一定是自家娘親又在皇后跟前哭了不少眼淚，她跟皇后念叨，皇后跟皇上念叨，然後皇上不堪其擾，既要維持姊弟情誼，又要維持夫妻感情，於是把這股怨氣全撒到他頭上來了。

見婁慶雲跟木頭似的站在那兒，一言不發，皇帝只覺一拳打在了棉花上，不痛不癢地不得勁兒，一拍桌子怒道：「你再這麼蘑菇，我說什麼都要給你賜婚了，到時候可別怪我！」

婁慶雲這才有了點反應，對皇上抬起尊貴的腦袋，卻還是不說話，臉上「你無理取鬧」的表情，簡直讓皇帝抓狂。

太子見沒自己什麼事，敢上來搭話了，道：「哎呀父皇，您早該這麼做了。既明就是頭強驢，牽著不走，打著倒退，您要早幾年把他的婚給賜了，現在我姪兒都會打醬油了。不過既然要賜婚，那可得賜個好點的，我記得之前左相跟我說過他有個孫女兒；還有信國公，他家有個嫡小姐；還有那個……」

太子一連說了好多人家，不僅是婁慶雲，連皇上都懵了，冷著臉對太子道：「你是個太子，怎麼成天琢磨大臣家有幾個閨女呀？不幹正事了是不是？」

太子氣結，這下引火焚身了。嘴巴一閉，不敢開口了。

婁慶雲被這對父子氣得肝疼，偏偏兩個都是得罪不起的人，生怕這父子倆一合計，真把自己給賣了，趕緊表明心跡，說道：「舅、哥，你們別亂點鴛鴦譜了，誰說我沒有看上的？我只是沒跟我娘說罷了。你們想想我娘那脾氣，要知道我看上誰家姑娘，還不三天兩頭去人家家裡相看？要把我媳婦兒嚇跑了，我找誰說理去！」

皇上和太子一聽，還真有戲啊？

太子湊到他旁邊，小聲嘀咕了一句。「喂，你可別隨便搪塞，這次父皇可是當真了。」

婁慶雲沒理他，只橫了他一眼。太子一瞧這像是真的了，一時百爪撓心，好奇得要命，到底是誰家姑娘，能讓這麼個榆木疙瘩開竅？

皇上的表情卻很鎮定，皇上之所以是皇上，那便說明他有著比一般人寬大的胸懷、穩健的體魄和沈得住氣的心。

「那你跟我說說，是誰家的，我保證不告訴你娘。」

「……」

婁慶雲好不容易從領事所走出來，正要回侍衛所。他雖然是大理寺少卿，但每次皇上出行，都要他以侍衛首領的身分伴駕，因此他值勤完，就是回侍衛所待著。

婁慶雲還沒走到侍衛所，就被疾步趕來的太子給喊住了。周圍侍衛給太子請安，太子來到婁慶雲身前，疑惑地盯著他的臉，上上下下看了好半天。婁慶雲面無表情，眼珠子跟著他轉到左、轉到右，不動聲色地等太子看夠。

太子審視半天，才湊近婁慶雲，以手掩唇，低聲問了一句。「真有了？不是糊弄？」

婁慶雲就知道他要問這個，呼出一口氣，點點頭。「自然是真的，我騙你也不會騙皇上。」

太子一聽，眼前一亮，不去計較他那句話鄙視的意思了，饒有興趣地又問道：「哦？那你跟我說說，到底是哪家姑娘？我迫不及待想見見她了。」

婁慶雲右眉一挑，看著眼前這個穿著明黃色皇子服，雙手卻攏入袖中、江湖味甚重的太子殿下，猶豫一會兒後，搖了搖頭。「現在還沒定下來，說了怕壞事。」說完便轉身離開。

太子殿下身後的侍衛們瞧慣了這位世子爺的率性，並不覺得他有失禮數，而太子更是不介意，一路小跑著跟上去，一把摟住婁慶雲的胳膊，說道：「走走走，我正好有事找你。咱哥兒倆喝一杯，好好聊聊。」

婁慶雲停下腳步，看了身後一眼，低聲問道：「是那件案子？」

太子對他揚眉，終於恢復了一點正經。兩人走在前面，所有內侍和侍衛全跟在一丈之後，太子才正色說道：「是。只是要找的人不見了，他握有重要證據，最後一次出現的地方是揚州，然後就莫名失蹤了，錦衣衛也找不到他的去處。」

「我明日便派人前往揚州，若是有消息，我親自帶人去抓……」

薛宸回到房間，準備去榻上躺一會兒，沒想到一隻白鴿就飛了進來。

這些天，婁慶雲都在西山別宮侍奉聖駕，所以他們已經好多天沒有聯繫了，這還是這些天以來第一次通信，讓薛宸喜出望外。她走過去把鴿子抱來，急忙拿出竹筒中的信，歪在羅漢床的大迎枕上看了起來。

婁慶雲恨不得把一張紙全寫滿，字跡密密麻麻，似乎不是一天寫完的，定是他在西山別宮時不方便傳信，於是先寫了，然後等有機會一併送來。還沒看完內容，薛宸的嘴角就翹了起來，心裡好像吃了蜜糖似的，甜得都有些發膩了。

信裡說的都是些日常瑣事，可薛宸只要想起婁慶雲那張臉和他說話的神態，就覺得再無聊的事情也是好玩的。最後，婁慶雲問她最近過得怎麼樣，讓她多寫些信傳回去，說他今天下午申時前都在大理寺，晚上得回西山，信只要在申時前送出去就行。

薛宸看著手裡的信，目光根本無法集中，滿心滿眼都是婁慶雲那俊美得不像話的臉，第一次對一個男人產生了立刻想見他的衝動，覺得自己真是瘋了。歷經兩世，她從未想過有一天會對一個男人如此牽腸掛肚。

接下來的幾天，婁慶雲總往薛宸這裡跑，她趕也趕不走、鬧也不敢鬧，幸好他只是坐坐，並沒有其他踰矩的行為，便由著他了，只是規定他過了戌時再來，那時青雀居的丫鬟們都回房睡了，只要她小心遮擋燈光，便不會有人發現。

婁慶雲來薛宸這裡，簡直比她這個主人還要自在，想幹什麼就幹什麼，對她書架上的書了解得比她還清楚，將帶給她的茉莉花放在窗臺上，然後隨手拿了一本書，歪在薛宸的軟榻上，大爺般蹺著二郎腿跟薛宸有一搭、沒一搭地說話。

「過兩天我要去揚州，可能一時半會兒回不來。」

薛宸抬頭看著他。「去揚州幹什麼？」走到他身邊，在他身邊坐下。

婁慶雲嘆了口氣，道：「抓人去，沒什麼大不了的。妳有沒有想要的東西，我給妳帶回來。」

薛宸才沒那麼不懂事，搖頭說道：「沒有。」心裡卻是莫名地不安。

如今離上一世婁慶雲死在涿州的日子越來越近了，雖說這回去的是揚州，但薛宸心裡還是很在意他的離京。「這段日子，你……不能待在京城嗎？」起碼待過明年。

婁慶雲對她遞來一抹疑問的眼光，薛宸才發覺自己說的話很奇怪。「沒什麼，我就只是說說。」

這個時候，她也沒辦法和他說其他的，總不能直接說他明年會死在涿州，不能去涿州之類的話吧，婁慶雲還不把她當瘋子看待啊。

婁慶雲卻是纏了過來。「怎麼，捨不得我去啊？」

薛宸橫他一眼，然後從他身邊走開了，

婁慶雲瞧著她嬌羞的模樣，心裡別提多高興了，暗自決定，等他從揚州回來，就要和她說成親的事，不再拖下去了。

在薛宸房裡逗留到半夜，婁慶雲才從西窗翻了出去。

第三十四章

這日，薛宸和蕭氏去東府給老夫人請安，聽老夫人和薛氏提起薛繡的事情，說是元家夫人屬意她，這些天正派人來打聽呢。

薛宸一喜，心想果然和上一世一樣，薛繡和元卿就要成了，難怪最近沒見著薛繡，原來是元家在打聽，總要矜持些。

韓鈺提出去西府看看她，薛宸想了想便同意了，薛繡出不來，如今不知在府中憋成什麼樣了。反正她們是堂姊妹，多走動走動也沒什麼，便讓廚房準備了瓜果點心，一同去西府看望薛繡。

兩人還沒進薛繡的院子，就聽見一陣悠揚的琴聲從院子裡傳出來。

還彈上琴了?!薛宸和韓鈺對視一眼，心中偷笑，然後不動聲色地隨著僕婦進去，在水凝閣中瞧見了臨水而坐、優雅端莊的薛繡。

一曲畢，薛繡才緩緩收了手，做作地對薛宸和韓鈺比了個手勢，嬌滴滴地說道：「二位請坐。」

韓鈺直接不給她面子，打了個寒顫；薛宸站著，看她還能做出什麼姿態來。

薛繡自琴案後立起，來到薛宸身旁，輕抬素手，將薛宸的手放入自己掌心，輕柔地叫了聲。「堂妹。」

薛宸頓時感到惡寒，渾身起了一層層雞皮疙瘩，兩人對看片刻，好一會兒後，薛繡才沒忍住，捧腹大笑起來。

薛宸一把甩開她的手，橫了她一眼。「我道妳真轉性了呢，有本事別笑呀！」

薛繡自己也憋得難受，如今放開，就笑得停不下來了。

薛宸不理她，直接走到琴案後伸手撥弄起琴弦，卻是不成調的。

韓鈺拿了一塊自己帶來的點心，一邊吃、一邊問道：「繡姐兒下得一手好棋。說說，妳是怎麼跟元夫人搭上的？」

薛繡一把搶過她手中的點心，神秘一笑，半晌後才說道：「什麼搭上啊，多難聽，那叫投緣。」

韓鈺不以為意。「哎喲喂，我們還不知道妳啊，看著是大家閨秀，可鬼主意比誰都多，會安分才怪呢！」

聽了韓鈺不留情面的取笑，薛繡也不生氣，歪在一旁的軟榻上，道：「我就是安分呀！元夫人喜歡的是品行端正的姑娘，我正好就是嘛，只不過用了些手段，讓她早些知道我是個好姑娘罷了。」

薛宸聽薛繡這麼說，頓時想通了，按下琴弦，問道：「妳也學柳家姑娘了？」

薛繡看著薛宸，笑道：「還是宸姐兒聰明。」接著湊到薛宸耳邊，對她說了一番話，薛宸便更加清楚了。元夫人最相信的就是自己的眼光，因為柳家小姐在雨天救了她一回，就起了和柳家結親的心。薛繡聰明，來個如法炮製，元夫人這不又看上她了。

韓鈺聽得一頭霧水，不知她倆在打什麼啞謎，可再問她們卻不說了，薛宸只回了她一句。「佛曰，不可說。」又問薛繡。「可訂下日子了嗎？」因為柳玟宣的事情，元家肯定對姑娘的品行更加看重了，估計觀察的日子不會短就是。

薛繡聽薛宸提到日子，不由正色斟酌了下，道：「我猜著，若是不出亂子，明年正月元夫人就會派人來提親了。妳們也知道柳家的事情，元夫人怕再遇上個柳小姐那樣的，所以我還得再努力努力呢。」

薛宸聽了，便點點頭。如今已經是九月，離正月還有四個多月，算算時日，她和元卿的確是明年正月訂親，後年三月成親的。

思及此，薛宸的心情瞬間跌入了谷底。若一切都按照上一世的發展前進，那婁慶雲……應該就會在明年冬天，死於涿州。

想起上一世的種種，她的心不由抽痛起來。上一世她不認識婁慶雲，只覺得他的死很震撼。可這一世呢？如果婁慶雲依舊逃不過死劫，那她該怎麼辦？

被這個問題困擾著，接下來，薛宸就顯得有些心不在焉了。

從西府回來後，韓鈺邀薛宸一同出去玩，薛宸沒有心情就拒絕了，韓鈺只好去找魏芷靜。

薛宸在房中坐立不安，想寫信給婁慶雲，可又不知道該怎麼寫。她對朝廷的事情一無所知，根本不知道上一世婁慶雲為什麼會死在涿州，據說是因為牽涉了一起江南鹽政的貪污案，可這案子是發生在江南和京城，他一個大理寺少卿，好端端地跑到涿州做什麼，會有什麼刺客追到涿州去殺他呢？

薛宸只恨上一世勞勞碌碌，根本沒空去理會這些事情，若她能多打聽些，那現在就可以提醒婁慶雲讓他避開。可是，現在的她只知道涿州這個地名，有什麼用呢？

越想心越慌，薛宸走到書案後頭，將之前繪成的商鋪分布圖展開在桌面上，以兩方獸頭紙鎮壓好，然後俯下身子觀看起來，終於在地圖的最上方找到了涿州。她的店鋪分布在全國各地，因為涿州是極北苦寒之地，沒有商鋪，不過卻有兩座相連的酒窖。極北之地不適合開店，不過置放原料、蓋蓋酒莊還是可以的。

看著涿州邊界蜿蜒的山脈，從地圖上算涿州離京城都有一尺之遠，更別說實際的距離了，所以直到現在，她仍難以相信婁慶雲竟然會死在離京城千里之遠的極北之地，無論是對誰說，誰都會以為她瘋了。可只有她知道，那是事實，不管看起來、聽起來多麼荒誕，都是真的。

薛宸對著地圖定定地看了半天，連衾鳳和枕鴛進來問她午飯想吃什麼，她都沒回應，自然也沒有吃了。直到未時後，她才猛地反應過來，喊了衾鳳，讓她去把姚大請來。

衾鳳去了之後，薛宸抽出一張信紙，洋洋灑灑寫了許多對涿州兩個酒莊當家的吩咐，讓他們從今年開始培養可以開山的護衛，盡其所能招兵買馬、囤積糧食，為期一年。

姚大來了之後，薛宸就將這封信用紅蠟封好，蓋上印鑑交給了他，對他說道：「你去涿州待上一年，信中的事情由你督促著去辦，一會兒回去收拾行裝，明天就出發。我在府裡另外找二十個會武功的護衛與你隨行，到了涿州，這些人便聽你調遣。務必做好我信中交代的事情，一年後歸來，我必有重賞。」

姚大雖然不知道信中寫了什麼，也不知道小姐為什麼突然讓他去涿州，不過，這些日子他早已見識過小姐的手段，不管小姐想做什麼，一定有她的理由，既然要讓他去涿州辦事，那他就去。看小姐的神情，這件事必定對她很重要，只要他辦好了，將來回京城，還怕小姐會虧待他嗎？接過信後，便退了下去。

薛宸毫不停歇，喊來嚴洛東，讓他將府中護衛全集中到她院子裡來，然後對他們說出自己希望挑選一些人去極北之地待一年，因為那地方是苦寒之地，月錢是京城的三倍，問有沒有人願意去。護衛們倒是很積極，全表示願意，薛宸便讓嚴洛東挑選了三十個人出來，與他們說了去涿州要做的事情，就是配合酒莊裡的當家，訓練那些會開山的人。

被選中的護衛裡有個名叫顧超的小子，說話逗趣、辦事穩妥，連嚴洛東都覺得他不錯，他跟著嚴洛東做了不少事，學了很多，對薛宸自然佩服，卻不怕她，問道：「小姐要訓練開山的人，難不成今後要做開山採參的買賣嗎？」

薛宸看了他一眼，覺得他是個人才，笑了笑，說道：「是啊。你們替我辦好這事，將來絕對不會虧待你們的。」

顧超連忙點頭，薛宸對手下之人向來大方，所以，他一點都不懷疑這句話，拍著胸脯保證道：「小姐放心。」

薛宸又和他們說了一些話，便讓他們回去準備行裝，又讓府裡的管家給他們採買不少馬匹和三輛馬車。姚大有了年紀，讓他騎馬太過為難，於是薛宸給他準備了一輛馬車，另外兩輛則放乾草、飼料及一路上的用具、吃食。

第二天傍晚，姚大等人準備好了，薛宸在後門送他們上路，一再拜託後，一行人浩浩蕩蕩地往涿州趕去。

薛宸看著他們離開的隊伍，心裡依舊沒底，也知道自己這行為相當荒謬，可如果她什麼都不做，心裡實在太不安了。她不知道婁慶雲為什麼要去涿州，現在親口問他也是枉然，因為連他自己都不會知道。一年後的事情，除了她，誰會知道呢？既然她知道天命，總要努力一把，就算到最後這些行為根本起不到任何作用，也比什麼都沒做要強。

薛宸送走姚大等人，回到府中，正好遇見蕭氏和管家。蕭氏問薛宸派這麼多人去哪裡，薛宸只說去北方，盧氏留下的幾個鋪面出了問題，需要人趕去處理。

蕭氏問薛宸要不要幫忙，薛宸笑著拒絕了。蕭氏知道她素來有主見，行事也極有章法，便沒有再過問。

過了十多天，婁慶雲都沒有出現，窗臺上的茉莉花謝了，他還沒回來。

這些天，薛宸似乎有些蔫蔫的，成日裡要麼是看書，要麼就是窩在西窗前看著那株茉莉花，心中的不安越來越盛。她不斷地安慰自己，婁慶雲只是去揚州，又不是去涿州，且距離他去涿州還有一年之久。

兩個多月後，婁慶雲還是沒有出現。薛宸有些坐不住了，甚至讓嚴洛東去大理寺打聽，可他帶回來的消息讓人絕望，原來婁慶雲已經有兩個月沒去大理寺，說是替太子辦事去了。

就在薛宸擔心得快要茶不思、飯不想時，一封珍貴的信才輾轉到了她手上。是婁慶雲寄來的，似乎是倉促間寫成，說他們的追捕行動遇到問題，讓人跑了，他們一路從揚州趕去長安，信就是從長安的驛站寄出來的。

這封及時的信稍微緩解了薛宸的擔憂，可是一直到過年時，婁慶雲都沒有再寄來一封信。

薛宸覺得這個年過得著實不是滋味，連正月裡元家去西府提親，薛繡高興地抱住她，都沒能讓她開心起來。

坐在薛繡的閨房中，看著棋盤，她想起了那一夜在定慧寺，婁慶雲帶她去屋頂上看星星的事。那時，她還對他無意，到底是什麼時候對他產生了感情呢？

一日不見，如隔三秋，薛宸用手指數著婁慶雲離開的日子，已經三個月零十二天了，自從上個月他寄來一封信後，就再也沒有音訊，不禁在心中埋怨他，就算再忙，難道連寄一封信的工夫都沒有嗎？可是以婁慶雲的性子，如果能給她寫信，他是不會錯過機會的，不寫必定是不方便。

薛宸知道是自己想太多了，可她不想不行啊。婁慶雲才剛剛走入她的心，卻要她面對他即將離去的現實，無論發生在誰身上都是難以接受的。

薛繡和元卿的婚期訂在來年三月二十八，從訂親那日起，薛繡就要跟在大夫人趙氏身後學習掌管府裡中饋，不能常和薛宸、韓鈺她們相聚，即便抽空見了面，也很快就回去。

薛宸從三月等到了六月，婁慶雲依舊沒有傳回任何音訊。她讓嚴洛東去打探消息，可是去了衛國公府、大理寺等地都打聽不到，所有人對婁慶雲行蹤的印象，還停留在去年出門幫太子辦事的時候。

這些日子薛宸總是從噩夢中驚醒，不是看見婁慶雲渾身是血，就是看見他斷頭斷手。事到如今已經相當明確了，婁慶雲的死劫開始運轉，他去揚州時其實就是開端，可她卻沒有察覺，以為時日尚早，他肯定還會回來。

他們連最後的告別都沒有，她甚至還沒有和他說過，她也喜歡他……

薛宸努力在腦中回想上一世的情況，她記得，婁慶雲的屍體被運回京城時，正是臘月下旬、漫天飛霜之時。臘月是十二月，從涿州運回屍體，最起碼要一個半月到兩個月，也就是說，大概十月底時婁慶雲就已經死了。他最後一次給她傳信是去年臘月，那時婁慶雲已經離開三個多月，信中說他在長安城，長安在西邊，並不是通往涿州的方向，可是他已經這麼久沒有和她聯繫，整整半年，誰又知道他會不會去涿州了呢？

按照上一世的發展，沒準這個時候他已經在涿州了。不管在不在，最後他都會去。

想通這一點，薛宸再也坐不住了，把嚴洛東喊進院子，和他正色說道：「嚴護衛，我想去涿州一趟，你能隨我一同去嗎？」

嚴洛東看著薛宸認真的臉，這段日子大小姐不知為何瘦了很多，巴掌大的小臉本來就不大，如今更是削尖，大大的眼睛裡盛滿了憂愁，看來定是和涿州脫不開關係。

他點了點頭，堅定地說道：「小姐說的哪裡話，自從進了薛家後，我這條命就是小姐的。小姐讓我幹什麼，我就幹什麼；小姐去哪兒，我就去哪兒。」

薛宸看著眼前這個長相平凡無奇卻總能讓她放心的護衛，心中感動不已。

既然作了這個決定，她就不打算放棄。就算去涿州只能見到婁慶雲的屍體，她也要趕到他身邊才行。像從前他無數次主動接近自己那樣，這回，換她主動向他靠近，涿州若是他的死地，她便去那裡，親自將他迎回，絕不讓他孤單單地離開。

薛宸決定去涿州後，第二天就去東府和老夫人辭行，只說涿州府的酒莊出了事，需要她親自去一趟。

寧氏覺得不妥，薛宸是個未出閣的大姑娘，怎能獨自行走千里？薛宸卻意志堅定，此行關乎今後的商道，說什麼也要走一趟才行。若是家裡不肯，那便等她回來之後再受家法處置。

寧氏知道薛宸是個有主意的，就從徐素娥那件事來看，這丫頭年紀雖小，但手段卻絲毫不差，能讓她這樣重視的事情必定是要緊的。她知道盧氏給薛宸留下不少產業，只是沒想到竟然遍布到涿州。雖然薛宸意志堅決，但她依舊覺得大姑娘不該獨自遠行，沒想到薛宸說會有丫鬟、婆子還有護衛隊隨行，不是單獨去的。

寧氏一聽護衛，便對薛宸問道：「那個嚴護衛也隨妳去嗎？」

薛宸看著寧氏，從她的表情中看出她對嚴洛東的信任，點點頭道：「自然要去的。嚴護衛武功高強、忠心耿耿，有他在，一定不會有事，老夫人就放心吧。」

寧氏當然知道嚴洛東的本事，抬眼看看薛宸那張越發明豔的臉，再過兩年就該給她物色個好人家了，若這當中出了亂子可怎麼辦？但若不准這丫頭去，似乎也不行，她的態度已經這樣堅決，就算家裡不允許，有嚴洛東那樣的高手在，困不住她的，到時候鬧起來，才是真正難堪。

她只好點頭，叮囑道：「既然妳心意已決，那我便不多說什麼了，多帶些護衛，若是府裡不夠，就從我這裡出人，務必保護自己的安全。外頭不比家裡，妳沒有出過遠門，凡事當心，多聽嚴護衛的話，他的本事大著呢！」

薛宸見寧氏准了，連連點頭，對她行禮後急急趕回了燕子巷。等薛雲濤下朝後，便去主院找他，和他說了這件事。

薛雲濤的反應卻是比寧氏還要激烈，說什麼都不肯讓薛宸去千里之外冒險。

「什麼事要讓妳一個大小姐親自跑去？平日裡養的那些人都是白吃飯的嗎？隨便派個掌櫃去不就得了。妳要是在路上出事，讓我怎麼和妳過世的母親交代？」

薛宸知道如今自己在薛雲濤心中的分量，不過這並不能阻止她，和薛雲濤僵持了好些天。薛宸態度堅決，薛雲濤拿她沒有辦法，只好妥協，親自從自己的護衛中又挑了十個給她，才勉強同意她去。

得到了家裡的許可，薛宸馬不停蹄地開始準備上路的事情。衾鳳、枕鴛不用說了是要帶去的，另外再帶一個漿洗婆子、一個煮飯婆子，想來就夠了。又準備了四輛馬車，衾鳳和枕鴛與她共乘一輛，兩個婆子一輛，另外兩輛放生活用具和食物。他們這是一路向北，路程大概要一、兩個月，雖說出發時天氣還很熱，但越往北方走，天氣越冷，便也準備了冬衣。

因為要在外行走，薛宸乾脆拿了十幾套男裝回來，讓府裡繡娘連夜改成她和衾鳳、枕鴛的尺寸，準備一路上都以男裝示人。嚴洛東也覺得帶三個年輕姑娘上路有點扎眼，贊成她們扮成男人，不管是投宿還是行走都方便些。

一切準備就緒後已經是七月，天氣正熱，因此無法帶太多吃食上路，便帶上鍋碗瓢盆，準備在路上採買現做。好在他們人多，光護衛就有四、五十個，去採買也有人手。

薛宸帶了不少銀票，每件衣服的袖口裡都縫了一、兩張，又給衾鳳和枕鴛及護衛們每人五十兩傍身用。於是，由嚴洛東和另外兩名護衛騎馬打頭，馬車行在中間，其餘護衛在兩旁和車後跟隨，浩浩蕩蕩踏上了前往涿州的路。

因為是夏天，車裡悶得厲害，衾鳳和枕鴛實在受不了，就坐到前面去，薛宸卻只能待在車裡，汗出了一身又一身，每天中午都沒什麼胃口。幸好帶來的婆子會煮很多湯水，早晨煮上一大鍋，薛宸留一罐子就能喝上一天。她最喜歡的是烏梅湯，不過太酸了，喝了一天後，胃裡酸得有些難受，但卻是相當消暑的。

再一個難以克服的就是雷雨天氣，因此拖延了不少時日，路上的泥濘成為隊伍行進的障礙。就這麼連拖帶拽地走了好不容易才出了關，一路向北，沿著官道前行。

就是上一世，薛宸也沒吃過這樣的苦頭，衾鳳和枕鴛被折騰得哭了好幾回，還要薛宸安慰她們。嚴洛東幾次來問，要不要停下來休息幾日？薛宸都拒絕了，說不管怎麼樣，十月前一定要趕到涿州才行。

嚴洛東心裡佩服這小姑娘的堅毅心性，就算他這樣的男人，在連續趕了一個多月的路後也會感到疲憊。他看見薛宸，就像看見自己的女兒，瞧薛宸比在京城時又瘦了些，實在不懂這姑娘為什麼要這樣折騰自己？因此，他會趁著天沒亮，一個人去城鎮上多買點肉回來，拿給婆子燉給大夥兒吃。要是露宿荒郊野嶺，前不著村、後不著店，他就上山打獵，總歸不讓薛宸在吃食上太過寡淡。

薛宸等人終於在十月初趕到了涿州境內。不過天氣真的是多變，出發時，路上熱得幾乎想成日泡在水裡，可越走越冷，這才十月，涿州已是冬氣肅殺，冷風直竄。

幸好薛宸準備了冬日的衣物，這時派上了用場。這些日子，薛宸被折騰得越發清瘦，在府裡改好尺寸的衣服，現在穿起來竟又寬鬆了些。衾鳳和枕鴛倒是越戰越勇，因為時常坐在馬車前的墩子上，曬得有些黑，卻結實了不少。穿著男裝的她們行動大大咧咧，看起來還真像保護少爺出門的保鏢。

兩個酒莊的當家早已收到消息，姚大帶著他們在城門口等了好些天，在寒風呼嘯中迎來了薛宸的車隊。

姚大在這裡待了快一年，看起來還挺精神的，對薛宸道：「小……公子，一路上可好？」

薛宸長了個子，就是瘦得像一根竹竿，對姚大點點頭，並沒有說話。

嚴洛東趕了上來，道：「公子一路累著了，快帶他去休息吧。」

姚大這才連連點頭，一旁的兩個當家也過來和薛宸行禮，很有默契地稱呼薛宸為少爺。他們也很納悶，一個好好的深閨小姐，竟然遠走千里到這個鳥不拉屎的地方來？可這是東家自己的主意，他們哪能過問，便趕忙領路，帶著薛宸的車隊往莊園趕去。

莊園裡果然養了不少人，大汗淋漓地正在操練。顧超知道薛宸來了，迫不及待過來見她，與他們說了些話後，薛宸就去了後院。

洗漱過後，薛宸換上乾淨的男裝，屋裡已經燃起炭盆，門口掛著棉簾子，直到這個時候，一路的辛勞才得到一絲絲緩解。

薛宸不想耽擱，稍事歇息後就把姚大和兩個當家喊來，問起涿州的情況。

「最近有沒有發生什麼大事？比如外來的人多了之類的？」

姚大搖搖頭。「這倒沒有。小姐的意思是，最近應該會有很多外地人來嗎？」

薛宸不知該怎麼跟他們說，總不能直接說她是來找人的吧？看來還得讓嚴洛東出去打探才行。

突然，有個當家說出了線索。「若說外人，最近倒不是完全沒有。我是本地人，所以對這裡比較熟悉。據說最近雁鳴山上盤踞了兩撥人馬，不知是土匪還是山賊，反正我有個打柴的姊夫說，總是聽見那裡有打鬥聲……」

薛宸聽了，將手裡的暖爐交給衾鳳，追問道：「雁鳴山？那是什麼地方？你姊夫聽到的打鬥聲是什麼樣的？」

那當家想了想，道：「雁鳴山是咱們涿州最高的山，因為千山鳥絕，人要是沒有點本事，還真爬不上去。我姊夫只是在山腳下砍柴，回來跟我姊姊說起，並沒有聽得太真切。但既然有打鬥聲，那就說明有人吧。」

薛宸點點頭。「不錯，的確如此。那，咱們能不能派人去山上探一探？」

當家的一聽，連忙搖手。「哎喲，小姐可千萬別這麼做。雁鳴山高得很，看天氣，估計這兩日該下雪了，到時大雪封山，上去可就下不來了。再說，山上的人沒準都走了呢。」

薛宸聽他這麼說了，便不大想說其他的，讓他們退下，然後找來嚴洛東，對他正色說道：「我想上雁鳴山，你帶我去，我們看看就下來，成嗎？」

嚴洛東抬眼看薛宸，終於問道：「小姐來涿州，是為了找什麼人嗎？是婁慶雲嗎？」

之前在京城時，薛宸就不停讓嚴洛東去打探婁慶雲的消息，所以嚴洛東幾乎可以斷定薛宸來涿州的目的了。

薛宸不想瞞他，點了點頭。「是。我和他一直有通信，他告訴我最近會來涿州，可是很久沒他的消息了，我很擔心他。」

嚴洛東聽到薛宸這麼直白地說了，如果還不懂這兩人是什麼關係，那他就真是木頭了。嘆了口氣，對薛宸道：「那小姐也不用親自去，待會兒我去山上，替妳查探一番便是了。」

薛宸心跳如擂鼓，總覺得雁鳴山上的動靜應該是婁慶雲他們弄出來的，就算已經過了幾天，她還是想上去看看。

「不，我要親自去。」

嚴洛東拗不過她，只好妥協。「那小姐準備準備，我去拿些繩索和鐵鈎，待會兒就上山，儘量趕在下雪前回來。」

雁鳴山地處涿州以北，山中氣候更加陰冷難忍，呼呼的風吹在薛宸臉上，讓她幾乎連眼睛都睜不開。

嚴洛東再厲害，也無法將薛宸揹上山，山腳下有一條蜿蜒的小道，大概是百姓上山砍柴採藥時留下的，可從這裡再往上的話，只能靠薛宸自己爬了。才一會兒，薛宸就覺得有些喘不過氣，嚴洛東問她要不要回去，她搖頭，說什麼也要繼續爬。

薛宸穿著普通的棉襖，為了行動更方便，連披風都沒有穿，在背後揹了一只行囊，裡面放了一些止血化瘀的藥材、乾淨的繃帶和棉布，還有補氣丸、參丹什麼的，甚至連治蛇毒的藥粉都帶了，另外還有兩只水囊和一些乾糧，做好了在山上逗留的準備。

她雖然穿得少，風又大，動起來之後卻也不覺得很冷。山裡安靜得只有鳥聲，薛宸實在走不動了，便坐在一塊突石上歇腳。

嚴洛東仰頭瞧了瞧天際，林間茂盛的枝葉擋住了天光，感覺風越來越大，就走過去對薛宸道：「小姐，妳在這裡等我一下，我去探探上面。風越來越大又看不見天色，一會兒可能就有暴風雪了。我去探一探，若是沒什麼，今兒我們就回去，等到風雪過後再上來。」

薛宸擦了擦汗，看看上頭越發黑暗的林子，心慌得越來越厲害，總覺得山頂上似乎有什麼在呼喚著她，倔強地搖頭，道：「如今才十月，縱然是極北之地，哪裡就會有暴風雪？我都爬到這裡了，總要上去看一眼才死心。我不累，我和你一起上去。」

嚴洛東瞧著薛宸站起來要繼續向上爬作，便先走到前面，走兩步，回頭拉薛宸上來，然後再走、再拉，很久之後，才看見了一點點微弱的光。

那一點光明，足以讓薛宸信心大振，不管手軟腳軟，哪怕手腳並用也要向上爬。心想，這不要命的拚勁，應該是上一世苦撐長安侯府時養成的，但凡她退縮一點點，也許早就被吃得連渣都不剩了。

「小姐，上頭似乎有動靜。人還不算少，起碼有三、四十個。妳到那棵樹後面躲著，我先去探一探。」

薛宸點點頭，嚴洛東便飛身上了一棵參天大樹，向山頂掠去。

薛宸在下面等了好一會兒，嚴洛東仍沒有回來，實在放心不下，便慢著步子繼續向上爬去。

這時，她聽見一道尖銳的聲音，在這靜謐的林中顯得十分突兀。

「世子這是何必呢？僵持這麼些天，早早把東西交出來，就是死，也能死得痛快點。」

薛宸的一顆心跳到了嗓子眼。世子？婁慶雲！真的是他！難掩心中的狂喜，她逼著自己冷靜下來。可婁慶雲怎麼不說話？他受傷了嗎？

「你身邊的人已經死得差不多了，你再僵持也沒有意義，殺了你之後，我照樣可以取走東西！」

薛宸趴在草堆上，小心地將頭探出一半，看見二十多人圍在懸崖邊，而身上穿著飛魚服、戴銀色面罩的，竟然是錦衣衛的人。

薛宸隱下身子，腦子裡飛快回憶，她記得朝廷對外宣稱衛國公世子被刺客所殺，而這些刺客竟是錦衣衛嗎？婁慶雲任職大理寺，必定會與錦衣衛合作，若這回是大理寺和鎮撫司一同出馬，最後找到證據，鎮撫司的人卻調轉矛頭對付婁慶雲他們，這樣就可以說得通為什麼婁慶雲無法向外傳遞消息，根本是被人困住了。

「哼，就是我死，也不會把東西給你們這些助紂為虐的鷹犬。」

是他的聲音！薛宸幾乎要流淚了。可現在她能做什麼呢？這些人是要殺人滅口，她該怎麼做才能救他？

「頭兒，他好像要跳下去！咱們怎麼辦？搶嗎？」錦衣衛中一個焦急的聲音如是問道。

薛宸心中一凜，再顧不得什麼，直接爬出草堆，從側面看去，果真看見婁慶雲滿身是血地站在懸崖邊，四周躺著十多個或死或殘的部眾。他摀著胸口，踩上崖頂的突石，山風吹得他染血的衣衫獵獵作響，俊美得近乎妖異的臉上勾起一抹冷笑，然後便縱身一躍，從突石上落下。

薛宸嚇壞了，飛也似的跑過去，想也沒想，抓住了他的衣襬隨他一同跳下。

嚴洛東自山上趕下來，卻沒來得及阻止薛宸，反倒讓那些錦衣衛嚇了一跳，紛紛抬起手臂上的弓弩對著他亂射一通。

嚴洛東顧不上他們，踢翻兩個人後便將腰間的繩索和鐵鈎拋下懸崖。

婁慶雲仰身往下墜，以為自己死前出現了幻覺，竟然看見薛宸向他靠近……猛地一個激靈，瞬間反應過來，這不是幻覺！

他一把抓住莫名出現在這裡的薛宸，瞧見上方拋下繩索和鐵鈎，便一腳蹬在峭壁上，感覺腿骨一折，不過正是這一下讓他抓住了繩索的尾巴，將之圈在薛宸腰間，然後抱著她拚命甩出那只鐵鈎。在一陣激烈的下墜後，兩人終於感覺到身子明顯一頓，顯然是鐵鈎勾住了石頭。

婁慶雲怕用手抓不住薛宸，兩腿並用，將她夾在自己懷裡。因為繩索的關係，他們狠狠撞向崖壁，婁慶雲把自己當肉墊，只覺後背痛得厲害，可他根本顧不上自己，低頭看薛宸嚇得發白的小臉，這麼久不見，她怎麼瘦成這樣？

他心中的疑問還沒來得及問出口，便覺得手上的繩索越來越鬆，鈎子承受不住兩人的重量，脫離了石塊。兩人繼續往下墜去，婁慶雲將薛宸摟在懷中，用自己的身體擋住撞擊，這一回沒有太久，他便感覺後背撞上樹幹，然後掉入了茂密的枝葉裡。

確定薛宸完好無缺地趴在自己懷中，經歷了二十多天的追殺，早已筋疲力盡的婁慶雲再也支撐不住，暈死過去。

薛宸感覺這片刻的工夫簡直比她的一輩子還要長。她知道婁慶雲拚命地護著她，可是她卻完全幫不上忙，只能眼睜睜看著自己變成他的拖累，直到兩人墜入崖底。

她從婁慶雲懷裡爬起來，抬頭看了看聳入雲霄的懸崖，真的不敢相信自己從那麼高的地方跳下來，居然只擦破了衣服，毫髮無損。

她低頭看婁慶雲，簡直可以用慘不忍睹來形容了。臉上、身上滿是血跡，衣服也被勾破得不成樣子，左腳不自然彎曲著，顯然是脫臼或骨折了。從來神采飛揚的一張俊臉此時透著死氣，薛宸緊張地伸手去探他的鼻息，一顆心才稍稍安定下來，他還有氣息，還沒死呢。

薛宸又轉頭看了看四周，現在已是傍晚，因為崖底沒有太多樹木遮擋，看得到天色，感覺今晚不是要下雨就是要下雪，肯定不能留在原地，就算不遇到毒蛇猛獸，凍也會凍死的。

可這裡是崇山峻嶺，崖底滿是野草，她該把婁慶雲帶到哪裡去呢？

她彎下身試著搬動他，可這麼大的身體對薛宸來說簡直沈重得像山一樣，徒手搬不動。見婁慶雲的靴子裡有一把明黃色的匕首，薛宸將之抽出，然後看看自己身上的棉襖，將背上的行囊和外衫除去，算好角度，把外衫鋪在離婁慶雲不遠處，包裹依舊繫在身上，然後到婁慶雲身後將他翻了個圈，滾到棉襖上面。

接著，薛宸解下他內衫裡的腰帶，用匕首劃開撕成兩塊長布條，然後搓成一股，試了試，果然堅韌許多。再用匕首將婁慶雲身下的棉襖兩側挖出兩個小洞，把布條穿過去，繞過婁慶雲的腋下，將他的肩膀和棉襖綁在一起。多出來的一大截就綁在她的腋下和腰間，學那些河工將婁慶雲拖著向前走。這樣的方法，最起碼能移動他。

若是兩人什麼都不做留在原地，婁慶雲可能撐不過今晚，她雖然毫髮無傷，但最多只能撐個兩天。與其等死，不如求生。無論如何，她都要把婁慶雲帶到能夠休養的地方。

薛宸拖著婁慶雲向前，崖底多的是野草，為了防止草堆中有突石撞到他腦袋，她把棉襖的衣領墊在他的頭下，就算不小心擦撞也不會有大問題。

就在天色快黑下來之前，薛宸終於找到一處避風所，是一塊崖壁的凹陷處，足以容納兩個人還綽綽有餘。

她大喜過望，拚盡全身的力氣將婁慶雲給拖了進去。

第三十五章

將昏迷的婁慶雲安頓好後，薛宸才轉頭看了看四周的環境，發現這裡像是有人待過，山壁上頭有焦黑的痕跡，看著像是石頭燒出來的。找了一下，果然有幾塊焦黑的石頭。

薛宸將那些石頭撿到裡面，然後將身上的行囊解下來攤在地上，從裡面拿出火摺子，又去旁邊撿了些乾草和斷枝，忙活了一會兒，終於將火給生起來，有了火光，看起來總算暖和了些。

薛宸走到婁慶雲身邊，看他嘴唇發白，身上漸漸冷了下來，有幾處還在流血，趕緊幫他撒了些止血藥粉，但看著周圍的血污，若是再不處理，等到傷口潰爛就是上藥也無用了。處理傷口要清水，她看了看自己帶的水囊，沒有一刻比現在更感到慶幸了。

薛宸俯下身，在婁慶雲耳邊說了一句。「我去找點水，你等我回來。」

婁慶雲仍然昏迷著，薛宸看著他越來越乾的嘴唇，心想一定得找到水才行，不然就算處理了傷口他也會渴死。她奮力將婁慶雲身下的棉襖抽出來蓋在他身上，又從行囊裡取了雄黃粉，在他周圍撒一圈，生怕她不在時有蛇來咬他，然後在自己的腳上也撒些，以策安全。

她看了看外頭，見天已經開始黑了，怕一會兒出去看不清路，便用幾根樹枝纏著棉布，在棉布上倒了半瓶跌打藥酒，做出一個簡單的火把。不敢再耽擱，她帶上火摺子，將火把別在腰間，趁著天還沒黑透，找水去了。

薛宸走了一會兒，發現東南角那邊的草似乎長得比較茂盛，如今是十月，涿州已經很冷了，氣候又乾燥，百草凋零，唯有水源充足的地方野草才能長得稍微茂密。循著這個想法，薛宸往東南方找去，果然在盡頭處看見一條清澈的小溪，不知是從哪裡流下來的，水流很急，看起來很乾淨。

薛宸趕緊過去，將兩只水囊灌滿水，正要離開，卻突然發現小溪對岸有個黑乎乎的、像是破鍋的東西，大喜過望，便撿了一根長長的樹枝把東西給勾過來。定睛一看，果真是一口鍋，雖然鍋壁破了個洞，但鍋底卻是好的，大概是從上游流下來的。她把鍋子裡裡外外洗得乾乾淨淨，將兩只水囊掛在腰間，又用那口破鍋盛了些水，再抽出火把點燃照路，滿載而歸。

回去的路不大難找，薛宸沒一會兒就到了，見婁慶雲周圍的雄黃粉沒有被動過的痕跡，這才放下心。不過轉念一想，都這麼冷了，就算有蛇蟲鼠蟻也該冬眠才是，不禁為自己的太過小心鬆了口氣。

薛宸先把水囊放在婁慶雲嘴邊餵了他兩口水，見他似乎有些反應，又多餵了兩口。看了看漸漸微弱下去的火光，薛宸知道，如果沒有足夠的柴火，他們不知能不能熬過今晚，沒準晚上還會下大雪、大雨，只好又點著火把出去好幾趟，來來回回撿了很多枯枝，堆在凹洞的最裡面。幸好這個季節山裡的樹木不算太潮濕，隨便撿撿就有很多枯枝，她進進出出，直到把附近的枯枝全撿進來才甘休。

天色已經徹底暗了下來，夜風呼呼地吹，薛宸將行囊裡的藥全拿出來放在一邊，將包巾展開，就是塊床單大小的布。她挑了幾根長的樹枝，藉由樹枝的彈力將布的兩邊撐在山壁上，下面用石頭壓好，給火堆擋住風，讓壁中亮堂暖和了不少。

薛宸又從外頭撿了許多石頭進來，堆成圓形，中間空出一個洞，把破鍋放在洞口上，接著在洞下點火，不時加柴，慢慢燒著熱水。

然後她將婁慶雲身上的棉襖拿開，藉著火光用水給他清理傷口。她憑著衣服破洞的地方找到他身上的傷，用匕首割開傷口附近的衣服，拿帕子沾著清水擦拭傷口上的血。她發現婁慶雲身上有很多傷口不是今天弄的，有些地方已經紅腫化膿。他全身上下共有七、八處刀傷，肩窩那裡的應該是最嚴重的。

薛宸將他的領口割開，一本貼身收藏的冊子露了出來，她打開看，上頭寫的都是人名和官品，便知道這就是婁慶雲誓死不肯讓錦衣衛拿走的東西，將之妥帖收好放在他的內側，才繼續清理傷口。肩窩上的刀傷已經化膿，她趕緊用清水擦了，塗抹金創藥和止血膏後用繃帶將傷口纏起來。婁慶雲似乎感覺到有人在給他處理傷口，有些疼時，眉頭也會皺起來，喉嚨裡發出低啞的呻吟聲。

把他的傷口清理好後，那鍋水終於燒開了。薛宸看了看婁慶雲的腳，腳上並沒有外傷，應是骨折或脫臼了，可這兩樣她都不會處理，只能用衣服蓋著暫時不去管。她想讓婁慶雲喝點熱水，苦於沒有杯子，便去外頭摘了幾片大葉子回來捲成三角形，從鍋裡舀了些熱水出來，吹涼後送到婁慶雲嘴前，輕聲道：「嘴張開，喝點熱水。」

迷迷糊糊間，婁慶雲覺得嘴裡被注入一股溫熱的水，他全身冰涼，能在這時喝上一口熱水，真是舒服到了骨子裡，一口下肚後，又閉著眼睛嘟囔道：「還要。」

薛宸聽見後連連點頭，繼續從鍋裡舀水餵他。就這樣，薛宸換了十幾片葉子，終於讓婁慶雲喝夠了水。又將包袱裡的乾糧掰成一小塊一小塊的，慢慢送入他口中。婁慶雲聽話地將東西吃下去，薛宸再餵他喝了些水，他才沈沈地睡了過去。

凹洞裡因為火而變得暖和，外面狂風大作，卻是老天有眼，風向一改，沒有颳進洞中來。狂風過後，果真開始飄起了鵝毛大雪。薛宸靠在石壁前看了一會兒，覺得老天還是眷顧他們的，最起碼在這樣寒冷的夜晚中，沒讓他們找不到地方休息，還撿回一口鍋、撿了那麼多乾柴。

這段日子薛宸在京城過得並不好，自從知道婁慶雲可能回不來後幾乎就沒一天安心。如今她見到了婁慶雲，雖說他滿身是傷，可只要他挺過這幾天，死劫就該是過了。一想到這個，薛宸就覺得心裡踏實多了，再沒有什麼事能更叫她安心的了。

她似乎有些明白了，之前看的一本坊間小說中，書生和小姐久別重逢，小姐竟說出只要在他身邊，無論哪裡、無論做什麼，她都願意。

當時薛宸還笑他們，覺得這個小姐太不理智，怎麼能把自己的命運交付到其他人手中呢？可是現在，薛宸環顧了這簡陋得不能再簡陋的地方，心裡竟覺得平靜滿足。小姐的對象是書生，而她的對象是婁慶雲，只要他在她身邊，不管什麼環境她都不在乎。

這麼想著，薛宸便湊到了他身邊，撐著腦袋，靜靜地看著他。

今夜她是不想睡了，因為火堆要時常加柴，也要看著婁慶雲，看他什麼時候要喝水、要吃東西。她總共帶了四塊乾糧，剛才已經被他吃掉了兩塊，自己便不打算吃，他受了傷，要多吃些才行，她喝點水就夠了。

整個晚上，婁慶雲覺得自己置身在一片溫暖中。他只記得他們被錦衣衛的人伏擊，與對方在懸崖邊僵持了三天三夜。崖頂上寒冷逼人，可現在他卻能置身在溫暖的環境中，好受了許多，再加上腹中不缺吃喝，更是通體舒暢。睡了個沈沈的好覺，再醒來時，天空已經染上魚肚白了。

婁慶雲緩緩睜開了雙眼，想看看這個舒服的環境是哪裡，可周圍全是石壁，讓他有些意外，轉過頭去，竟看見一張素白的小臉。守了一夜火堆，疲憊不堪的薛宸就那麼和衣躺在婁慶雲身旁，蜷縮成一團，似乎有些冷的樣子。蹙著眉頭，婁慶雲這才發現這傻丫頭竟把自己的棉衣解下來蓋在他身上，怪不得他那樣暖和舒服了。

他想坐起來，將棉襖蓋在她身上，讓她再睡會兒，可是右腳一動就鑽心地疼，想來腳是脫臼了，身上的傷口全部上了藥，唯獨腳還沒動，只是暖暖地包著。婁慶雲將身上的棉襖掀開，蓋在薛宸身上，薛宸覺得暖和了不少，發出一聲嬌吟，累極了的她沈沈睡了過去。

婁慶雲忍著疼咬牙將腳骨接上，動了動，感覺沒有太大問題，再次覺得幸運無比。若是昨晚沒有這丫頭相救，他從上頭跳下來，估計不是粉身碎骨也會傷重身亡，可他如今竟然還活生生、好端端地在這裡，而且心愛的人睡在身邊，這世上還有比這更加叫人高興滿足的事情嗎？

他實在忍不住，俯下身子在薛宸的額角親了一口，感覺她還是有些冷，便又躺下來將她摟入自己懷中。薛宸睡得很沈，根本沒發覺自己被挪動，只舒服地沈醉在一片溫暖中，進入夢鄉。

凹洞外的風雪依舊在下，甚至沒有停歇的趨勢，經過一夜，草地上積下了厚厚一層雪，但凹洞內卻是溫暖幸福之處。

薛宸猛地睜開眼睛，迷茫地看了看四周，然後想起自己身處的地方，轉頭察看近在眼前的俊臉，伸手在他額頭上摸了摸，確定沒有發熱之後便想起身，卻發覺棉襖不知什麼時候蓋到自己身上，再看向婁慶雲時就對上了一雙深邃的眸子。

薛宸大喜過望。「你醒了？」

婁慶雲對她掀了掀嘴角。「嗯，醒了。」聲音有些沙啞，看起來還是十分憔悴狼狽，不過精神比昨天要好許多。

薛宸爬起來說道：「我去打點水回來，給你燒熱水喝。」

婁慶雲拉住了她的手。

「我不渴，妳坐下陪我說說話好不好？」

薛宸見他開始耍賴，更加放心了，道：「我去打水來燒，然後我們再說話也一樣。你身上有傷，一會兒還要吃藥換藥，沒有水怎麼行呢？」她拿起兩只水囊和破鐵鍋，拉開擋風布，卻被眼前白茫茫一片給嚇到，天地間銀裝素裹，哪裡還有昨天的半點綠意，全被積雪掩蓋了，寒風呼呼地吹，暴風雪依舊漫天下著。

薛宸回頭看了婁慶雲一眼，見他一副早知道外面情形的樣子，說道：「外面下大雪了。這裡的天氣真奇怪，如今才十月，竟就下起這麼大的雪。」想起昨天她不顧一切上山，抱著的正是那種僥倖心理，覺得十月根本不可能下大雪，如果這雪早一天下，她大概沒那麼大的勇氣上山，難道一切真的是天意嗎？

婁慶雲躺在那裡看著她，道：「涿州之地就是如此，冬天有半年之久，一般都是十月下雪，來年四月才開始暖些。別忙了，過來陪我說說話嘛，妳都忙一宿了。」

薛宸想了想，這麼大的雪，她也找不到去小溪的路，雖然找不到小溪，但這雪水是無根之水，不是更好。

這麼一想，就把身子探出去，用水囊皮將積雪刮入鍋中，然後拿進來開始生火，把鐵鍋放到石頭架子上，再取些乾柴，使坐在架子旁一邊添柴一邊對婁慶雲說：「你想說什麼？說吧。」

婁慶雲見她那雙瑩潔如玉的手如今被雪水凍得通紅，上頭還有一些細微的刮痕，這雙手本是養尊處優，哪裡做過什麼粗活，可如今為了他，竟連徒手掰樹枝都能做，心中又是一陣愧疚與感動，沙啞著聲音問道：「妳怎麼會突然到涿州來？」涿州離京城有千里之遠，她一個閨閣小姐連京城都沒有出過，是怎麼一路走來的？

薛宸看著石頭架子裡的火星越來越旺，隨口回道：「我在涿州有兩個酒莊，最近出了一點事，我是來處理事情的。」

薛宸說得面不改色，但其實有些心虛，她真的不好解釋自己為何會突然出現在這裡，總不能說她有預感，特意遠走千里來救他吧。

婁慶雲看著她顯然沒被糊弄，又問道：「那妳怎麼會上山？」

薛宸早就想好了應對的說詞，答道：「原本我是想到山上勘察，看山中有沒有珍貴藥材什麼的，沒想到在半山腰遇見個打柴的，說山上有人，又說不出是什麼人，只說穿著官服官靴，我好奇，才讓嚴洛東帶我上去看看，沒想到竟然看見了你。」

雖然嘴裡這麼說，但薛宸真的很佩服自己當時的勇氣，看見婁慶雲往下跳，她想都沒想就跟著跳下去了。

說著話，鍋裡的雪已經全都化成水，咕嘟咕嘟燒開了。薛宸用葉子舀了一大口送到婁慶雲面前，道：「趁熱喝一口，待會兒吃些乾糧，然後再吃藥。」

婁慶雲接過葉子，將裡面的水一飲而盡，轉頭看看放在石壁前的瓶瓶罐罐，竟然有十幾、二十幾種藥，還有乾淨的棉布、一小包乾糧，和兩只水囊……事前做好這種準備，怎麼可能是臨時起意上山？

那問題來了，如果不是丫頭臨時起意，難道她會卜算之術，猜到他在這裡遇險？若說有人給她通風報信，可他遭錦衣衛的人伏擊之後別說是找救兵了，就連消息也被封鎖，皇上和太子都未必能知道他出事，她一個小姑娘如何得知？

不過，這些問題婁慶雲並沒有問出來，既然丫頭不想說，那就不說，反正最終結果已經是這樣了。

昨日，他是抱了必死的決心跳下懸崖，如果沒有她在，他被大雪掩蓋一個晚上，沒吃沒喝，傷口沒有處理，現在早已是一具屍體了。

不管她怎麼到這裡來的，她就是來了；不管她怎麼救他的，她也救了，這輩子，他和她注定要纏在一起，分也分不開了。

薛宸將水一點一點灌入水囊中，見婁慶雲不說話，只是勾著唇凝視自己，心中有些發虛，便找了個話題，主動和他聊起天來。

「昨天，你是為了保住那本名冊，所以才跳下來的嗎？」

婁慶雲一動，牽動傷口，嘶了聲，薛宸趕緊過來扶他，婁慶雲藉著她的力氣，用沒受傷的胳膊撐起腦袋，側身和她說話。

「是啊，那名冊是涉入江南鹽政貪污案的官員名冊。短短幾年內，這些人竟然上下勾結貪了二萬萬兩白銀。若是將這銀子用在受災百姓身上，不知能救多少人呢！所以至關重要，不能落入那些人手中。」

薛宸將他扶好後就繼續回去裝水，因為只能一口一口的灌，動作慢得很。反正現在外頭大雪紛飛，兩人無處可去，找點細瑣的事情來做總能打發些時間，遂又問道：「若是如此，你乾脆把名冊拋下來，這麼高的懸崖諒他們也不會下來找，何必自己跳下來呢？」

婁慶雲莞爾一笑，發覺自己臉上也有傷，伸手摸了摸，確定不是猙獰的刀傷後才回道：「若是拋下名冊，我死在上面，這東西未必會有人來找；若我跳下來，皇上、太子和我爹他們總要來找我的屍體，只要名冊在我身上，不就等於是間接給了他們嘛，我死得才有意義。」

薛宸沒想到是這樣。上一世婁慶雲的葬禮的確排場極大，當初她還想，就算是公主的兒子，為什麼他死了皇上會用那樣隆重的儀式送他，甚至比擬皇子出殯之禮？天下大事薛宸不懂，可如今她明白了，婁慶雲的行為，確實值得受到那般尊重。

見薛宸莫名紅了眼眶，婁慶雲想過去，卻又牽動了傷口，發出一聲低呼。薛宸立刻來到他身旁，扶著他，帶著點鼻音說道：「你身上有傷，別動來動去了。」

婁慶雲看著她，乖乖點頭，讓薛宸扶著他躺下來。薛宸想起身離開，卻被他拉住了。

薛宸低頭看著兩人交握的手，頓時紅了臉，道：「別鬧，我去拿水給你吃藥。」

「不。我就想這麼看著妳。」

被婁慶雲的任性給打敗，薛宸無奈地笑了笑。「你怎麼跟個小孩似的，都一把年紀了。」說著便嬌羞地橫他一眼，抽出自己的手走到火堆旁添柴，不讓火熄滅。

婁慶雲被她說了那麼一句，感覺又躺不住了，硬是使出力氣撐起身，忍著疼對薛宸問道：「妳是不是嫌棄我年紀大啊？」

這還真不是他小題大作，他比薛宸大了七歲，這種差距雖不至於驚世駭俗，但總歸是大了許多，人家姑娘嫌棄也是應該的。一想到這個，婁慶雲就覺得不安極了。

薛宸抬頭看著莫名其妙的他，說道：「什麼呀！我是讓你別動了，待會兒傷口裂了，還得費事啊。」

婁慶雲卻非要說個一清二楚。

「我知道自己年紀比妳大很多，讓妳跟著我是委屈妳了，但我保證一輩子疼妳，不會讓妳受任何委屈的。」

薛宸正在掰樹枝的動作停了下來，一雙美目瞪著婁慶雲，實在不知和他說什麼好了，臉頰發紅，她低下頭繼續幹活，然後才道：「說什麼呢。誰要跟你過一輩子？我自己過，也不會讓自己受委屈的，幹麼要靠你啊？」

婁慶雲看薛宸這樣，瞬間沒了力氣，再撐不住地往後倒去，嘴裡生無可戀地道：「妳果然是嫌棄我年紀大。」

薛宸真不知道他這腦子是怎麼長的，難道從懸崖上摔下來把腦子給摔壞了不成？她什麼時候說過嫌棄他年紀大的話了？

不想和他繼續說這些無聊的話，薛宸將鍋裡的水全灌進了水囊，又用另一只沒裝水的水囊出去刮雪進來燒，再拿著藥坐到婁慶雲身旁，推了推他。「好了，吃藥吧。」

婁慶雲接過她手裡的藥，就著水囊中的水吃下了十幾粒，揉著肚子道：「外面的雪不知要下多久，等我明日身體好些，再出去瞧瞧有沒有吃食。」

薛宸看了看所剩不多的乾糧，嘆了口氣。「不知這雪什麼時候才停。」

婁慶雲見她神情落寞，不禁將她的手抓入手中，道：「放心吧，我若是死了就沒辦法，既然我沒死，那這地方還困不住我們，我會帶妳走出去的。」

薛宸看著他，突然勾唇笑了。「還不知道最後是誰帶誰出去呢。」

她說這話倒不是和婁慶雲鬥氣，而是真這麼覺得。她去年便在酒莊安排了不少人，養兵千日，為的就是在這時有能力救婁慶雲。雖然她沒想到自己會和婁慶雲一起遇險，但嚴洛東從那些錦衣衛手中脫身後，憑他的性格，不可能對掉下山崖的她不聞不問，到時帶著人來搜救，應該不會有太大問題才是。所以，這幾天她和婁慶雲只要不被凍死或餓死，等到她的人找到他們就可以平安脫困。

婁慶雲聽了薛宸的話，似乎又受傷了，佯作要哭的樣子，說道：「娘子，妳果然是嫌棄我，不僅嫌棄，還不信任我。」

「……」

一句「娘子」讓薛宸又羞又臊，再不想對這個口無遮攔的人手下留情，伸手捏住他胳膊下的肉，嗔道：「婁慶雲，請你說話放尊重一點，誰是你娘子了！」話雖這麼說，卻忍不住彎起了唇。

婁慶雲立刻配合地嗷嗷直叫，薛宸見他這樣，忍俊不禁，捧腹大笑起來。兩人怎麼也沒想到，在經歷過這樣悲慘的事情後，困在這凹洞中，竟然也能有這樣歡快的時候。

第三十六章

雪越下越大，薛宸終於體會到酒莊當家說的大雪封山是什麼意思了。這樣的雪，她在京城，別說這輩子，就是上輩子活了三十多歲都沒有見過。

經過兩天休養，婁慶雲的身子稍微好了些，只是傷了太多元氣，一時半會兒無法恢復；薛宸帶的藥快用完了，而她終是沒有受過苦，現在也快沒了力氣。雖然有雪水，但柴馬上就要燒盡，乾糧也沒了，外面仍飄著飛雪，若是再沒人來救他們，只怕真要死在這崖底了。

就在兩人又冷又餓時，風雪聲裡傳來了一陣清晰的喊叫。「小姐！大小姐！」

薛宸倒在婁慶雲懷中，昏昏欲睡的眼睛突然睜開，婁慶雲也聽見了聲響，難以置信地看向薛宸。

薛宸精神一振，從他懷中掙扎著站起來，走到凹洞口大聲回應。「我在這裡！我在這裡！」

連著兩聲呼喚後，薛宸又在外面守了片刻，看見白雪的世界裡走來了幾個救命的人，嚴洛東走在最前面，後面跟著不少人，還有兩人背後揹著竹椅。

嚴洛東發現薛宸後，露出了喜色。而在薛宸眼中，戴著斗笠的他，沒有一刻比現在更加威武高大。

婁慶雲望著前來搜救的人，再次看向薛宸，難以置信的感覺席捲全身，不由掐了掐自己，怎麼能想什麼來什麼呢？這姑娘到底有多少心思，真的太讓人驚奇了。

嚴洛東帶著一幫侍衛走來，侍衛們見了薛宸也是滿臉慶幸，一個個說著薛宸福大命大之類的話。

嚴洛東見婁慶雲傷勢頗重，便主動揹起一張竹椅，讓婁慶雲坐在上頭，用繩索將兩人綁在一起。

婁慶雲笑著對嚴洛東說：「嚴大人與我的緣分真是不淺，有勞了。」

嚴洛東是這些人中武藝最高強的，只有他能揹著婁慶雲這麼重的人徒手爬上山崖。薛宸體重較輕，就交給了顧超。

崖底實在太冷了，一切準備好後，大夥兒不敢再耽擱，準備往崖上爬去。一行人來到那日薛宸和婁慶雲摔落的樹下，只見不過短短兩、三日的工夫，樹葉便被摧殘得一片都不剩，光禿禿的枝椏上滿是積雪。

嚴洛東他們一共下來了八個人，帶著繩索與鐵鈎，以防萬一。崖壁上垂下了八條繩梯，薛宸和婁慶雲的頭被皮帽裹住，臉上圍著布巾，侍衛們手上戴了防滑皮爪，是嚴洛東這些天讓人做出來的，款式同錦衣衛的攀山爪。到了這時，這些侍衛才對這隊長有了全新的認識，更加心服口服。

聽著嚴洛東的號令，有人從腰間拔出一根信號煙火點燃後拋向空中，只見煙火往上升，在半空中炸裂，隨後上方也傳出驚天動地的聲響，說明山頂的人已經知道他們要開始攀崖了，全都做好了準備。

薛宸全程都沒敢睜開眼睛，也睜不開，倒是揹著她的顧超怕她就這麼睡過去，不斷和她說話，薛宸只覺得意識越來越模糊，偶爾才能答上一句。越往上，風雪越大，大家只好將頭上的皮帽簷放下，勉強遮擋。

經過幾人的努力，終於在半個時辰後爬上了山頂。

薛宸在看見婁慶雲跳下去的地方後，實在撐不住了，昏死過去。

薛宸感覺自己作了一個很長很長的夢，夢中很辛苦卻很滿足，沒有遺憾。在溫暖的被窩中大大伸了個懶腰後，才緩緩睜開了眼睛。

衾鳳和枕鴛立刻迎上來，展開笑顏和她說話。「小姐，您醒了。太好了！可嚇死我們了。」

薛宸對她們笑了笑，沙啞著聲音問道：「婁公子呢？」

衾鳳和枕鴛是看著薛宸和婁慶雲被侍衛們救回來的，當然知道那個「婁公子」是誰。提起他，兩人似乎都很興奮，只聽枕鴛說道：「婁公子被衛國公和太子帶回京城了。小姐，託您的福，我們竟然在有生之年裡見到太子殿下了！您知道太子殿下有多威風嗎？騎著那麼高的馬，毛色可漂亮了，馬鞍上全是五顏六色的寶石，身上穿的更別提了，貂絨披風、華冠美服，長得可威嚴了。他帶著涿州府所有官員，在雁鳴山轉了幾圈後，才找到咱們莊園來。太子殿下一點架子都沒有，還紆尊降貴地問了我好些問題呢。」

衾鳳從旁聽著不禁笑了，對薛宸道：「小姐別理她，太子殿下就是問她世子在哪裡，根本沒有問很多問題。還說太子長得威嚴？其實，她壓根兒沒敢看太子的長相。不過，太子的儀仗確實氣派就是了。他風塵僕僕地趕來，是嚴護衛接待他。小姐，原來嚴護衛不是普通人，從前竟是北鎮撫司裡的百戶，一個百戶大人居然在咱們府裡做了那麼久的護衛，連太子見到他都多了兩分禮呢！接走婁世子時，還特意對嚴護衛作揖道謝……」

薛宸聽兩個小丫頭嘰嘰喳喳說了半天，都沒說到她想知道的點上，但嚴洛東是北鎮撫司百戶的消息倒是讓她愣了愣。雖然她早猜到嚴洛東的身分不簡單，畢竟他打探消息的本事那樣高明，只是怎麼樣也沒想到他從前竟然是個百戶。想起當日他在家門口被官兵欺辱的樣子，還以為他只是個普通武夫，實在覺得世事難料。脫了官府那層皮，當真什麼都不是了。

不過，她現在最關心的是婁慶雲，雖然知道婁慶雲被衛國公和太子帶走，那肯定沒什麼事了，卻還是不放心，於是問道：「婁世子被太子接走時，精神怎麼樣？他身上的傷好些了嗎？」

衾鳳想了想，道：「看著似乎還好，跟著太子殿下來的還有十幾個太醫呢，那一個個看起來也是……」說了一大堆後，才講到重點。「太醫說世子身上的傷口太多，失血也太多，若非處理得及時，即便救上來，神仙也難醫了，現在倒是無礙。」

聽到這個，薛宸放下了心。婁慶雲就這麼被帶走也好，省得衛國公和太子問起和她的關係，讓太子和衛國公當她是偶然相救也不錯。一放鬆，她就覺得肚子好餓，對兩個丫頭道：

「我餓了，去給我端些吃的吧。」

衾鳳和枕鴛連連點頭，早已準備好了，放在暖盒裡溫著呢，就等薛宸醒過來給她吃了。

薛宸心情不錯，竟然一下吃了兩個大大的驢肉包子，喝了碗鹹粥，又吃下兩大塊白糖糕才肯甘休，第一次感覺食物這樣好吃。

薛宸來涿州的目的就是為了阻擋婁慶雲的死劫，顯然她已經成功了。上一世，迎接婁慶雲遺體回京的就是太子，可見他們兄弟間的情誼深厚。太子在得知婁慶雲遇險後，便慌忙從京城與衛國公前來營救。

既然事情解決，那薛宸也沒什麼理由繼續待在這裡了。休養幾日後，等到這回的暴風雪完全停歇，就開始準備回京事宜。上次從京城到涿州，她心情不好，一路上擔心婁慶雲的生死，只知道趕路，吃沒好吃、睡沒好睡，這次從涿州回京城，怎麼說也要讓自己在路上舒心一些才行。

薛宸買了許多涿州的驢肉包子，準備帶回京城送禮，這可是涿州最出名的特產，吃起來沒有一點驢肉的膻味，肥而不膩，和京城的肉包有很大的區別，因為已經是冬天，往京城走也是越來越冷，倒是不怕路途遙遠而壞掉。又讓人將馬車重新裝修一番，墊子要軟些、裡面的裝設要齊全些，甚至還選定了床褥的顏色和花樣，讓袞鳳和枕鴛著實驚訝了一把，小姐前後的態度實在相差太大了。從京城趕來涿州的途中，那樣悶熱，她竟能毫無怨言地坐在車裡，完全不喊累，只說要快些到涿州；可現在，她倒是說不需要走得太快，一路慢走沒關係。

這次薛宸也打算把姚大和顧超他們全帶回京城，其他在涿州招募的則每人發了安家費，遣散回去了。

薛宸來時帶的四輛馬車加上姚大他們的幾輛，以及數十個護衛，聲勢浩大的車隊就這樣走出了涿州，上了官道。薛宸心情不錯，遇到好玩的地方便歇一歇、玩一玩，也許這就是她今生唯一一次能夠鼓起勇氣、出京遊玩的機會了，所以玩耍起來特別賣力。

一路走走停停，兩個月後，薛宸一行人終於在臘月抵達京城。

薛宸回到京城時京中也在下大雪，她覺得這幾個月以來，自己幾乎把半輩子的雪都看完了。蕭氏和魏芷靜老早就在門外等著她，直到看見她的車隊，才從石階上走下來迎。

薛宸掀開車簾子，對蕭氏甜甜地喊了一聲。「太太。」

蕭氏立刻笑了，走到車前，等袞鳳她們把薛宸扶下馬車。見薛宸雖然精神不錯卻明顯瘦了許多，不由心疼。「路上很辛苦吧？瘦了這樣多，有什麼非得自己跑一趟的事，看把自己折騰的。」

魏芷靜也走到薛宸面前將自己準備好的手爐遞上，然後挽著她，也不說話，只是一個勁兒地笑。這麼久不見，魏芷靜還是一樣害羞。薛宸對她笑了笑，才回蕭氏的話。「也沒什麼辛苦的，有些事交給旁人不放心。太太可瞧見我這車隊了，就是再走幾個來回，也是平安無事的。」

蕭氏被薛宸的話逗笑了，卻相信薛宸所說的，就她身後這麼多護衛，個個英武，只差插根旗子告訴人家這是大家小姐惹不起了。

「可不是嘛。妳這車隊都快抵上一個月前太子出巡歸來的派頭了。」

蕭氏的話讓薛宸知道婁慶雲已經在一個月前回到京城，不禁問道：「只有太子嗎？難道太子一個人出巡不成？」

蕭氏笑著回道：「還有衛國公和世子。不過，聽說世子受了些傷，坐在馬車裡，太子親自把他送進國公府去的。」

薛宸聽了心下大安，便勾著魏芷靜的胳膊跨入了府門。

等薛宸換過衣裳後，蕭氏便領著薛宸往東府趕去，給老夫人寧氏報平安。

寧氏將薛宸前前後後瞧了好幾回，見她確實毫髮無傷，才放下心道：「我們東府如今就妳一個嫡女，今後行事要更妥帖些。妳放眼瞧瞧，整個京城中有哪家小姐像妳這樣成天到處亂跑，還膽大得行走到千里之外。」

薛宸心裡的結解開了，人自然變得開朗活潑起來。「老夫人就是愛操心，我這不是平平安安地回來了嗎。」
寧氏橫了她一眼，薛氏將她拉到旁邊坐下，說道：「妳這回真是出了趟遠門了，快與我們說說，路上可遇見什麼好玩的事？」
薛宸想了想，便將回程時在路上的新鮮見聞加以描述，說給寧氏、薛氏和蕭氏她們聽，把三個人逗得哈哈大笑，直說她胡說八道。不過薛宸說得無比真實、有理有據，讓她們不得不信。
笑鬧了好一會兒，寧氏要薛宸在東府裡住兩天。「妳在外頭野了這麼久也該收收心了。繡姐兒在府裡繡好了嫁衣，這些日子便來我這裡學規矩，妳也一起來。繡姐兒出嫁之後便輪到妳了，這規矩還是早點學起來好，省得妳一天到晚想往外跑。」
薛宸知道自己這趟遠門出得實在是大膽了，不敢再反抗寧氏的話，直接屈膝，規規矩矩應了聲。「是。」
寧氏滿意地點點頭，然後才轉過頭對蕭氏說道：「對了，之前跟妳說靜姐兒的事，妳考慮得怎麼樣啊？」
蕭氏一愣，然後才起來回話。「勞老夫人惦記。我想著，覺得武安伯府門第太高，許是靜姐兒配不上的人家。」
薛宸瞧著蕭氏，心想老夫人這是要給魏芷靜說親的意思嗎？
只聽寧氏哼了聲，道：「有什麼配不上的？靜姐兒的親生父親雖然已故，但有妳這個縣主娘親，配武安伯次子身分上也夠了。我知妳擔心靜姐兒性子綿軟，嫁過去不懂事，即便如此，靜姐兒總要成親的，妳不能因噎廢食，耽誤了靜姐兒的好姻緣。如今武安伯夫人求到咱們家來了，咱們若是不識抬舉，那今後也難再交往。興許武安伯夫人就是看中了靜姐兒溫婉的性子呢，若是宸姐兒這潑皮性子，沒準人家還看不上了。」

「……」

雖然平白被老夫人踩了一腳，但薛宸沒工夫跟老夫人抬槓，而是從旁插嘴道：「怎麼，武安伯府來跟靜姐兒提親了？」

薛氏點了點頭。「可不是。武安伯夫人前兒請了長安侯夫人郁氏來說的，說是伯夫人在花會中瞧見咱們靜姐兒溫婉安靜，想給次子求一份姻緣。」

薛宸聽見郁氏時，臉上有些不自然，但很快便恢復過來。「這武安伯次子是個什麼品性？靜姐兒怎麼說的？」

寧氏打斷薛宸的話。「妳當靜姐兒是妳啊。婚姻大事乃父母之命、媒妁之言，哪能有自己的想法。只要門第、人品對了，便是能嫁的。」

薛宸沒有接話，腦中回想了一番。上一世她接觸過武安伯唐家，武安伯與夫人都是和善之人，次子唐飛後來做上錦衣衛副指揮使的位置，算是個有出息的，也沒聽說有什麼惡習。唯一讓薛宸介意的是武安伯長子唐玉的嫡妻、長安侯府嫡長女宋毓華，這個女人得了郁氏真傳，若魏芷靜和她對上了，可是沒什麼勝算的。

算算日子，唐玉應該還沒有娶宋毓華，不過應該也快了，不然憑郁氏的性子，哪肯替個無關緊要的人奔走。

寧氏倒是很中意這門親，想讓蕭氏鬆口答應。蕭氏卻是為難，她之前就跟薛宸說過想讓魏芷靜嫁個普通些的人家，只要家境殷實、對魏芷靜好就成。如今見寧氏極滿意武安伯府這門親，內心就有些掙扎。

這件事薛宸說不上話，只能完全交給蕭氏決定。

三月裡，薛繡就要成親了，臉上氣色可是好得很，要不是有寧氏壓著，那嘴能咧到耳根子上去。

她纏著薛宸說一路上的見聞，兩人在寧氏那裡學規矩，每天卻眉來眼去的，弄得寧氏頭疼不已，只好將她們分開教授。除了學規矩，寧氏最近似乎也熱衷於帶薛宸參加各府的筵席聚會，短短十多天中薛宸就跟著寧氏赴了七、八個約。

這日是汝靈王府太妃壽宴，一大早，寧氏就把薛宸接進東府，讓丫鬟、婆子幫她好好梳妝，打扮得亮麗出色後才帶她出門。

到了汝靈王府，薛宸只覺得特別不自在，畢竟這個年紀盛裝被家裡長輩帶出來，那意圖再明顯不過了。周圍的目光讓薛宸只想找個地縫鑽進去，卻又得硬著頭皮，在寧氏的指揮下帶著微笑與各府夫人行禮問安，接受她們揣著明白裝糊塗的詢問。

薛宸轉了一圈，剛想躲到裡間歇一口氣，卻突然聽到了一個熟悉的聲音。

「薛老夫人留步。」

寧氏回身，看見濃妝豔抹、穿金戴銀的長安侯夫人郁氏滿面春風地走來，身後跟著武安伯夫人孫氏。寧氏迎上前與她們見禮，然後三人一同入了裡間。薛宸無奈，只好跟著進去，乖乖站到了寧氏身後。

三人說了魏芷靜和唐飛的事，然後郁氏的目光便落在了薛宸身上，將她上下打量幾眼，饒有興趣地問道：「好個標致的美人兒，瞧這臉蛋和身段，竟是挑不出半分的毛病。這是……」

寧氏似乎就等著人問她，早準備好了說詞。「正是我那上不得檯面的嫡孫女，總是在家裡待著，今兒天好，就想帶她來見識見識，侯夫人可千萬別謬讚了她。」

薛宸尷尬地對郁氏和孫氏行禮，孫氏的目光也落在她身上，似乎帶著探究，而後才問道：「哦，原來這便是薛家的大小姐。沒想到竟是這般人品啊！」

郁氏用手按了按孫氏，孫氏才意識到自己說錯話，她都和薛家說看中了縣主的女兒，如今哪能再把心思動到人家嫡長孫女身上呢？尷尬地端起茶杯，斂下眸子，喝了一口水。

寧氏倒是不大介意，畢竟她今日帶薛宸出門，就是為了給這些夫人們瞧瞧她們薛家東府的嫡長女是個什麼風範，一點也不輸那些所謂的侯門千金，有人誇讚她自然是高興的，反正給人看看又沒事，最後挑一門好的訂下來就成了。

三人說了一番話後，寧氏便被汝靈太妃傳進去說話，薛宸自當跟隨。裡間中只剩下郁氏和孫氏，但郁氏的目光一直盯著薛宸，看得她如芒刺在背，恨不能就此跑得無影無蹤。對於郁氏這個女人，她可是沒有半分好感。

「沒想到薛家的嫡長女竟然還不錯。那模樣生得多俊，我家安哥兒最愛美人，若是這樣的，應該喜歡才對。」不過見了薛宸一面，郁氏就把心思動到她身上來了。

孫氏有些不是滋味，說道：「應該是吧。這薛家大小姐不常出門，不過卻算是有名了。」

「哦？快與我說說，她有什麼有名的？」

郁氏從前並不關心這些，只是這兩年兒子漸漸大了，才動了找兒媳的心。偏偏宋安堂只喜歡美人，有些門第夠的，他嫌人家長得不好看；有些長得好看的，她又嫌人家門第低。這薛家一門三傑，雖不是王侯將相，卻算是有底蘊了，關鍵是薛宸的親生父親薛雲濤官途順遂，大有捅破天際之勢，如今他還只是三品官，若再過兩年升了二品甚至一品，就算長安侯府要娶這位小姐估計也排不上了。但如果她現在就把這丫頭拿下的話……身分上，還算是她高攀了呢。

孫氏羨慕地說：「我聽說她已故的母親給她留下了一筆好豐盛的嫁妝，足以抵得上半座京城。這小姐出手闊綽，曾當街出手一千兩救人，普通人家的小姐別說隨身攜帶千兩銀票了，就是見都未必見過這麼多呢！」

郁氏聽到這裡，才算真正動心了。人長得漂亮，出身又好，如今竟還多了這麼個讓她難以抗拒的條件。嫁妝多才好啊！長安侯府如今花銷大得驚人，若是有新媳婦的嫁妝貼補，日子就更加好過了。

孫氏見她這副樣子，心中已經能猜出大概，知道郁氏這是看中了薛大小姐，若是長安侯府去提親的話，沒準薛家還真的肯答應。這位侯夫人膝下有三個女兒卻只有一個兒子，是宋家的寶貝疙瘩，若是和薛家聯姻，身分上倒也合適，只是日後相處起來嘛……可能就會苦了薛大小姐嘍。

郁氏從汝靈王府回來，正好遇見要出門的宋安堂，攔住了他，有話和他說。

宋安堂急著出去，可郁氏素來強勢，他沒法子，只好跟了去，又派貼身的小廝先出門和那些兄弟打個招呼，說他被老夫人絆住了腳，晚一點到。

一進內室，宋安堂便著急地對郁氏道：「娘，有什麼事不能等我回來再說嗎？我急著出門呢。」

郁氏將宋安堂按坐在太師椅上，對兒子的不懂事並不生氣，寵溺地道：「就幾句話的工夫。今兒我在汝靈王府瞧見了一個姑娘，樣貌可比從前給你找的那些漂亮多了，身段又好，她父親是三品中書侍郎，這官職不低了，將來說不定還會再升。我與那家老夫人有些交情，若是咱們家去說親，她家準答應。」

宋安堂看著郁氏，擺擺手，道：「隨便隨便，反正我就想找個漂亮的，您看中了不算，告訴我是哪家姑娘，我自個兒瞧去。」

郁氏這回倒是很有自信，說道：「你呀，真不懂事，漂亮能當飯吃啊？不過這家姑娘確實漂亮，出身也夠，據說身家還不少呢。」

宋安堂很少瞧見自家母親誇一個姑娘，不由好奇，問道：「到底是誰家的？您跟我說，我想法子去瞧瞧她，要是真好看，那就訂唄。」

「是中書侍郎薛家的大小姐薛宸。那人品樣貌都是拔尖兒的，今年十五了，最近薛府老夫人總帶著她出門，想來是有了議親的意思，我瞧著不錯。而且她娘死了，留了一大筆嫁妝給她，她嫁來咱們家，薛家肯定還會再出一筆嫁妝，這買賣怎麼算都不虧！」

宋安堂聽了差點從椅子上摔下去，難以置信地瞪著自家母親，聲音幾乎尖起來了，問道：「誰、誰家？」

郁氏被他嚇了一跳，對兒子這樣失態感到不解。「怎麼了？是薛家呀！薛家的嫡長小姐。」

宋安堂猛地從椅子上站起身，蹬蹬蹬地跑到郁氏面前，一張臉高興得有些扭曲了，急道：「薛、薛宸啊?!娘，妳有把握說成嗎？」

郁氏瞧兒子的表現，這是早相中人家了？斂下目光，心中得意極了，那薛宸還注定就是他們長安侯府的人了。

「怎麼沒把握？不就是個三品官家的小姐嗎，咱們可是侯府，薛家怎麼可能不同意。只要你覺得好，過些天我就找信國公夫人替我說媒，總給他們薛家面子了吧？信國公夫人出面，那老夫人估計得迎到巷子口去。」

郁氏在腦中作著美夢，心想憑長安侯府的門第，娶薛宸那是看得起她。不過心裡仍是沒底，不敢自己上門，還是請信國公夫人去說媒，薛家總不敢駁了她的顏面，這樣才是萬無一失。

宋安堂可不管其中有什麼彎彎繞繞，只說：「成成成，要是薛宸，我就不用看了。娘，妳去說媒，快些去！」

郁氏瞪了兒子一眼，點頭道：「得了得了，你玩去吧，保證給你找個漂亮媳婦兒回來！」

宋安堂嘿嘿一笑。「既然娘說了，那這事就交給娘去辦。我出去了，他們還在等我呢！」

說完這話後，宋安堂便一股風似的颳了出去，心情比剛才又輕快了幾分。

郁氏瞧著兒子高興，放了心，開始盤算婚後怎麼讓新媳婦把嫁妝全交給她來管的事了。

信國公夫人來過東府後，寧氏就讓薛宸在院子裡待著，哪裡都不能去，還有婆子看著她，讓薛宸想回燕子巷都不行。

傍晚時下了磅礡大雨，二月裡下這麼大的雨實在奇怪得很。外間的三、四個肥壯婆子領著衾鳳和枕鴛做針線，薛宸不用人伺候，趴在窗戶前看雨，下巴枕著手臂，百無聊賴，心裡卻像這雨般難以平靜。

看來寧氏是打定主意要給信國公夫人面子，三日後，信國公夫人再上門，應該就會答應長安侯府的提親吧。上一世，她是迫不得已才嫁給宋安堂，沒想到這一世還是逃不過這場劫難。

她突然想起婁慶雲來，不知他身體恢復了沒有，如果他知道長安侯府派人來跟她提親會是什麼反應？可是她回來這麼久了，都不見他來找她，薛宸的心裡別提有多打鼓了，一來擔心婁慶雲的身子還沒恢復，二來擔心他突然想開了，並不想與她多加牽扯。

只是三天後信國公夫人上門，沒準就會連庚帖一同換了，只要兩家換了庚帖，便是板上釘釘的事情了。就算婁慶雲回過神來想要阻止，也得宋家同意，而且兩人都會背上不好的名聲。

嘆了口氣，薛宸實在提不起精神來，看著雨點打在院子裡的花朵上，嬌嫩的花沒幾下就殘敗起來。

薛繡披著蓑衣進了院子，兩個丫鬟給她打著傘，飛快奔到了廊下。薛宸看見她了，直起身子走到屏風旁，她已經除了蓑衣進門，正和外室那些婆子說話。

「繡小姐來了，我們小姐在裡屋呢。」一個婆子說道。

薛繡進來後，薛宸給她遞了塊乾淨的棉巾。薛繡擦了擦手，才坐到她的炕上，看著她問道：「長安侯府來提親，聽說妳不願意？」

薛宸看著薛繡，知道她三月就要嫁入元家，此時難得出院子，現在冒雨前來，應該就是為了這件事。

薛宸悶悶不樂地點點頭。「不願意。三天後，我就是拚了自己的名聲也不會嫁給宋安堂的。」

薛繡是過來人，知道感情的事情不能勉強，清澈的目光在薛宸身上打量了一番，然後拉過她，在她耳旁輕聲問了一句。「妳有喜歡的人了吧？」

薛宸沒有點頭，卻也沒有反駁，只是低著頭，玩弄自己腰間的繫帶。薛繡瞧她這副模樣哪裡還看不出來，湊到她身邊低聲問道：「是誰？」

薛宸依舊沒有開口，實在不知道該說什麼，現在還不知道婁慶雲的情況，若是貿然說起他不知他會是什麼反應。他們雖然有來往，可他沒說要提親或娶她為妻啊，讓她如何跟薛繡坦白呢。

薛繡見她不說話也不逼問，想了想，便下了炕就要出去。

薛宸喊住她。「哎呀，妳幹什麼去？」

薛繡回頭道：「我去跟老夫人說說，其實我也覺得這門親事不妥當，正要跟妳說呢！那宋安堂既然能和許建文他們做朋友，想必也不是什麼好品行的人，如今他家讓信國公府來說親，明擺著是要用信國公府的身分來壓著薛家，逼咱們不得不同意。這樣的人家，說句不好聽的，婚前就這樣欺辱我們，若是婚後，還不知怎麼欺負妳呢！我去和老夫人說，不能答應這親事！」說著，便要往外頭衝去。

薛宸拉住了她，道：「沒用的。老夫人有她的考量，在她眼中，咱們是薛家的女兒，平日裡受家族供養，在婚姻大事上，總是要讓我們往對家族最好的路上走，和她說再多感情的事也是枉然。這回是信國公府出面說的，老夫人縱然心中不願，也不會為了我去得罪信國公府。況且宋安堂是長安侯世子，這身家條件從外在看來是不錯的，我並沒有拒絕他的理由。」

薛繡想了想，說道：「反正不能這樣受人擺布，女子嫁人便是第二次投胎，若是不能挑個如意的，將來哪有勇氣去面對各種各樣的問題？更別說還要替他生兒育女、操持家務，豈不是了無生趣嘛。」

薛宸看著薛繡，半晌沒說話，她向來知道薛繡有想法，可沒想到她想得如此透澈。

兩人又對坐了一會兒，窗外的雨依舊沒有變小，反而越下越大了。

薛繡開口道：「除非，咱們找一家比信國公府來頭還要大的出來拒絕。我待會兒就去找韓鈺，讓她找兆雲表哥商量，他是衛國公府的人，信國公府再厲害總不能越過衛國公府去吧？若兆雲表哥能說動他母親站出來，這件事應該還有轉機。」

聽到衛國公府四個字，薛宸心中一緊，瞪著薛繡好久沒有回話。

薛繡越想越覺得這麼做可行，說道：「妳覺得這法子怎麼樣？若是可以，我待會兒就去辦。老夫人不讓妳出門，卻沒說不讓我出門，我替妳奔走，定要將這事抹了才行。」

薛宸聽了，拉住她的手，薛繡看見了神色與以往完全不同的薛宸，湊到她耳邊，鄭重地說了幾句話。「與其找韓鈺，不如妳替我跑一趟燕子巷，找到嚴洛東給他傳句話，讓他幫我把事情辦妥。」

薛繡不解地看著薛宸，雖不知道她想說什麼，可見薛宸這般慎重也不敢怠慢。接著，薛宸在她耳邊說了一長串的話，薛繡越聽，眼睛睜得越大，表情都有些僵硬了，蹙眉疑惑地說：「妳……確定要這麼做？這樣嚴護衛進得去衛國公府？」

薛宸點頭。「妳只管去說，進不進得去是他的問題。放心吧，他本事大著呢。」

薛繡知道事關重大，心中雖有重重疑團卻也不敢耽誤，握住薛宸的手道：「妳放心吧，這事我一定一字不落地告訴他。」

說完這些，薛繡便神色如常地走了出去，走到門邊，還故意回身說些讓薛宸好生休養、明日再來瞧她的話。

那些婆子把薛繡送出了門，兩個丫鬟替她穿上蓑衣，然後在她頭頂打了兩把傘，主僕三人又衝入了雨中。

第三十七章

這一夜，薛宸睡得不是很安穩，不停夢見上一世在長安侯府的日子，那樣艱辛，她這世說什麼都不願再進宋家一步，不願面對宋安堂和郁氏那對自私自利的母子。

她迷迷糊糊地睡著，第二天早晨天剛亮衾鳳就來喊她起床，說是老夫人今日要去白馬寺還願，讓她隨行。

薛宸起身換過衣服，去老夫人那裡用過早點後，便與寧氏和幾個老姨娘還有薛氏坐上了馬車，往白馬寺去。

馬車裡，薛宸一直不說話，只掀開簾子一角看著街上。寧氏和薛氏對視一眼，薛氏嘆了口氣，拉過薛宸拍了拍她的手背，道：「妳就別多想了。女人總要嫁人的，這是一道坎，縱然出嫁時有些不如意，可日子是慢慢過出來的，長安侯世子雖不是頂有出息，可今後總少不了他的爵位，妳從小懂事，若和他成了夫妻，有妳在旁邊幫襯著，他哪裡會真的不長進呢。我知妳心中不痛快，可忍一忍，這事也就過去了，畢竟是信國公夫人親口來說的親，這意義不一樣，妳知道嗎？」

薛氏的話算是比較中肯的，薛宸靜靜聽著，並沒有回話，只是若有似無地點了點頭。見她點頭，寧氏的臉色才稍微好些，故意換了聲調道：「好了好了，妳不要彆扭了。說實在的，祖母也想多留妳兩年，要不然三日之後信國公夫人再上門，我說讓妳在家待到十七、八再出門，總可以了吧。」

薛宸知道寧氏是在說笑話逗她，哪有把訂了親的姑娘留到十七、八再出嫁的。她心中忐忑極了，不知道昨天薛繡有沒有找到嚴洛東，而嚴洛東又明不明白她的心意，有沒有替她潛入衛國公府把話帶到？更不知若婁慶雲知道這事會不會有反應，若是他沒有反應她該怎麼辦？是順寧氏的要求，答應長安侯府的親事，還是另外做出事來拒絕？難道這一世，她真的只能靠自毀名聲來躲避宋家的婚事嗎？

若真到了那一步，她也不怕了，就算被薛家掃地出門，有盧氏留下的嫁妝她就不會餓死，獨門獨戶也落得清靜不是？等年歲再大些，她就帶著所有的錢到山上去，建一座姑子庵，自己當住持，安安靜靜過上一輩子，未嘗不可。

薛宸腦子裡正胡思亂想著，忽然馬車一顛簸，車身傾斜，她扶住車壁，沒有摔倒，可薛氏撞著了，寧氏也歪倒在中間的軟榻上。

薛宸將薛氏扶起來，外頭傳來車夫的聲音。「老夫人、大小姐，又開始下雨了，這山路太過泥濘，咱們的車輪陷在爛泥裡了，請妳們下車一趟，好讓我們把車從泥中抬起來。」

剛才在車裡只顧著說話，竟沒發現外頭又下起雨來，車輪陷在泥濘中，不能就這樣不管，三人無奈，只好相攙下了馬車。丫鬟、婆子撐著傘過來，將三個主子送到路旁等候。

車輪[illegible]得太深，憑他們帶出府的人手根本抬不了馬車，眼看著雨越來越大，似乎是瓢潑般，若再不能將馬車抬起，不用多久所有人都會被淋濕得狼狽不堪了。

就在此時，山腳下傳來一陣紛亂的馬蹄聲，聲勢之浩大讓寧氏和薛氏這樣的深宅婦人感到害怕。馬兒奔騰而來，氣勢萬鈞，為首的馬背上跳下一人來，身穿玄黑色金線雲團紋長袍，頭戴紫玉髮冠，腰際佩著雙魚珮並一柄鑲嵌七彩寶石的寸長匕首。那人面如冠玉、色若春山、身姿如松，俊逸溫雅、如玉端方，不是衛國公府世子婁慶雲又是誰？

婁慶雲自馬上翻身而下後，立刻有兩個侍衛隨之下馬，撐開傘為他遮雨。而身後那些侍衛不等他吩咐便盡數下馬，冒雨跑到薛家馬車前接替了薛家人，開始抬車。

婁慶雲頂著風雨行走，動作沒有絲毫凝滯，速速來到薛宸面前，毫不遮掩地定定瞧了她好一會兒，臉上沒什麼表情，看不出喜怒，瞧得薛宸不好意思了，又不知道他在打什麼主意，只能愣著不說話。

過了片刻，婁慶雲才走到寧氏與薛氏面前，恭敬行了個晚輩禮。寧氏和薛氏對視一眼，剛才世子瞧著薛宸的眼神，傻子也看得出有問題。

寧氏堆起笑容，對婁慶雲道：「世子快快免禮，折煞我們了。」

婁慶雲是世子，出生便是一品，更別說他身兼數職，每個職務都比薛家男人高出幾等來。他給寧氏行禮，寧氏只有避讓，沒有接受的道理，所以她是側著身子的，等他行完禮才回過身來。

婁慶雲在外人面前是很能裝的，彬彬有禮、落落大方，俊美如斯，光外形就能徹底讓人折服。此刻對著寧氏，他完全就是一本正經。「老夫人言重了，您是我的長輩，該受此禮才是。」

寧氏實在搞不懂這位世子到底是個什麼意思，正納悶之際，馬車發出一聲巨響，這麼短的工夫內，婁慶雲的護衛們便將陷入泥濘的馬車給弄了出來。

屬下來回報，婁慶雲點點頭，對寧氏她們比了個「請」的手勢，恭謹道：「老夫人請、韓夫人請……」而後才看向薛宸，深邃黑眸中滿是戲謔與深情，語調變了，又輕又緩地說了一句。「大小姐請。」

薛宸看著他，簡直不知道說什麼好了。昨天她只是讓嚴洛東告訴他長安侯府來提親的消息，看他能不能想想辦法，第二天就來這麼一齣，這是想幹什麼呀！

瞧著寧氏和薛氏的目光，簡直要把薛宸看得鑽到地底下去了，可婁慶雲卻是毫無自覺，扶著寧氏往馬車走去，親自將寧氏和薛氏扶上車，然後轉過身，對薛宸伸出了手。

薛宸不知如何是好，雖說兩人不是沒牽過手，可那畢竟是在無人處，他在眾目睽睽下對她伸手，讓她伸也不是，不伸也不是，瞧著他眸中的揶揄，薛宸真恨不得現在撲上去咬死他。偏偏這人做得正氣凜然，光明磊落得好像只要薛宸不敢伸手就是心虛一般。

為免場面尷尬，薛宸搭著婁慶雲的手飛快爬上馬車，然後便躲入車內，用車簾隔開了他那如影隨形、絲毫都不知收斂的目光。

寧氏和薛氏越看越覺得不對勁，這世子和薛宸怎麼看都像是有秘密的。

寧氏不敢再逗留，掀開車簾對婁慶雲道：「今日有勞世子相助，改日定登門拜訪老太君，親自道謝。」

婁慶雲又是一揖，並沒有拒絕，而是風馬牛不相及地對寧氏說了一句。「無須等改日，明日辰時三刻。」

說完這話，不等寧氏反應過來，婁慶雲便轉身由侍衛護送上了馬，如來時那般，威武地領著二十多匹駿馬冒著大雨策馬歸去。

等他們的人走了之後，薛家的馬車才緩緩調頭，雨勢越來越大，去不成白馬寺了，只好打道回府。

車廂內氣氛有些凝滯，半晌後，寧氏才問薛宸。「這婁世子是怎麼回事？」

薛宸也不明白他想幹麼，聽寧氏問，便搖了搖頭，道：「我不知道。」

「怎會不知道呢？我瞧著婁世子今日便是為妳而來。怎麼，你們有……」薛氏是過來人，瞧這方面，還是有那麼一點眼力勁的。

薛宸欲言又止，想了半天，才吶吶吐出幾個字來。「我……我是真不知道他怎麼會來。」

寧氏出聲再問道：「那他剛才說的明日辰時三刻，又是什麼意思呀？」

薛宸更是不懂，第一次覺得自己的腦子不大夠用，搖搖頭，轉過身子不再說話了。

寧氏和薛氏對看兩眼後，心中疑問，見薛宸不願意說便不再多問，畢竟人家只是來幫個忙，又沒有說出什麼、做出什麼不合時宜的事情來，讓她們就算有疑問也不好直接問出口。

他既然說明日辰時三刻，那至多等到明日，便知道他是什麼意思了。

這一晚，薛宸睡得比昨晚還不踏實，滿腦子全是白日裡婁慶雲的身影，夜裡翻來覆去，連衾鳳和枕鴛都來問她怎麼了。她哪裡敢告訴她們實情，只好一個人在床上烙了一夜的餅，第二天的臉色看起來著實不大好就是了。

因為住在東府裡，每天辰時一刻薛宸就要去主院問安。今早起來後，薛宸換了衣裳，然後如往常般去青竹苑給寧氏請安。

可去了青竹苑後，發現不僅寧氏在，薛柯、薛林、薛雲濤和薛雲清也聚在主院裡，薛家的中流砥柱全都到場，讓薛宸感到十分驚訝。她按下好奇，一個個對他們行了禮，薛雲濤扶她起來，讓她坐到寧氏身邊。

薛宸過去坐下後，就聽薛雲清對薛柯問道：「二叔，您說今日太子讓我們留在家中無須上朝，到底是個什麼意思？」

今日一早太子府就來了信使，讓薛家東、西兩府的男人在東府會合，說是替他們稟明了聖上，免了他們的早朝。雖然信使傳來的話並沒有壞的，語氣也很不錯，但還是讓薛家的幾位爺感到無所適從。若說他們做錯什麼，惹怒了太子，應該也不會就這樣一鍋把他們端掉。

正疑惑之際，就聽見府外響起一陣鼓樂和鞭炮聲，門房立刻有人來報。「稟老爺們，巷子口來了一大堆人，好幾個都穿著官服，正往咱們府裡來呢。」

薛柯和薛雲濤對視一眼，如今東府是他們當家，有官員來東府，自然要出去迎接的。於是不敢耽擱，帶著府裡的人前往大門口一看究竟。

他們走出大門，站在石階上，就看見外面熱鬧非凡，六匹高頭大馬緩緩行來，馬上坐著六名官員，官服皆為三品以上的紫袍。薛柯瞇起眼睛看了半天，突然一個激靈，慌忙跑下石階，而薛雲濤也看清了馬背上的人是誰，分別是——常山王、太子太師、太子太保、中書令、大都護以及太子少傅。

這裡面品級最低的便是中書令，可也是個從二品，是薛雲濤的頂頭上司，其他人更不必說了，就是薛柯為官數十載，也不敢在這些人面前放肆。六人從馬背上翻身而下，竟然一個個都含著笑意，完全沒有平日裡的高冷，還對薛柯抱拳作揖，嚇得薛柯往後直退，幸好薛雲濤和薛雲清扶住他，才不至於被嚇得摔倒在地。

「不、不知諸位大人今日前來，所為何事？」這樣大的場面，看著也不像要抄了薛家啊！

常山王素來威武爽快，大聲說道：「自然是來給諸位賀喜！」

薛雲濤代替已經有些嚇傻的薛柯說話。「請問諸位大人，喜從何來？」

太子太師便笑著迎上來，對薛雲濤道：「自然是薛家出了一個好女兒呀！我們今日是來替衛國公府世子婁慶雲向令嬡提親，連彩禮都準備好了，只等你這泰山點頭了。」

薛家眾人腦中轟的一聲——衛國公世子向薛宸提親?!

薛雲濤完全愣住，沒辦法說話了，光看著這些平日裡巴結都巴結不上的大人們在面前晃悠著，將衛國公府的彩禮冊子送上來。

光是彩禮，就用手掌厚的本子記錄了足足三大本，薛家眾人往那些大官身後看去，一眼望不到頭的彩禮，這是要娶公主的排場嗎?而且還只是彩禮而已。

不說別的，光是銀子，竟然就有三萬兩之多!打開箱子，閃耀得幾乎睜不開眼，全是一錠二十兩的官銀。這、這是直接從國庫裡拿出來的銀子嗎?要不要這麼誇張啊?

薛雲濤手上捧了一套彩禮冊子，另一套正被人高聲宣讀著，一些平日裡聽都沒聽過的東西，如今像是倒豆子般從宣讀之人口中說出，薛柯剛剛穩住的腳似乎又軟了下去。

直到把彩禮名單全都唸完後，常山王才來到薛雲濤面前，道:「這些便是衛國公府出的彩禮，薛大人可還滿意?」

薛雲濤呆呆地看著他，連笑都不知該怎麼笑了，用力掐了自己的大腿一把，才敢確定這一切不是作夢，衛國公世子真的來提親了。

門房目睹全部過程，撒開了腿往後院跑去，將情況一五一十告訴了正焦急等待的寧氏和薛氏，說到來提親的都是些什麼人時，寧氏的腦中也一片空白了，聽見婁家送來金山銀山般的彩禮時，更加難以置信。

薛宸在一旁聽著，也驚呆了。

這妻慶雲……還真是不知道含蓄兩個字該怎麼寫啊！喊了這些朝廷大員來提親也罷了，送的這些彩禮……就是她把盧氏的嫁妝全貼補進去也不夠回禮呀！

剛才，她聽說妻慶雲讓人來提親送彩禮，心頭大石終於放了下來，可如今還沒有答應，就不得不考慮回禮的問題了，哪還有方才的半點嬌羞？

這麼多朝廷大員齊聚一堂，別說開門了，薛家恨不能把大門給拆了，恭恭敬敬地請這些大佛進去。六位紫袍官員入了薛家大門，一抬又一抬的大紅喜綢布箱流水似的被搬進院裡。薛家東府是御賜宅邸，原本就不是很大，這麼多的箱子抬進來，瞬間便把院子給塞得滿滿當當。

薛雲濤真不知怎麼辦才好了，一個勁地看薛柯，可薛柯也沒經歷過這些，他雖為翰林院掌院學士，是天下學子之師，可今兒來的又不是學子，要如何回應他也是一頭霧水。

薛雲濤走到常山王身旁，猶豫著說了句。「這、這事還得商量一下吧……」

常山王是個五大三粗的人，沒有絲毫文人氣質，聽薛雲濤這麼說，眼睛一瞪便道：「還商量？商量什麼？薛大人不會不同意吧？」

薛雲濤被他說得頭腦發昏，連忙搖手。「不不不，同意、同意！怎麼會不同意呢？只是這……」

抹著冷汗，薛雲濤實在詞窮了，只好硬著頭皮請官員們上座，恭恭敬敬地親自給他們上茶。奇怪的是，從前理所當然讓薛雲濤奉茶的官員們，今兒集體客氣起來，薛雲濤遞上茶去就站起來接，口裡說著多謝。

這樣的客套讓薛雲濤惶恐極了，上完茶便端著茶杯，坐在薛柯身後的位置。一屋子的人，氣氛卻有些尷尬，因為薛家的幾個家長全都還沒反應過來。

太子太師是個文人，是薛柯的上司，從前也在翰林院任職，因此兩人以文會友說了幾句酸話後，便說起了今日之事。

太子太師道：「薛公不要怪我們唐突，只是衛國公親口相託，世子又有些年紀了，生怕薛公不願意，便邀我等前來做說客，也是世子看重令嬡的意思。院中彩禮則是國公與長公主親自準備的，他們盼兒媳盼得久了，一年加一年，東西便多了些，不過，都是給兒媳的見面禮嘛。」

薛柯尷尬地笑了笑。「國公和長公主真是太客氣了。」看向薛雲濤，以眼神詢問他之前知不知道這事。

薛雲濤暗自搖頭，薛柯心道兒子糊塗。不過，薛雲濤腦中回憶起他續弦前晚，家中辦暖場酒，婁慶雲貿然前來，說什麼都不肯做他的儐相……那個時候，他就該往這上面想了，婁慶雲那小子大概早就看中宸姐兒了。

一場最不像提親的提親終於在賓喜主尷尬中完成了儀式，直到把這些官員送出了府，薛雲濤仍覺得不可思議，和薛柯走進院子，站在堆滿紅綢箱子的院子裡。提親的人說今日只是送來彩禮，五日後，衛國公會親自上門交換庚帖，然後再定婚期。

衛國公府如此霸氣，完完全全掌握了主導權，不過，在這場身分懸殊的抗衡中，薛家本就沒有勝利的希望。

氣氛凝滯的花廳中，薛家所有家長全聚在裡面。

薛宸坐在寧氏旁邊不言不語，薛柯和薛雲濤站在屏風前，半晌後，薛雲濤才對薛宸說道：「妳的嫁妝，我私下再添二十抬。父親，您說呢？」

薛柯撚著鬍鬚看他，又看了看薛宸，然後才點點頭。「那我和你母親也再出二十抬。」

薛林是西府老爺，如今薛宸就要和衛國公府訂親，他身為叔公，必然也要添些嫁妝，於是跟在薛柯後頭說：「我再添十抬。宸姐兒嫁得好，是咱們薛家的榮耀。」

寧氏聽他們這麼說了，終於從震驚中恢復過來，拉著薛宸的手對她說道：「這門親事真是求都求不來的，我私下再貼十抬，等到妳成親時，我再給妳添妝。這一回可不能再任性了，妳看不上長安侯世子，衛國公世子總能看上了吧？這兩人那是一個天、一個地，妳別看婁世子年紀大些，可卻是難得的出息啊。」

薛宸還沒有開口，一旁的薛柯便接著說道：「不錯，婁世子前途不可限量，前不久才立下大功，聽說年底要升大理寺卿了，那可是朝中最年輕的大理寺卿，妳可莫要糊塗呀！雖說是妳和世子的婚事，可今日這陣仗妳也瞧見了，不是我們薛家能說不的，只希望妳再長進些，咱們家世比不上婁家，但薛家女的風範全要靠妳展現了，知道嗎？」

薛宸心裡還在盤算回禮，聽寧氏和薛柯說了這番話，不知道該怎麼回應。心裡有些甜蜜，又帶著苦惱，可到底苦惱什麼連她自己都說不上來，總覺得事情來得太突然、太快了些。

她……她不過是讓嚴洛東去告訴婁慶雲一聲，他便準備這麼大的陣仗來提親，弄得她措手不及，心情很複雜。

此刻，信國公下朝回來，進門就問夫人在哪裡，門房說在主院，便立刻走去。進了垂花門，也不說話，直接用馬鞭揮開擋在門前的花匠，只差抽他一鞭子洩憤了。

他推開門，看見正和丫鬟一起看花樣的夫人，再也忍不住地上前喝道：「全都出去！」一聲雷霆怒吼，嚇得屋裡伺候的人趕忙低著頭退下去。

信國公夫人不明所以地看著自家丈夫，上前扶他，和氣地說：「喲，這是怎麼了？朝上出事了？來來，喝杯茶。」

她一邊說話、一邊給信國公倒茶，遞到他面前，卻被信國公一把揮開，杯子掉落在地上發出巨響。

信國公夫人這才感覺到事情的嚴重，問道：「怎麼了？回來就這副樣子，在朝上受了氣，找你的妾發洩去，來我這兒發什麼瘋？」

信國公夫人也是侯府千金出身，不是那等沒脾氣的。信國公與她夫妻多年，除了成親初時因為妾侍有過大的爭吵，後來她同意給信國公納妾，這個問題就解決了，夫妻相敬如賓，信國公多少年沒對她發過這麼大的脾氣了，讓她如何受得了，當即反唇相稽。

一巴掌掀在夫人臉上，信國公勃然大怒。「還不都是因為妳！妳沒事替人作什麼媒？妳很厲害是嗎？今日滿朝文武全在看我的笑話，妳滿意了？」

信國公夫人這才頭腦發懵，垂下眼瞼斟酌著說：「什、什麼呀？給人作媒？我作媒，和朝廷有什麼關係？」

信國公見她還是不知道自己做了什麼錯事，也不再和她打馬虎眼。「我問妳，妳作的是誰家的媒？是不是薛家？」

信國公夫人一聽，果然是這件事，回道：「我是替長安侯府向薛家提親。怎麼了？長安侯世子還配不上薛家小姐嗎？值得你這樣大驚小怪的。不知道的，還以為是你看上薛家小姐呢。怎麼，還想再討個妾侍進來服侍你？」

信國公聽她說得越來越離譜，又抬起了手，跺腳指著她罵道：「妳真是成事不足，敗事有餘！如今得罪了婁家，我看妳怎麼收拾！」

信國公夫人聽了這話，不解了。「這關婁家什麼事？怎麼，婁戰也想納妾了？那薛家小姐被他看中了不成？」

信國公簡直對這個女人無語了，將馬鞭抽在一旁的凳子上，道：「妳這膚淺的女人，滿腦子就知道妾侍！我告訴妳，婁家世子派人去薛家提親了，今兒婁戰在朝上，直接指著我說我和他搶兒媳婦，說妳想把世子看中的女子嫁給一個搬不上檯面的侯府！我早讓妳不要和那些三流侯府糾纏不清，如今好了，她們糊塗妳也糊塗嗎？為了那樣的人家得罪衛國公府，妳不知道衛國公和皇上是什麼關係嗎？他是皇上的大舅子！」

信國公夫人聽完丈夫的咆哮，這才曉得事情的嚴重性。他們雖是公府，卻不是和衛國公府同個等級的。衛國公府是正經皇親國戚，父子倆皆手握重權，而信國公府聽起來好聽，實際上手裡的權還不如一個實缺的三品官。她哪裡想得到，只是替郁氏出個頭也能出這麼大的問題。薛家那姑娘……是婁家看中的兒媳？沒聽郁氏提過呀！難道郁氏早就知道這件事，卻故意瞞著她讓她去出頭？

「老爺，這……這，我也不知道，是郁氏騙我去的！我要知道薛家大小姐是婁世子看中的人，就是給我十八個膽，也不敢和他們家搶人啊！」實在覺得冤枉，她心裡把郁氏罵了個狗血淋頭，就知道那女人來找她準沒好事！

信國公冷冷瞪著她，手裡的馬鞭又打在桌面上發出巨響，重重哼了一聲後，頭也不回地走出了院子。

信國公夫人失魂落魄地跌坐到凳子上，好半晌都沒反應過來。

長安侯夫人郁氏喜笑顏開地走入信國公府，完全是一副馬上要娶兒媳進門的開懷樣子。

她一早便出門，來給信國公夫人送明天要去薛家時帶的彩禮單子。

她跟著丫鬟去到後院，信國公夫人在耳房見她，臉色似乎不大好看。郁氏眼珠子轉了轉，便湊上去行了禮，然後從袖子裡拿出一張單薄的紙攤在桌面上，對她道：「這是我昨夜擬好的彩禮單子，難得兒子喜歡她，我便多列了兩樣，彩禮錢就出六百兩好了。若薛家的人嫌少，勞煩夫人替我說一聲，薛大小姐雖是嫡女，可畢竟亡母，有些教養上肯定不如父母雙全的正經嫡女，六百兩就差不多了。之前承恩伯府娶兒媳也不過用一千兩，娶的還是禮部尚書家的女兒，薛家如果漫天要價，您可要替我說說，也是給您的面子不是？這禮品嘛……」

郁氏還沒說完，便聽見信國公夫人冷冷哼了一聲，見她臉色比剛才又難看了些，才坐直了身子，自以為是地說道：「哦，當然了，這事成了之後，您的媒人禮我必定封一份大的……」

「夠了！」信國公夫人一拍案几，凌厲地喊了一聲。

郁氏這才發覺事情不對，只見信國公夫人緩緩站起來，走到郁氏面前揚手就給了她一巴掌。

「事到如今妳還想誆騙我？薛家那嫡女是六百兩能娶回去的嗎？妳知不知道婁家給了她多少彩禮？三萬兩！妳知不知道婁家請了什麼人去向她提親？妳什麼都不知道，還敢騙我去丟人現眼，我呸！」

郁氏摀著臉瞪大眼睛盯著她，震驚得忘了生氣，抓住她話中的重點，試探著問道：

「怎、怎麼了？有其他人跟薛家提親？他們知道您已經去說過親了嗎？人家給三萬彩禮所以薛家就收了？這事您犯不著跟我發火呀！薛家不講道義，說定的事還能反悔。三萬兩怎麼了？您去說的媳婦，旁人就是給他們三十萬兩他們也不該駁您的面子！這事交給我，我去鬧得薛家沒臉，一群貪財小人，我幫您罵回來出氣不就完了嘛？」

郁氏從府裡出來時長安侯還沒到家，所以不知道今日朝中和薛家到底發生了什麼事，現在聽信國公夫人發火，還以為是薛家見人家給的彩禮多，便轉投人家懷抱去了，以為只要自己跟著罵罵薛家，信國公夫人的火就該消了。

誰知道，她說出這些話後，信國公夫人更加惱火了。

「妳還敢這麼說！妳是個什麼東西，憑什麼覺得薛家就該收妳六百兩的彩禮？我又是什麼人，憑什麼要為了妳去得罪婁家？還替我出氣？哎喲喂，我都給氣笑出來了。拿著這寒酸的彩禮單子給我滾回去，今後信國公府不許妳再踏入半步！」

信國公夫人說得這樣不留情面，饒是郁氏想挽回也挽回不了，既然挽回不了，那她也不想受這冤枉氣，從椅子上站起來，指著信國公夫人的鼻子叫道：「妳還真把我當你們家丫鬟了。六百兩彩禮怎麼了？在我心裡，那薛家姑娘就值六百兩，妳不跟我談交情，我還懶得和妳攀關係呢！妳身為國公夫人卻膽小如鼠，自己在人家那裡沒了臉居然把氣撒在我身上？妳是國公夫人，我還是侯夫人呢！這交易做不成拉倒，我自然有法子讓薛家乖乖把女兒嫁到長安侯府來，用不著妳出馬！」

郁氏在信國公夫人面前向來都是巴結奉承，久而久之信國公夫人是真忘了她也是個侯夫人，如今聽她說這些話，倒是不知該怎麼回了，冷笑著指了門說道：「妳有本事跟婁家搶，妳就去吧！六百兩？哼，就是妳府上納個妾也得這個數吧，還想娶人家嫡長小姐？我看妳是圖那小姐的嫁妝，知道她娘從前經商賺了不少，想讓我幫妳把人給騙進府去，讓她貼補妳吧！這算盤打得可夠精的。給我滾，現在就滾！」

郁氏已有很多年沒被人這樣罵得毫無面子了，瞪了她一眼，尖聲叫道：「妳說我圖她的嫁妝？笑話！長安侯府有的是錢，要她來補貼？說我精，妳也不看看自己是個什麼德行。既然今兒把話說開了，今後妳就是用八人大轎抬我，我也不會進這骯髒地方一步！心眼子小得跟針尖似的，成天只會盯著男人和妾侍。讓我滾？我還不留了呢！」

郁氏罵完後，也不等信國公夫人反應，轉身往門外走去，走了兩步又回頭，將桌上的彩禮單子拿回去，怒氣沖沖地離開了。

直到坐上轎子，郁氏才想起來，剛才沒來得及問那婁家是……等等！

婁家？衛國公府……婁家?!

想通這一層，郁氏嚇得摀住了口鼻，難道真是那個婁家？怎麼會呢？

思及此，郁氏趕緊在轎簾上拍了兩下，急吼吼地對轎夫吩咐道：「走快點，快回去！」

要知道這事是不是真的，回去問問侯爺不就知道了？

第三十八章

薛家的人在院子裡清點彩禮，整整忙了一個下午才核對完，那數量，就是擱在皇家，娶個公主都足夠了。

薛宸早就回房和薛繡說話了，兩人在屋裡用晚飯。薛宸實在不想再出去面對家裡的長輩，生怕他們繼續訓她，乾脆躲在房裡哪兒都不去。

薛繡仍覺得有些不可思議，拉著薛宸正打算盤的手，道：「妳和婁家大表哥是什麼時候彼此喜歡的？我之前不過是幫妳傳了兩句話，他今日就派人來提親，這也太快了吧？要說他不是早就準備好，我才不相信。」

薛宸被她按著手，沒法打算盤了，乾脆坐著和她說話。「我和他早就認識了，不過我也沒想到他今天會來提親。」

薛繡看著薛宸的臉，忽然笑了，道：「好了好了，我不問妳了，雖然妳平常沒跟我說這些事，讓我有點傷心，不過，婁家大表哥可是比長安侯世子要好太多了，妳若是嫁給他，今後定然沒人敢欺負妳。哦，不對，就算不嫁給他，也沒人能欺負妳！」

薛宸被薛繡的話逗笑了，說道：「好啊，妳是說我凶悍，對不對？」

兩人鬧了一會兒，薛繡才摟著她的胳膊，頗有感觸地說：「一眨眼的工夫，咱們竟然都有了人家。我聽我娘說，靜姐兒和武安伯次子的婚事應該能成，如今就剩下韓鈺了，若韓鈺也有了人家，那咱們就成婦人了，今後不知還能不能像現在這樣聚在一起說話。」

薛宸和她一同躺在床鋪上，看著上面的承塵說道：「只要咱們想聚，自然還是能聚的。」

薛繡嘆了口氣。「唉，誰也不知道今後的路會怎麼樣呢。」

薛宸聽她語氣有些落寞，不禁轉過頭看她，問道：「怎麼這樣說呢？妳之前不是拚了命想嫁入元家嗎？妳那麼喜歡元公子，過幾天就要嫁給他了，還不夠高興呀？」

薛繡沈默了一會兒，才緩緩開口道：「我剛和他訂親時，的確很高興的。可是……後來我和他見了兩次面，感覺他並不喜歡我，他會娶我，完全是因為元夫人的命令，根本不是他的意思。」

薛宸不解。「可妳當初不就是為了嫁給他才接近元夫人的嗎？元公子只是對妳不了解，等到你們成親後，有了了解，他慢慢就會喜歡妳了啊。」

薛繡咬著唇，猶豫了一會兒，才轉過頭來對薛宸說：「我從前不知道，原來，元公子身邊已經有兩個通房了，只要等我嫁入元府，她們大概也要扶為姨娘了。我知道男人總是過不了這一關的，可還是忍不住介意，甚至覺得，元公子對我的感覺還不如那兩個通房丫頭呢。說話客客氣氣的，就是不帶人氣。」

薛宸驚訝地看著她，說道：「元公子有兩個通房？從前沒聽說過，只說他沒有納妾……」

薛繡點頭。「我也是最近才知道的，那兩個丫頭沒有抬姨娘，所以只有元府裡的人知道。我和妳說過吧，我娘的丫鬟和元夫人的丫鬟是姊妹，這事就是從元夫人的丫鬟口中得知的，錯不了。」

「……」

薛宸一時竟不知該用什麼話來安慰薛繡了。雖說她上一世成過親，但對宋安堂並沒有多少感情，所以他要納妾，她全由著他去，反而落得清靜。可薛繡不同，薛繡有多喜歡元公子她是知道的，就在他們要成親時，讓薛繡發現了元公子身邊竟然有兩個通房，無論是哪個姑娘都會受不了吧。

薛宸默默想起了婁慶雲，她付出了自己的心，可她還不知道婁慶雲身邊有沒有什麼通房、妾侍呢。

突然，房間的窗戶動了動，有聲響從屏風外頭傳來，薛宸和薛繡對視一眼，坐起身，可還沒等她們下床，一道人影便竄了進來。

薛繡嚇得張口就要喊叫，被薛宸眼明手快地摀住了。

婁慶雲尷尬地站著，沒想到會有其他人在，以為這個時候了薛宸必是一個人在房間裡的。這些日子她都沒回燕子巷，他也是最近才把薛家東府的地形給打探清楚，原本想今晚來一訴衷腸，誰知道樂極生悲，搞出這麼個烏龍來。

左思右想，沒別的辦法，他好不容易混進來，不想就這麼離開，於是硬著頭皮，對兩個姑娘咧嘴笑了笑。

薛繡瞪大了眼睛，在他倆之間來回看個不停，然後一把將薛宸的手拉了下來，剛要說話，又被薛宸捂住了嘴，搶先說道：「好了好了，我知道妳要說什麼。妳就當沒看見，去後面待會兒，我和他說幾句話就好。」

薛繡滿臉說不出話的尷尬，被薛宸連推帶拉地送進後面的淨房，直到進去了，才發覺不對。「哎，不是，我幹麼非得藏在淨房裡呀！」說著就要出去，卻又被薛宸往裡面推。「哎呀，就一會兒，妳一出去，待會兒外面就知道有問題了。」

「……」

將十分講義氣的薛繡安頓好後，薛宸才鬆了口氣，來到外間，看到婁慶雲正拿著她的床頭書翻著，完全沒有好事被人撞破的尷尬。

薛宸一把搶過自己的書，壓低了聲音道：「你怎麼哪兒都敢闖啊？」

婁慶雲從羅漢床上坐起來，探頭看了看裡面，卻被薛宸擋住了，然後傻傻地看著薛宸笑，良久，才對薛宸問出一句。「想我了嗎？」

一開口就是這句，薛宸怕他口無遮攔再說出其他的，連忙上前捂住他的嘴，指了指裡面。

誰知道手一探過去，就再也回不來了，被某人緊緊地攥在掌心，猶嫌不夠，還放在嘴邊啃了兩下。薛宸想抽回手，他卻是抓著不放，還騰出一隻手指了指裡面，提醒她不要反抗得太激烈。

薛宸無奈，只好用眼睛瞪他，無聲地反抗，婁慶雲就跟得了多大的便宜似的，時不時把她的手送到嘴邊親兩下。一開始，薛宸是不好意思的，卻被他這小狗模樣給逗笑了，便由著他鬧去。

兩人膩歪了一會兒，婁慶雲才戀戀不捨地鬆開她的手，低聲說道：「五日後，我爹來談婚期。我們……早點成親吧。」

薛宸的臉突然就紅了，低下頭，好半晌沒敢說話。婁慶雲抓著她的手晃了兩下，撒嬌意味頗濃地看著她。

薛宸對他這眼神實在無語，只好開口說道：「什麼時候成親，我說了又不算。」

婁慶雲聽她這樣說，心裡有數了，立刻喜笑顏開，道：「只要妳不反對早點就成。」

薛宸不敢答話，嬌羞地轉過頭，朦朧的燭光下，側臉瑩潔如玉，因為剛才和薛繡躺在床上玩鬧了一會兒，所以髮髻有些鬆動，幾綹調皮的髮絲落到頰邊，更添俏皮和風情。

婁慶雲只看了幾眼便不敢多看了，生怕再看下去，自己會做出什麼不理智的事情來。關鍵是，屋裡有人，做什麼也不方便……

薛宸當然不知道他此刻的邪惡心思，只覺得見了他，心裡就跟吃了蜜糖似的甜，腦子也有些發昏。很多事情，明明理智告訴她不能這樣做，但事實上……手被他攥到現在，她也沒真的想抽出來。

因為知道內間還有一個人在，好些話不能說，薛宸就催著婁慶雲早點走。婁慶雲萬般不捨地將她拉到了他翻窗進來的地方，出去前，突然身子一傾，一記輕輕的吻就落在了薛宸的臉頰上，還惡劣地舔走了一些胭脂，羞得薛宸只想打他。可伸了手，他卻翻出去，一腳踩在窗櫺上、一腳垂在下方，看著危險極了。薛宸不敢打他了，摀著臉頰，放下手，嘟著嘴讓他快走。

婁慶雲還想再膩一會兒，但知道今晚的時機不大對，只好不捨地說：「好啦，那我回去了。妳若是想我，就讓嚴洛東傳信給我。」因為薛宸住在東府裡，小白鴿無法出場，幸好他們之間還有另外一隻大白鴿。嚴洛東在做錦衣衛百戶時，一定沒想到自己一身的絕世武功，有一天會被個小丫頭用來和情郎傳遞消息。

薛宸想說不行，可話到嘴邊卻怎麼也說不出來，只咬著唇，依依不捨地看著他消失在夜色中，直到完全看不見他了，才肯關上窗戶。

回到內間，她尷尬地咳嗽一聲，才對避到淨房裡的薛繡說了句。「咳咳，他走了，出來吧。」

沒一會兒工夫，薛繡就從裡面走出來，拿開薛宸想把她拉回床鋪的手，好奇地往外看了幾眼，指了指緊閉的窗戶，小聲說道：「你們倆……經常這樣見面？」

薛宸無法辯駁，只好點了點頭，就見薛繡摀著嘴，指著她道：「你們的膽子也太大了，這要被人瞧見了……」

薛宸想想，也覺得有些後怕，不過，最艱難的時候他們已經走過來了。今日婁家來提親，便說明他們的關係算是定下來，現在就沒什麼好隱瞞的了。

「他是大理寺的人，來之前會先打探好，不會讓人發現的。」

薛宸的話讓薛繡突然對大理寺充滿了不信任感，那地方是三司之一，卻被婁慶雲用來偵查兒女情長這些事。

見薛繡還想再說什麼，薛宸趕緊求饒。「哎呀，時候不早了，我們上床歇著吧。這一天可真夠折騰的了。」

薛繡哪裡看不出薛宸是想逃避，可她不知道這件事也罷了，如今知道了，怎麼能不問問清楚呢？

於是，反正都睡不著，兩個女生便裹在一條被子裡，面對面地說了很多話，嘰嘰喳喳的，直到天明時才睡下。

五日後，衛國公婁戰果然親自來了薛家，帶著兩個媒人——常山王、太子太師，三人受到了薛家最高的禮遇。婁戰倒是沒有國公的架子，對薛雲濤一口一個親家老弟地喊著，讓薛雲濤再次陷入了雲裡霧裡。

幾人坐下後，婁戰提出要盡快成親，畢竟世子年紀不小了，再不能蹉跎。但因事出突然，薛家什麼都沒有準備，若是太倉促反而不美，最後交換庚帖，把婚期訂在明年正月初八，算是給了薛家大半年準備。

定好日子，婁戰便不多停留，由薛雲濤送他們出門，約了改天一起喝酒聚聚才策馬離去。

然後，薛雲濤去找薛宸，告訴她這個消息。薛宸聽到正月初八這個日子時，還是覺得像在作夢。

薛雲濤捧著一杯茶，似乎仍在回味剛才的情景，衛國公對他一口一個親家老弟地喊，他作過榮升一、二品大員的夢，卻從沒想過有一天能和京城第一公府結為親家。

他抬眼看了看正端莊坐在面前、安靜煮茶的女兒。自從知道自己再不能有孩子後，對這個女兒的態度真的變了很多，畢竟這是他留在世上的最後一條根了，當然希望唯一的女兒過得好。

想起在這樁婚事中，誰也沒有問過薛宸的意見，薛雲濤覺得心中有些慚愧，低頭喝完茶後，對她說道：「辰光，妳怪爹嗎？」

薛宸正心平氣和煮著茶，突然聽見父親問了這麼一句，有些莫名其妙，看了看他，道：「爹說什麼？我怎麼會怪您。」

薛雲濤看著她真誠的樣子，心裡覺得好受了些，便道：「妳總是要嫁人的，但不管嫁的是誰，妳都是爹唯一的孩子。之前，長安侯府讓信國公夫人來提親，我本來是有些反對的，但想著，宋世子沒什麼出息，將來只要妳能拿捏住他，就不怕他欺負妳，才沒有說什麼。

「可我們都沒想到，婁家會在這個節骨眼上直接來下聘。婁世子不比宋世子，他是個十分厲害的人，他看上妳，爹也覺得很奇怪，可婁家既然這麼做了，咱們薛家沒有反抗的道理。所以，妳不要怪爹，將來嫁過去後，遇到什麼事都可以回來找爹，爹一定會盡全力幫妳，好不好？」

「……」

薛宸看著薛雲濤，薛雲濤這番話，應該是她活了兩世以來，對她說得最富感情的話了。她覺得鼻頭有些發酸，看著這樣的薛雲濤，多少有些愧疚。

上一世他是被徐素娥騙了，可最起碼，徐素娥有本事騙了他一輩子，讓他活在美好的謊言中。可這一世，所有黑暗面被她一手掀開，原本應該成為秘密的事被揭露，讓他承受了很多痛苦。幸好現在有蕭氏在他身邊，不管今後她過得怎麼樣，蕭氏應該都會把薛雲濤照顧得很好。

薛宸突然不想說話了，只是緩緩點了點頭，然後執起茶壺，替他添了一杯熱茶。父女倆就這麼對坐了一個下午，並沒有再說出其他的話。

有些裂痕一旦產生了，真的很難修復。兩人似乎很有默契地掩蓋了那段讓人傷心的過去，像一對最尋常不過的父女那般相處著。

三月二十八，薛繡出嫁。

這是個豔陽高照的好日子，薛宸和韓鈺跟著西府的兩位嫂子一同給薛繡送嫁，得了不少長輩給的紅包，開心極了。

等薛繡和元卿拜堂禮成後，她們去了新房，紅彤彤的布置讓薛宸感到很新奇。上一世她沒機會仔細看喜房的樣子，因為成親第一晚，宋安堂就被郁氏喊去主院，沒在她這個正妻房裡過夜，因為郁氏不喜歡她，覺得她不是正經姑娘，把她當作妾侍般的玩意兒對待。後來，她撐起了那個家，才開始漸漸不把郁氏和宋安堂放在眼裡。他們見識過她的手段，後來幾年乖了一點，郁氏除了在背地裡說說她的壞話，倒是不能對她做什麼了。

不過現在回想起來，她依舊覺得很屈辱、很無奈，可上一世，她實在被徐素娥逼得沒其他路可走。

在喜房中，薛宸還看見兩個梳著婦人頭卻穿著丫鬟衣裳的女子，想必她們就是元卿的通房丫頭了。主母才剛進門，這兩個丫頭竟毫不避諱地伺候到跟前來，可見不是多省油的燈。薛宸突然有些明白薛繡知道元卿有通房的心情了，若妻慶雲也有這些亂七八糟的……她光是想，就覺得胸悶至極。

兩個丫鬟是送東西進來的，因為喜房中有喜娘在，並不需要她們伺候，可她們頂著婦人頭進來，在場又有多少人不知道她們的身分呢？薛宸和韓鈺對視一眼，不約而同看向被紅蓋頭遮著臉、根本不知外面什麼情況的薛繡，心中五味雜陳。

就算再怎麼替薛繡擔心也無濟於事了，這是薛繡自己選的路，而且已經沒有退路，成了親、拜了堂，她就是元家的媳婦、是元卿的妻子，這些後宅之事，只能靠她自己應付。

一會兒工夫後，薛宸和韓鈺吃了兩口甜茶，便被喜娘請了出去。

「唉，當新娘子太累了。咱們不過幫著跑跑腿，還得寅時就起身，繡姐兒更是一夜沒睡，現在連東西都沒得吃，一直要等到晚上揭了蓋頭，那得多餓呀。」

韓鈺似乎對成親這事頗有感觸，見薛宸笑她，推了推她，道：「妳笑什麼，明年正月裡就該妳受這份罪了，到時候，輪到我和繡姐兒來笑話妳！」

薛宸捏了捏韓鈺那張好像永遠長不大的包子臉。「好啊，那我等著看妳要不要成親，我可聽說姑母已經在給妳物色人家了。」

提起這事，韓鈺的臉紅了個透，哪禁得起薛宸這樣套話，當即搖手說道：「沒有沒有，我、我才不要嫁給他呢。」

薛宸一聽。「喲，還真有啊。是誰呀？快說給我聽聽。」

韓鈺這才知道自己被薛宸給騙了，當即追著她打鬧起來。

薛繡的婚禮過後，薛宸便以要回家繡嫁衣為藉口從東府搬回了燕子巷，但每日還是必須過去跟著寧氏學習掌管中饋及規矩。

薛宸回去後，一家人聚在一起吃了飯，蕭氏告訴薛宸魏芷靜和武安伯次子唐飛的事定了下來，婚期是明年六月。席間，魏芷靜並沒有說話，不過臉上看著並不抗拒。

上一世，唐飛能憑次子的身分做到錦衣衛副指揮使的位置，也算是有些才能，不過他後來娶的是不是魏芷靜，薛宸就不得而知了。她會知道唐飛，是因為郁氏的大女兒宋毓華嫁給他哥哥唐玉，故多少有些接觸。

薛宸給魏芷靜挾了些菜，魏芷靜抬頭對她笑了笑，沒有絲毫不喜的神情。

吃完飯，薛宸和魏芷靜回青雀居，衾鳳給她們泡了花茶，姊妹倆坐到聽雨軒中說話去了。

「我知道長姊是想問我願不願意嫁給唐飛。」魏芷靜在面對薛宸時，話總是多一些的。

薛宸將花茶推到她面前。「真不害臊，我才不想問呢。是妳自己想告訴我吧。」

魏芷靜知道薛宸在逗她，也不生氣，端著茶坐到臨窗的位置上，說道：「好好好，就算是我想告訴妳吧。不過，我也只和妳說。那個唐二公子……我見過他。」

這個倒是出乎薛宸意料了，拿著茶杯也坐到她身邊去。「妳見過他？」

魏芷靜點頭。「嗯，就在之前我和我娘回京的時候。我們剛到京城，就遇上一間鋪子開業放炮仗，馬被驚著，車夫也被甩下了馬，我和我娘坐在馬車裡不知道怎麼辦，眼看著馬就要在街上亂跑，這時，有個少年躍上了馬，替我們拉住馬轠，在馬車撞到牆壁前把車給停了下來。」

薛宸沒聽她說過這件事，不由來了興趣，問道：「這個少年就是唐二公子嗎？」

魏芷靜的臉上泛出紅暈，輕輕點了點頭。

「所以，當我娘提起他時，我就覺得，難道真是天注定嗎？要不然，為什麼不是別人，偏偏是他來救我們呢？雖然他是次子，但我一點都不介意。我的性子妳也知道，並不是能主持一府中饋的塚婦，就算嫁了高門大戶的嫡子，將來也是鎮不住的。若是嫁給唐二公子，今後就不用操心太多，只要安心在家相夫教子便成。長姊，妳覺得呢？」

薛宸把頭枕在手臂上，聽著魏芷靜說話，沈默片刻後，才回道：「我從前聽說過唐二公子，就像妳說的，是個俠氣的人，也覺得這門親事適合妳。不過，我聽說唐大公子和長安侯府的嫡小姐宋毓華訂了親，長安侯府的人，不是好相與的，妳與她今後成了妯娌，會害怕嗎？」

魏芷靜溫婉一笑。「這我倒不怕。我不會和她爭搶，凡事避著她，縱然她再厲害，想來也不會有什麼事。」

薛宸笑了笑，垂下眼眸沒有說話，那是魏芷靜還不知道宋毓華隨了她娘的真性子！不過，這一世，一切都是未知數。魏芷靜的脾氣很好，從前兩個庶妹那樣得寵，她在魏家必定吃了不少苦，若是嫁去唐家，她不跟宋毓華一樣是掐尖的性子，應該也不會出事。

兩人又在聽雨軒中聊了一會兒，魏芷靜便回自己的院子去。

薛宸舒舒服服地泡了個澡，將衾鳳她們打發去睡，才一邊欣賞著青雀居院子裡的熟悉景色、一邊慢悠悠回到了房間。

將門閂落下後，她擦拭著濕漉漉的頭髮往內室走去，可到屏風那裡就停下了腳步，聽見內間似乎有聲響，探身去看，果然看見了那個從來不走正門的傢伙！

此刻，某人正拿著她的書堂而皇之地躺在她的香被上，蹺著二郎腿，悠閒自在地翻書。

薛宸低頭看了看自己，穿的雖是睡袍卻包得嚴嚴實實，並無不妥之處，確認好後才無奈地走過去，也不看他，直接坐到梳妝檯前，兀自抹起香膏來。

婁慶雲把書放在胸口，轉頭便能看見薛宸在鏡子裡的倒影，那一刻他覺得安心極了，好像他們已經成了夫妻，見怪不怪地做著自己的事。他側過身，鼻尖輕嗅芳香的綢緞枕面，看著她坐在梳妝檯前仔細塗抹香膏的樣子，第一次感覺到美人的殺傷力。

薛宸打定了主意不理他。真是越來越囂張了，這才只是訂了婚期就盯得這樣緊，要真嫁給了他，還不得一天十二時辰都被管著呀。

塗完香膏，薛宸往小書房走去，決定寫一會兒字再回內間。

她正要研墨，就見一隻手覆上了她的，抬頭對上一雙討好又賣乖的黑眸，哪裡像個貴公子，現在這副樣子，就差屁股後頭插根尾巴了。

「這種粗活兒，還是我來吧。」

薛宸一時沒撐住，笑了出來，然後風情萬種地橫他一眼，從筆架上取了支白玉小狼毫，剛提起筆，卻覺得身後一暖，整個人落入一個懷抱中。

婁慶雲的手從後頭伸來，握住薛宸抓著筆桿的右手，在她耳旁輕聲說道：「不知道寫什麼嗎？我教妳。」

薛宸只覺四肢一陣酥麻，顫抖了一下，心跳越來越快，遂掙開他的手，將筆擱置在硯臺上，說道：「我不寫了。」就要離開，卻被某人扯住，一把拉回書案前，後腰抵在邊沿上，被禁錮在他的懷抱和書案之間。

婁慶雲不說話，笑著看她，良久，才對薛宸說：「我怎麼會這麼想妳呢？一日不見，何止隔了三秋，簡直度日如年。妳可有想我？」

他當著她的面說情話，薛宸哪裡好意思看他，紅著臉頰低下頭。「沒有。」

「真沒有？」婁慶雲再次逼近。

薛宸伸手抵在他的胸口，忍著笑繃著臉道：「沒有就是沒有。」

「我不信。」婁慶雲說著，低下頭去找那片柔嫩的唇，正要得逞，卻被薛宸閃開，只親到臉頰。

薛宸推著他，羞惱說道：「好了，時辰不早，快回去吧。」

婁慶雲卻是不放手，攔著她的去路，俊臉上露出苦哈哈的表情，和薛宸打著商量。「就親一下。親一下，我就走，好不好？」

薛宸沒想到他會直接說出來，整張臉都紅了，用手背掩著口鼻，瞪著一雙黑亮的大眼睛，想堅決抵抗，可是看著婁慶雲那張可憐兮兮的臉，卻怎麼都說不出拒絕的話來。

婁慶雲見薛宸沒有完全拒絕，便知有了機會，再接再厲地撒嬌道：「真的，就一下，好不好嘛？」

薛宸被他纏得實在沒法子，生怕他再鬧下去把人招來就糟了，百般糾結，良久後，才咬著唇輕聲說了句。「就一下。」

得到薛宸首肯後，婁慶雲咧開笑容，緩緩靠近她，發現得到允許的感覺和偷親完全不一樣，有種追求得到回應的滿足，循著本能，找到了她柔軟的唇。

薛宸站在那裡，一動都不敢動，連呼吸都不敢了。

上一世她和宋安堂沒有這樣親密過，覺得很噁心，但見婁慶雲十分渴望的樣子，便想滿足他一回。可雙唇相接，那種滿心都要被酥化的感覺，到底是怎麼回事？

婁慶雲終於如願品嚐到夢寐以求的滋味，哪能真的親一下就放開，按住了薛宸的後腦開始攻城掠地。剛開始，薛宸還會反抗，片刻後便漸漸失去力氣，整個人軟軟地掛在他的臂彎上，化成一灘春水。

不知過了多久，婁慶雲終於捨得放開，薛宸靠在他身上完全使不出力氣。他滿足地又在她紅腫的唇瓣上親了兩口，然後才將薛宸一把抱起來，送進內室，妥帖地安置到床鋪上。

婁慶雲坐在床頭看了她好一會兒，深吸一口氣，強行按下身體的衝動，俯下身子在薛宸的額頭上輕吻一下。「睡吧。我給妳熄燈。」

薛宸害羞地將整個身子躲入被褥中，不敢再去面對這樣溫柔的婁慶雲，心中十分懊悔，自己第一次的表現不知道會不會太生澀，讓他不喜歡，或者反應太死板，沒有給他該有的回應。在被子裡想了好久，直到聽不見任何聲響後才緩緩地將被子拉開。誰知道婁慶雲根本還沒走，坐在床沿，勾唇看著她。

薛宸窘迫得想翻過身，卻被他拉住手腕，只見婁慶雲緩緩俯下身子，在她耳旁說道：「這種感覺真的很好，下回我們再試試，好不好？」

這下，薛宸是真的沒臉再看他了，立刻縮進被子裡，悶悶的聲音傳來。「你快回去吧，我、我要睡了。」

這樣膽小的薛宸婁慶雲還是第一次瞧見，覺得她真像隻小兔子般，可愛得讓人不禁想時時刻刻捧在手心，怎麼親都不夠。不過，他可不想一下子把她給嚇壞了，得讓她慢慢地習慣，願意把身心交付給他。讓一個人對另一個人完全放下心防、完全依賴，並不是件容易的事，更何況薛宸看起來雖然堅強，其實內心比常人更易感，他對她要付出更多的溫柔才行。

於是，他不去揭她的被子，站起身，心滿意足地笑著說：「好吧，那我真的走了，過兩天再來看妳。」

薛宸在被子裡低叫。「不要，你不要再來了。我……我這兩天都……都……」

「不想見你」這四個字，薛宸到底還是沒捨得說出來。

婁慶雲不介意，只當沒聽到般，故意逗她。「不，我就要來！看妳是不是每天都躲在被子裡不見我。」

說完這話，他的目光被被子凸起來的地方吸引住，抬手拍了上去，聽到被子裡傳出一聲驚呼，才滿意地轉身，一步三回頭地替薛宸熄了房內燈火，從西窗翻出去，關好窗戶離開。

薛宸從被子裡偷偷看了一眼，見房內燈火果然都熄了，才敢將腦袋露出來，摸了摸剛才被拍的屁股，暗自在心中罵了某人一句。唇瓣生出腫脹的感覺，她輕輕地咬了咬，擔心著，不知道明天會不會腫起來……

帶著種種複雜的心情，薛宸迷迷糊糊地輾轉到天亮才睡著。

——未完，待續，請看文創風403《旺宅好媳婦》3

2016年4月出版

旺宅好媳婦

文創風 401～405

嫁錯人不如不嫁人！前世命殞的慘痛教訓讓她明白——
後宅求生大不易，靠男人還不如靠自己呢！

霸氣說愛 威風有理／花月薰

想起死不瞑目的前世，薛宸心頭的恨意便熊熊燃燒，
若非繼母母女強占她的嫁妝還排擠她，她也不會被逼著草草嫁人，
結果配了個廢柴侯爺，還有掏空家產的惡婆婆，害她年紀輕輕就操勞而亡。
這次重生，以她前世掌管侯府的實力，收拾自家後宅只是小菜一碟，
一旦時機到了，她定要狠狠修理那對母女，奪回嫁妝、自己當家！
可今生際遇似乎與記憶中不同，當她忙著執行精心謀劃的宅門大計時，
傳聞中好行詭道、俊美無儔的衛國公世子婁慶雲居然成了她家的座上客，
還不時逗逗她，再送上高深莫測的微笑，讓薛宸心裡的疑惑越來越多——
他家乃京城第一公府，而她爹不過區區小官，他倆應該沒交集不是？
為何這腹黑世子對她生出興趣，還惦記上了？她怎麼想都覺得不妙啊……

文創風 234-236

夫人幫幫忙

全套三冊

她發現，事情只要一涉及她，
無論對方是天大的官，夫君都敢揍，
可現在想動她的不是一般人，而是皇帝啊，
他總不會也想揍皇帝一頓，再撂下幾句話威脅吧？

輕鬆逗趣，煩惱全消／花月薰

自古以來君要臣死，臣便不得不死，
何況步家世代忠心，男丁幾乎都為國捐軀了，
原本步覃也是為家為國，死而無憾的，
然而，當君不君時，也休怪他臣不臣了。
皇帝屁股下那張龍椅是他和妻子幫忙坐上的，
如今椅子都還沒坐熱，皇帝竟就覬覦起他的妻子？!
為了保護妻子，他硬生生受了皇帝十多箭，險些喪命，
險些。
皇帝這回沒能殺死他，那就得作好心理準備了，
既然君逼臣反，那……便就反了吧！

2016年4月出版

暖心小闈女

文創風 398～400

「五哥，我只恨不是男兒身，
不能回報你一二。」
唉，幸好妳不是男兒身呢！
這傻丫頭，究竟啥時才能開竅啊？

兒女情長　豪情壯闊／醺風微醉

從鬼門關前走了一遭，姚姒重新回到九歲那一年，
這一年母親遭人陷害葬身火窟，她因而被祖母幽禁長達數年，
唯一的姊姊抑鬱寡歡以終，最終她也心如死灰，遁入空門……
所幸重生一回，而今禍事尚未發生，母親仍然活著，
偏偏府裡各懷鬼胎的親戚、包藏禍心的下人依舊存在，
唯有提前布局，才能護著母親、姊姊一世平安，
豈料當她揭開層層謎團後，這才發現──
原來前世母親的死，竟牽扯上龐大的朝堂陰謀，
憑她一個閨閣女兒想要力挽狂瀾，無疑是螳臂擋車！
然而都死過一回了，她還有什麼好害怕的？
只要能帶著母親逃出生天，哪怕墜入地獄也在所不惜！

2016年4月出版

甜姑娘發家記

文創風 396～397

窮不可怕，可怕的是沒有奮發的決心！
現代小資女的古代求生記
縫布偶、烤蛋糕的家政課小技能
讓她第一次創業就上手——

輕快俏皮，妙趣橫生／安然

張青一覺醒來，發現自己穿成個貧窮農女不打緊，
悲催的是，這家人可能一點都不懂什麼叫家和萬事興。
她娘與她被奶奶和大伯娘明裡暗裡的欺壓虐待，
看看大房家兩個兒子肥得流油，再看看自己風吹就倒的小身板，
就知道她的生活有多麼水深火熱啊！
不過既然讓她穿越這麼一回，就不會是來當受氣包的，
她一定要讓疼愛她的父母過上好日子！
靠著現代人的優勢，張青竭力找尋商機，
她撿來碎布做成玩偶吊飾，在市集上大受歡迎，
布偶抱枕大熱賣，讓他們一家得以蓋新屋、買良田，
還有餘錢支持她開點心鋪，販售獨門蛋糕與餅乾。
眼看家境一天比一天好，幸福的日子讓她樂呵呵～～

2016年4月出版

君愛勾勾嬋

文創風 394～395

老天待她，看似有心垂憐，實是無情作弄，
要不怎會重生一回，又欠了前世冤家的救命之恩，
而代價竟是再一世勾勾纏?!

美人嬋娟，君心見憐／杜款款

前世，她雖有皇后命，卻遭到篡位者三皇子韓拓的強娶，
不久便因頑疾未癒而香消玉殞了……
如今重生一回，本以為能憑己之力改變命運的軌跡，
哪曉得當她受困雪中險些小命不保，
竟遇上前世冤家——靖王韓拓，還承蒙他出手相救。
結緣莫結孽緣，欠債莫欠人情債，果真是所言不假，
平日他百般癡纏也就罷了，還讓皇帝親爹下了賜婚聖旨，
聖意難違啊，她只能既來之則安之。
嫁作靖王妃，枕邊人是戰功顯赫、能力卓越的王爺，
無論是朝廷動盪還是外患來襲，夫君總會牽扯其中，
可萬萬沒想到，戰場前線竟傳回了丈夫的死訊，
她不但成了下堂棄婦，還被人虎視眈眈覬覦著，
唉，為夫守節，難不成只剩青燈古佛一途了？

文創風 402

旺宅好媳婦 2

國家圖書館出版品預行編目資料

旺宅好媳婦 / 花月薰著. --
初版. -- 臺北市 : 狗屋, 2016.04-
冊 ; 公分. --（文創風）
ISBN 978-986-328-579-3（第2冊 : 平裝）. --

857.7　　105002297

著作者	花月薰
編輯	安愉
校對	黃亭蓁　許雯婷
發行所	狗屋出版社有限公司
地址	台北市104中山區龍江路71巷15號1樓
電話	02-2776-5889～0
發行字號	局版台業字845號
法律顧問	蕭雄淋律師
總經銷	知遠文化事業有限公司
電話	02-2664-8800
初版	2016年4月
國際書碼	ISBN-13　978-986-328-579-3
原著書名	《韶华为君嫁》，由北京晉江原創網絡科技有限公司授權出版

定價250元

狗屋劃撥帳號：19001626

網址：love.doghouse.com.tw　E-mail：love@doghouse.com.tw